林巨正

義兄弟編 一

林巨正 義兄弟編 一

박유복이 (一)

아침 저녁에 선선한 바람ㅅ기는 생기엇건만 더위가 채 숙지지 아니한 때다 양주읍내 임꺽정이의 집에는 반신불수로 누어 지내는 꺽정이의 아비가 더위에 병화가 도치어 밤낫으로 소리소리질러서 왼 집안이 소요스러웟다 꺽정이가 집에 잇스면 그다지 심하지 아니하련만 딸과 며누리는 만만하게 여겨서 더하는지 시중을 잘 들어도 야단을 아니 칠 때가 드물엇다 꺽정이의 안해 백손어머니는 길이 들지 아니한 생매와 가흔 사람이라 당자가 시아비의 야단을 대소롭지 안케 여길 뿐 아니라 병자 역시 한손을 접는 까닭에 꺽정이의 누의 애기어머니가 말하자면 야단바지 노릇 하느라고 머리가 실 지경이엇다 이 날도 애기어머니가 점심상을 들고 병자 방에 드러 가니 병자가 말을 하기 전에 혀를 툭툭 차고 나서 얼버무리는 말소리로

「지금 속이 덧부룩해 죽겟는데 무얼 먹으란 말이냐 내가 돼지냐 망할년들아」

하고 생 야단을 칫다 애기어머니는 눈쌀을 찌프리고.

『속이 조치 안으신걸 누가 알엇소』

하고 말소리 곱지 안케 대답하고 상을 든채 돌아서 나오려다가 다시 고개를 돌리어 누은 아비를 바라보며

『그럼 잇다 잡숫고 시픈 때 달라시오』

하고 나와서 그 상을 마루 한 구석에 베 보자기를 더퍼 노핫다

꺽정이의 아들 백손이가 반두질을 나가서 고기 잡히는 재미에 점심 먹을 생각도 아니하고 물 속으로 돌아 다니다가 낫 때가 훨신 기운 뒤에 집에를 들어 와 보니 저의 어머니는 그늘진 아래ㅅ방 봉당에 멍석을 깔고 낫잠 자고 저의 반시리 삼촌 팔삭동이는 아즉도 볏이 드는 남향판 마루 우에 웃통을 벗고 누엇고 다른 식구는 눈에 보이지 아니하엿다 백손이가 손에 반두와 고기 종다래끼를 든채 안방 아프로 와서 여러 노흔 되창문으로 방안을 드려다 보며

『아주머니는 어듸를 갓나』

하고 저의 고모를 찾다가

『옵바 왓소』

하는 소리에 고개를 도리키니 고모의 딸 애기가 부억 뒤에서 쪼차 나왓다

『어머니 어듸 갓늬』

하고 백손이는 고모를 뭇는데

「저기 기시지 안하」

하고 애기는 낫잠 자는 외삼촌댁을 가르첫다

「너 어머니 말이여」

「할아버지 고의 빨러 가섯서」

「또 똥을 쌋구나」

「아니 어제 싼거야」

하고 내외종남매 짓거릴때 팔삭동이가 부시시 닐어나 안즈며

「떠들지들 말어 아버지 잠 깨노면 누님에게 경처」

하고 크게 혼동하듯이 말하얏다 백손이가 입을 삐쭉하고 마루 끄테 걸터 안지며 손에 들엇든 반두와 종다래끼를 마루 우에 노흐니 팔삭동이가

「고기 만이 잡엇니」

하고 백손이에게로 와서 종다래끼 속을 드려다 보며

「이이구 불거지가 만타」

하고 두어 사발이 착실이 되는 고기를

『한 사발 되겟지』

하고 종다래끼를 애기게로 기우려 보이엇다 애기가 가까이 와서 드려다 보고 팔삭동이 말은 대답 아니하고

『옵바 만이 잡엇구려 두어 사발 되겟네』

하고 백손이를 보고 말하니 백손이는 저의 삼촌더러

『눈대종 잘 하는체 하지 말고 저리 가우』

하고 저의 삼촌이 들고잇는 종다래끼를 빼아서 한여페 치워 노코 그 다음에 애기를 보고

『배가 고푸다 밥좀 다우』

하고 말하얏다

백손이가 애기의 갓다 준 밥을 먹기 시작할 때 애기는

『내 우물에 가서 배 따 가지고 올께』

하고 고기 종다래끼를 들고 박그로 나갓다 백손이가 밥 한그릇을 궤눈 감추 듯 다 먹고나서 마루구석에 노힌 밥상에 와서 베 보자기를 치어들어 보고 저의 삼촌을 돌아 보며

『할아버지 밥 안먹엇소』

하고 물으니 팔삭동이는 고개를 끄덕끄덕하얏다

『할아버지 안 먹은밥 내가 더 먹을가』

하고 백손이가 그 상을 들고 나안는 것을 팔삭동이는 우두머니 보고 잇더니 아무말업시 일어나서 수깔 하나를 가지고 와서 상머리에 안즈며

『나두 점심 쪼금 먹엇다 가치 먹자』

하고 대들어서 숙질이 잠시 동안에 반찬 하나 안 남기고 말강스럽게 다 먹어 버리엇다

애기 어머니가 점심 먹고 빨래하러 나갈 때 애기더러

『할아버지 고의 빨러 가니 그 동안 박게 놀러 나가지 말고 집에 잇다가 오래비 들어 오거든밥을 차려 주어라』

일르고 또 백손 어머니에게

『아버지가 밥 달라시거든 갓다 드리고 그러고 얼른 튀어 나오지 말고 안저서 시중 좀 잘 들게』

당부하고 병인의 고의 적삼 두어 가지만 자백이에 담어서 머리에 이고 삽작문 박게까지 나섯다가 생각을 고처 먹고 다시 들어 와서 급한 빨래 멧 가지를 더 담어 가지고 나갓섯다

이때 애기는 부억에 들어 가서 설거지 하느라고 저의 어머니가 빨래 가지수 만히 가지고 가는 것을 못본 짜달게 나종에 어머니 빨래가 너무 늣는다고 속으로 고시랑거리기까지 하얏

다

그러나 애기어머니는 일를것 일렷고 당부할것 당부햇스니까 별일 업스리라고 맘 노코 빠는 까닭게 빨래가 더 느저서 빨래터에서 집으로 돌아 올때 밧서 이른 저녁 연긔가 여긔 저긔 보이엇섯다

애기어머니가 삽작안에 들어서자 백손이가 팔삭동이와 가치 마당에서 어정거리다가

『아주머니 오는군』

하고 소리 질러서 부억에서 저녁 하느라고 부산하든 백손어머니와 애기가 일시에 쪼차 나왓다

애기어머니는 빨래 자백이를 나려 노흐며

『저녁 일직 시작햇네그려』

하고 백손어머니더러 말하는 것을

『할아버지가 배 고프다고 야단이요』

하고 애기가 먼저 가루 채어 대답을 하야 백손어머니는

『야단이면 여간 야단이야』

하고 발을 달엇다

『점심 밥을 드리지 안헛나』

『밥이 업스니까 못 드렷지』

『엇재 업서』

『백손이가 다 먹엇다오』

「기 막혀 죽겟네」

하고 시누의 올케가 서로 말하는 중에 화가 난 병자가 벽을 보고 외치는지

『이년들이 날 굼겨 죽인다』

하는 어룰한 말소리가 병자 쓰는 건넌방에서 울리어 나왓다 애기어머니가 백손이를 보고

『이놈아 그게 무슨 짓이냐』

하고 나물하니 백손이는

『누가 할아버지 밥 차질 줄 알엇소 할아버지 안먹은 밥이라기에 먹엇지』

하고 볼 메인 소리로 발명하얏다

『할아버지 안 먹은 밥이라고 누가 그러듸 애기란년이 그러듸』

하고 애기어머니의 다두처 뭇는말을 백손이가 미처 대답하기 전에 애기는

『나는 고기배 따러 나가서 먹는것 보도 못햇소』

하고 재빠르게 발뺌하고 팔삭동이는 백손이가 저를 대면 제가 혼이 나려니 생각하고 슬금슬금 뒤를 빼어 박그로 나갓다 백손이가 삼촌은 말 밥에 언지 안코 고모의 말을 뒤바다서

『모르고 좀 먹엇기루 왜 이러케 야단이요』

하고 말대답하니 애기어머니는 샐룩하야진 눈으로 백손이를 노려보다가 홀쩨 고개를 도리켜 백손 어머니를 보고

『자네는 무엇 햇나 자빠저 낫잠 잣나』

하고 독살스럽게 말하얏다

『형님은 보지도 안흔 일을 잘 아는구려』

하는 백손어머니의 말이 마치 낫잠 아니 잔 사람이 비꼬아 말하는 것 가터서 애기어머니는

『자네가 비꼴 줄을 다 아네그려 그래 낫잠을 안 잣스면 저놈이 먹는것을 보고 잇섯단 말인가』

『내가 당부나 안 햇슬세 말이지』

하고 성을 더 내다가

『왜 누가 안 잣다고 하오 정말 잣소 잣스니까 밥을 먹게 내버려 두엇지 애기가 와서 할아버지가 밥 달란다고 깨워서 일어낫소』

하고 백손어머니가 낫잠 잔것을 잘한 일 공치사 하듯이 말하는 바람에 어이가 업서서 도리혀 우슴이 나왓다

『내가 아버지를 좀 드려다 보구 나올께 어서 가서 저녁 짓게』

하고 말한 뒤에 애기어머니는 건넌방으로 올러 가고 백손어머니와 애기는 다시 부엌으로 들어 갓다 애기어머니가 자긔가 고의빨러 나간동안에 백손이가 모르고 밥을 먹어 버렷다고 병인에게 이야기하고 저녁밥이 다 되어 가니 조곰만 참으라고 병인에게 사정하야 병인의 화가 조금 풀렷슬때 팔삭동이가 열어 노흔 방문 아페 와 서서

『엇던 사내가 박게 와서 누님을 보자우』

하고 손님이 왓다고 연통하엿다

애기어머니가

『누가 나를 보자노』

괴상히 녀기는 끄테

『칠장사에서 사람이 왓나』

하는 생각이 언뜻 머리에 떠 올라서 팔삭동이더러

『중이듸』

하고 물으니 팔삭동이가 머리를 설네설네 흔들며

『아니 요전에 왓다 간 애기할아버지가 또 온줄 아우 그 늘ㄱ니 중이면 내가 몰을나구 당초에 못 보든 사람이야』

애기어머니가 또 말을 뭇기도 전에 팔삭동이는 입귀를 실룩어리며

『내가 박게 가 잇다가 집으루 들어 오려니까 그 사람이 집아페서 기웃기웃하다가 날 보고 네가 꺽정이의 아들니냐 하구 욕을 하겟지 그래 내가 우리 언니요 하구 소리를 질럿지』

하고 말하얏다

『그래』

『그러면 너의 언니보담두 나이 만흔 누님이 잇지 하구 뭇기에 잇다구 햇지』

『어듸서 왓느냐고는 물어 보지 못해』

하고 애기어머니 말에 나물하는 긔색이 보이니까

『물어 볼라구 하는데 그 사람이 너의 누님보구 이리좀 나오시라구 해라 하기에 그냥 들어왓소』

하고팔삭동이는 제가 가장 똑똑히 한듯이 발명하엿다

기어머니가 팔삭동이보고 더 말을 뭇지안코 일어서서 박그로 나오며

『그게 대체 누구람』

하고 혼자 말하니 팔삭동이는 긴한 체하고

『나가 보십시다』

하고 절름절름하며 뒤를 딸하 나왓다

애기어머니가 삽작문 안에 서서 박게 섯는 사람을 내다 보니 알지 못할 낫 설은 사내다 머리에 갓을 썻스니 분명 량민이고 몸에 소매 달린 웃옷을 입지 못하엿스니 정녕 상ㅅ사람이고 발에 집신 감발을 단단히 하엿스니 근처 사람이 아니고 먼길을 온 사람이다

『어듸서 오셧나요』

그 사내가 그 말 대답은 아니하고 한 거름 삽작문 아프로 갓가이 들이 서며

『당신이 섭섭이 누나요』

하고 물엇다 섭섭이는 애기어머니의 아명이다 밤낫 이년 저년 하는 그 아버지까지 불르자면 애기엄아 하는 때라 섭섭이 당자보다도 뒤에 따러 나온 팔삭동이가 섭섭이누나 한마듸에 눈이 둥그래젓다

『대체 누구야』

『나는 누나를 아러 보겟는데 누나는 나를 몰라 보는구려』

그 사내가 우스며 말하엿다

『아이구 괴상스러운 일도 만치 영 모르겟는데』

『유복이요 인제 아시겟소』

『아이구 이게 누구야』

하고 애기어머니가 반가운 결에 내달어서 그 사내의 손을 잡앗다 한참 동안 두 사람이 서로 얼골만 드려다 보고 말이 업다가

『저승에나 가야 볼 줄 알엇더니』

『하마트면 그럴번두 햇소』

팔삭동이가 저의 누님이 사내의 손 잡는 것을 보고 큰 일이나 난듯이 부지런히 콩을 심그며 들어 가서 부억에잇는 백손어머니와 애기에게 말하고 그때 마침 뒤 보러 간 백손이게까지 쪼처 가서 말하엿다 맨 먼저 뛰어 나온 백손어머니는 삽작 귀틀에 부터 서서 손으로 입을 막고 웃고 뒤 쪼차나온 애기는 낫 모르는 사내가 저의 어머니를 업어 갈까 겁이 낫든지 잘그머니 어머니 여페 나와서 치마 자락을 직신거리며

『어머니』

하고 불럿다

애기 어머니가 그제야 그 사내의 손을 노코

『왜 나왓늬』

하고 애기를 도라다 보며

『네게는 아저씨 되는 이야』

하고 가르처 주엇다 그 사내가 애기의 손을 끌어 다니며 애기 어머니를 보고

『이 애가 누나의 딸이요 그럼 이 애 아버지두 지금 여기잇소』

하고 물으니

『벌서 저승으로 갓서』

하고 애기 어머니는 한숨을 지이는데 애기의 눈에는 눈물이 매첫다 그 사내가 허 하고 탄식한 뒤

『그래 이 애가 지금 몃 살이요』

하고 물어서 열 살이라는 애기 어머니의 대답을 듯고

『열ㅅ살』

하면서 애기의 얼골을 드려다 보려고 하니 애기는 눈물을 보이지 안흐려고 고개를 도리켯다

애기어머니가 그 사내를 보고

「어서 안으로 들어 가서 안저 이야기하지」

하고 말하야 다리고 들어 올 때 백손어머니는 살마진 뱀가치 내빼어 부억으로 들어 가고 백손이는 팔삭동이와가치 마주나오는 중이엇다

유복이가 여페서 오는 애기어머니를 돌아보며

「여보 누나」

하고 부르더니 백손이를 가르치며

「저 아이가 꺽정이언니의 아들이구려」

하고 말하엿다

「어듸 가더 보이는데가 잇서」

「가튼게 무어요 천연하우 우리 서로 떠날 때 꺽정이언니의 모습이 눈에 왈칵 끼치는 것갓소」

「저의아버지와는 딴판인데」

「올에 멧 살이요」

「열 다섯 살이야」

그 동안에 백손이가 아프로 갓가이 왓다 유복이가 백손이의 손을 잡으려고 하니 백손이는 손을 뿌리첫다

『심술스러운 것까지 천연하구나』

하고 유복이가 허허 웃고 나서 백손이를 나려다 보며

『내가 네게는 삼촌이나 달음 업는 사람이다』

하고 말하는데 애기어머니가 여페서

『너의 아버지의 아이ㅅ적 동접친구다 그러고 너의 아버지하고 형제의를 매진 이다』

하고 일러 주니 백손이가 다ㅅ자 고ㅅ자로

『그러면 유복이란 이구려』

하고 일음을 불럿다

『어른의 일음을 그러케 막 부르는 법이 어듸 잇느냐』

하고 애기어머니가 나물하는데 유복이는 우스면서

『올타 내가 유복이다 그러나 네가 내 일음을 엇더케 알엇늬』

하고 물엇다

『아저씨 일음을 왜 몰라요 아버지가 아저씨하구 이번전장에 가치나간 봉학이 아저씨하구

셋이 아이ㅅ적에 동접햇단 이야기를 귀가 아프도록 들엇느네』

하고 백손이가 일음 아는 까닭글 말하니 유복이는 그 말을 듯고 애기 어머니를 돌아 보며

『여기 언니가 봉학이 언니하구 가치 전장에 나갓소』

하고 물어서 애기 어머니가 그러타고 고개를 끄덕이엇다 유복이가

『제기』

하고 입맛을 다시고

『나두 가까이 잇섯더면 따러 갓지』

하고 다시 한숨을 쉬엇다 애기어머니가

『암 그랫겟지』

하고 유복이의 비위를 마친 뒤 곳 애기를 보고

『너 어서 마루를 좀 흠치고 방에 잇는 기직을 내다 깔어라』

하고 일럿다

애기가 마루를 흠치는 동안에 유복이와 애기어머니는 마루 끝에 와 걸터 안젓다

『내가 이번에 교하락하원을 들려 오는 길이요 봉학언니의 외삼촌이란 자를 만나서 봉학언니가 전장에 갓단말은 들엇지만 여기언니와 가치 간줄은 몰랏소 아까 압 주막에서 요긔하

면서 집을 뭇다가 여긔 언니가 요새집에 업는 줄까지 알구서두 전장에 나갓슬 생각은 못햇소 봉학이 언니 가트면 발서 짐작햇슬 테지」

「봉학이집에 가보니 사는모양이 엇더타」

「사는모양 몰으지요 삽작 박게서 그의 외삼촌이란 자에게 말 멧마듸 물어 보구 곳 도라 섯스니까 집은 조그마헙듸다 다른 이야기는 차차 하구 대관절 선생님이 아직 생존하섯소」

「생존하시고 말고 올에 여든둘 이시건만 근력이 조흐서서 올봄에 여기를 걸어 왓다 가섯서」

「지금 가서 기신데가 어듸요」

「중이 되서서 절에 가 기시지」

「중이 되섯다 내가 소문을 들으니까 지금 어떤 중이 삼정승 륙판서를 하인처럼 부린다더니」

유복이의 하는 말이 미처 끗나기도 전에 애기어머니는 발서 말의 의취를 짐작하고

「아니야 아니야 그건 보우라는 중이야 우리시아버지는 죽산 칠장사란 절에 가서 기신데 죽산 근방에서 생불스님이라면 모르는 사람이 업대」

「그러치 우리선생님 가트신이가 나스섯스면 세상이 이끌이겟소 그래 지금 선생님이 죽산이란 산에 가서 기시요」

『죽산이 무슨산이야 경기도 땅일음이야』

『여기서 가깝소』

『가까운게 무어야 여기서 이백 여리라는데』

『내가 올때 선생님은 다시 뵙지 못하려니 햇더니 인제는 뵈어 노핫소』

『죽산을 갈 터이야』

『가다 뿐이요 내일 곳 가겟소』

『내일이야 어떠케 가나』

『꺽정이 언니두 집에 업는데 곳 가지 무어하우』

『나는 사람 축에 못 가나』

『누나를 축에 치기에 언니 업는 줄까지 알구 오지 안헛소』

이 말 끄테 유복이와 애기어머니가 서로 웃느라고 곳이 업시나오든 이야기가 잠ㅅ간 동안 끄치엇다 애기가 이틈을 타서

『어머니 고만 올라 오시요 자리 깔어 노흔지가 언제요』

하고 올라 오기를 재촉하니 애기어머니가

『내가 이야기에 정신이 팔렷다』

하고 또 다시 웃고 나서 유복이와 가치 마루로 올라 왓다

유복이가 애기어머니의 가르처 주는 북창문 압 자리에와서 안지려고 하다가 아직 서 잇는 애기어머니를 치어다 보며

『누나에게 절이나 한 번 하여야지』

하고 몸을 구불이니 애기어머니는 아프로 대들어서

『새삼스럽게 절은 다 무어야』

하고 그대로 붓들어 안치고

『너의 둘이나 와서 절을 좀 해라』

하고 애기와 백손이를 돌아 보앗다 마루 끄테 섯든 애기는 아프로 나와서 납신 절하고 마루 아래 섯든 백손이는 올라 와서 꿉벅 절하얏다 다리가 불인해서 오래 섯지 못하는 팔삭동이는 이야기들 하는동안에 아래ㅅ방붕당 멍석우에가 퍼더버리고 안저서 마루우를 바라보고 잇고 백손어머니는 부억에서 빼금빼금 내다 보고 잇섯다

『우리 동생의댁하구 상면을 해야지』

『아저씨는 보입지 안허두 좃소』

『우리 아버지 말이지 풍병으로 누어 기시니까 차차 보입지 무어』

애기어머니가 부억을 향하고

『여보게 거기 잇나 좀 올라 오게』

하고 백손어머니를 불럿다

백손어머니가 머리를 씨다듬으며 마루 끄테 와서 가로 걸터 안젓다 애기어머니가 그의 걸터 안는 것을 미타히 생각하야 잠ㅅ간 눈쌀을 찡그리고

『어서 이리 올라 와서 인사하게』

하고 일르니 고지식한 백손어머니는 엇더케 인사할 것을 배워 가지고 올라 가려고 걸터 안진채

『형님 나도 절하리까』

하고 물엇다

『누가 자네더러 절하라나』

『글세 절을할지 안할지 몰라 뭇지안소』

『요전 이봉학이 왓슬때 인사를 어떠케 햇나 그대로만 하게그려』

『그아재 왓슬때 무슨인사햇소 저 아래ㅅ방압 마당에서 그아재가 허리를 굽신하며 저는 이봉학이올시다 하기에 나도 허리를 굽신하고 저는 운총이올시다 하니까 형님이 웃기까지 하

지 안엇소』

애기어머니가

『참말 그랫든가』

하고 우스니 백손어머니는

『그랫든가가 무어요』

하고 우섯다

백손어머니 올라오기를 일어서서 기다리든 유복이가 역시 우스면서

『인사가 무슨 별것입니까 어서 올라오시지요』

하고 말하야 백손 어머니가

『네』

대답하고 올라 왓다 유복이는

『아주머니 절 바드시요』

말하고 절하는 것을 백손어머니는 서서 바드려고 하니 애기어머니가 보다가 딱하야서

『이 사람아 절을 먼저 하지는 안터래도 맛기는 해야지』

하고 면박 주듯 일러주엇다 싹싹한 백손어머니가 얼른 절을 하엿스나 유복이는 발서 몸을펴

고 일어선 뒤라 유복이가 한번 더 절을 하야 언뜻 보면 백손어머니의 절을 유복이가 맛는 것 가텃다

백손어머니가 장관의 인사를 마치고 자리에 안진 뒤에 애기어머니는 면무료해 주기 겸하야 백손어머니의 내력을 이야기하엿다

『이 사람의 아버지는 갑산 관노고 이 사람의 어머니는 갑산 관빈데 서로 눈이 마저서 관가 모르게 도망해서 처음 갑산에 잇는 운총내라는 내ㅅ가에 가서 숨어 살엇더래 그 때 이사람이 난 까달게 이 사람의 아명이 운총이야 그런데 관가에 염탐이 들어 가서 잡으려고 하니까 인간처를 피하느라고 백두산 속으로 들어 갓더래 백두산을 들어가자면 허항령인가 허강령인가 하는 데가 잇다는구먼 그 곳서 화전 일어서 서속을 심거 먹고 산양해서 고기 먹고 그러고 살엇대 이 사람 여덟 쌀 적에 사내 동생이 하나 생겨서 남매가 부모 외에는 사람을 구경 못하고 자라난 까달게 시아버지가 우리 동생을 다리고 백두산 가섯슬 때 이 사람이 나이 스물 셋이나 된 처녀지만 동생하고 가치 자자고 떼를 쓰고 별 일이 다 만헛더란구먼 지금은 사람이 다되엇지 남매가 처음 집에 왓슬 때 꼴이라니 어듸가 사람이야 꼭 들 짐생들 가텃지 동생이 거기서 혼인을 하구 나와서 아버지에게 야단을 멧번 맛낫다구 이 사람 아버지는 우리 동생이 가기 전에 도라 갓고 이 사람 어머니는 이사람이 우리 집에 오든 해에 남

편 무덤 아페서 자결해 도라 가고 그래 이 사람 남매가 어린백손이를 번갈려 업고 나왓서』 유복이가 재미가 나서 연해『그래서요』『그래서요』하며 이야기를 듯는 중에 별안간 어듸서 능구리 우는 소리 가튼 소리가 둘리엇다

『누나 저게 무슨 소리요』

하고 애기어머니에게 물으니 애기어머니는

『아버지 또 화 나섯군 가보아야지』

하고 자리에서 일어낫다

애기어머니가 건넌방 되 창문으로 마루에 잇는 유복이를 내다 보면서

『아버지가 보자시니 이리 와요』

하고 말하야 유복이가 병자 방으로 들어 왓다 병자가 한 다리를 펼고 벽에 기대어 안젓는데 넙적 넙적한 검은버섯 백인얼골이 누러케 떠서 보기가 흉하엿다 게다가 말이 반벙어리라 처음 듯는 유복이는 알어 듯기 어려워서 대답을 썩썩 하지 못하니 잘 알어 듯는 애기어머니가 병인의 말을 바더 옴기기도하고 유복이 대답할말을 똥기어 주기도하엿다 병인이 자기 병이 할일 업는 것을 하소연하고 나서 유복이의 경력을 캐어 뭇기 시작하엿다

『처음에 서울서 이사 갈때 황해도 어듸루 갓섯지』

『네 배천으루 갓섯습니다』

『올아 그래서 백손 애비가 자네를 차지러 배천을 갓섯거니』

『백손이 어른이 그때 어듸 배천만 갓섯나요 이 사람의 본 고향 강령까지 갓섯지요 이 사람의 종적을 모르고 와서 괴탄도 하더니 오늘날까지도 이 사람의 말만 나면 그 자식 죽엇서 그 자식 죽엇서 하면서 언짠하하지요 아이ㅅ적 동무는 정이 특별한게에요』

애기어머니가 여페서 이야기에 쐐기를 첫다

『그래 배천서 어듸루 갓섯나』

『어머니가 저를 다리구 배천으루 나려 가기는 이모를 의지하구 살 생각이엇는데 나려 간 뒤 일년 채 못되어서 이모가 돌아 가구 이모 장사 지내구 멧칠 안되어서 어머니가 돌아 가섯습니다 어머니가 저를 유복자루 나어 가지구 가진 고생을 다해 가며 키워서 간신이 열 두어살 먹여노쿠 돌아 갈때 눈이 잘 감겻겟습니까 돌아 가든 날 식전까지두 정신이 남어서 저의 손을 만지면서 내가 죽어두 눈을 감지 못하겟다 네가 커서 너의 아버지』

하고 유복이의 목이 메이어서 말을 못하다가 병인이

『그래서』

하고 이야기 끄를 재촉한 뒤에 유복이가 이야기를 이어 하엿다

『제가 어머니하나 밋구살다가 그 어머니를 여이구보니 자연 천지가 아득할것 아닙니까 이모부와 동네ㅅ사람 덕으루 장사라구 지내구 나서 저는 동소문 안 선생님께 와서 지낼 소견으루 이 모부더러 서울루 가겟다구 말하니까 이모부가 자기집에 와서 이종매와 가치 잇스라구 만류합듸다 그래서 이모부의 집에가서 언처잇게 되엇섯습니다』

『그때 고만 서울루 오지 그랫더면 이번에 전장에도 가치 갓지』

하고 애기 어머니가 말하니

『글세 말이요 생각하면 모두가 다 내 팔자가 험한 탓이요』

유복이가 대답하고

『사람이 너무 진실해서』

하고 애기어머니가 말하니

『내가 나를 모르는줄 아시요 내가 미련하지』

유복이가 대답하야 이야기가 가닭기 지게 되니 병인이 이것을 조하하지 아니하야 원 끄를노치 안코

『그래 이모부에게루 가서』

하고 채처서 유복이가 이야기를 또 다시 이어 하엿다

『저의 이모부가 사람은 대단 조흔데 지금 생각하니 기집을 너무 조하한 모양이에요 사단은 잘모르나 하여튼 기집 관계루 동네서 회가출동을 시긴다구 야단이 나서 이모부가 모야무지에이사를 가는데 저두 가치 갓섯습니다 그 뒤에두 이사를 멧번 다녓는지 모릅니다 처음에 황주땅 그 다음에 자산땅 또 그 다음에 순천땅 나종에 맹산 드메 속으루 뜰어 가서 살게 되엇섯습니다 제가 열닐 곱살 되든 해 봄에 맹산으로 이사를 갓섯는데 그해 가을부티 제가 시늠시늠 알키 시작해서 한 일년 지내니까 빼에 가죽만 남엇지요 의약두 업는데구 꼭 죽는줄 알엇섯습니다 이모부와 이종 매의 성심으루 살어 난 셈입니다 이십 가까이 된 뒤 완구이 병줄이 노혀서 사람이 될만하니까 원수의 안질뱅이 병이 생겻섯습니다 두 다리의 무릅아래가 힘이 업서서 거름을 것지 못합니다 그려 산양을 하려 갈 수가 잇습니까 나무를 하러 갈 수가 잇습니까 꼭 안저 먹구 지내게 되엇지요 아무리 이모부는 내색을 하지 안터래두 제가 무안하지 안습니까 그래서 멧번 자처해 죽으려구까지 햇섯습니다 그러나 죽을 맘이 날때 마다 죽은 부모 한풀이를 어떠케 하나 생각하구 고만 두구 고만 두구 햇섯습니다 그래 십년 동안을 안질뱅이루 지냇습니다』

이 때 애기가 방에 들어 와서

『할아버지 저녁 밥상 가저 와요』

하고 물으니 이야기에 재미 부친 병인이 배 고파 죽는다고 야단칠 때와는 딴판으로

『좀 잇다 먹지』

하고 유복이더러

『자네 시장하지 안흔가 과히 시장치 안커든 이야기 마저 하게』

하고 말하는 것을 애기어머니가

『먼 길 온 사람이 엇재 시장하지 안켓소 이야기는 석후에 다시 들으시오』

하고 말하엿다

백손어머니가 애기어머니를 와서 보고

『손님 아재 상을 엇더케 하리까』

하고 물으니 애기 어머니는

『백손아저씨하고 겸상하게나』

대답하고 곳 백손이를 불러서

『너의 아저씨 불르러 가거라』

하고 일럿다

『왜 밤낫 나더러만 불르러 가라우』

「너의 외삼촌이니까 너더러 부르라지」
「외삼촌은 다른 사람이 불르러 가선 못 쓰우 삼촌더러두 좀 가라구 하지우」
「다리 병신더러 가라는게 네 맘엔 조켓느냐」
「그러면 애기를 보내구려」
「네가 가야 얼른 오지 야」
「잘두 얼른 와요」
「얼른 안 오거든 요전처럼 장긔ㅅ판을 쓸렴으나」
「요전에 공연이 볼치를 어더 맛구 분해 죽겟는데 또 어더 마즈라구」
「그래도 네가 가야 대번에 불러 오지 만일 다른 사람이 가면 두세번 헛거름 시킬께 다」
「잇다 내가 가리다」
하고 백손이가 고모의 말을 순종하면서도
「제기 성가시어 죽겟네」
하고 두덜거리며 박그로 나갓다
유복이가 백손이 말하는 것을 유심히 보고 잇더니 애기어머니더러

『백손이 말할 때 아래 입살 빼 무는 것이 천연 저의 아버지로구려』

하고 말하니

『쩌야 속일 수 업지』

하고 애기어머니는 우섯다

『백손이 외삼촌이 대체 어듸를 갓기에 불르러 가는데 그러케 야단이요』

『집에서 밤낫 뺀둥뺀둥 놀든 사람이 요 근래 장긔에 반해서 집에 잠시를 부터 잇지 아니한다네』

『장긔를 가르처 주는 글방두 잇소』

유복이의 뭇는 말이 우스우나 애기어머니는 시침 떼고

『그래 글방이 잇고 말고 그 글방이 나제는 정자나무 미티고 밤에는 머슴 방이래 그리고 익는 글은 장이야 군이야』

하고 말 끗도 업시 깔깔거리고 우섯다

한식경이 지나서 키가 호리호리한 노총각이 들어 왓다 이 총각이 백손이의 외삼촌 황천왕동이다 마루 우에 손님이 잇는 것을 보고 마루 아래 와서 멈츳멈츳하는 것을 애기어머니가 어서 올라 오라고 재촉하야 올라 오며 곳 유복이와 인사를 부치엇다 유복이가 천왕동이의 얼골을 보니 살빗이 히고 이목구비가 단정하고 몰르고 보드라도 백손 어머니의 동생인 것을알어낼만큼 션형이 남매비슷하엿다 나이가 들어 보이지 아니하야 유복이가

『올에 스물 몃인가』

하고 물으니 천왕동이는

『스물』

하고 뇌고 나서

『설흔 하나요』

하고 대답하엿다

『설흔이 넘엇서』

하고 유복이가 놀라면서

『이 사람이 내게 삼년 아래라면 누가 고지 듯겟소』

하고 애기어머니를 돌아 보니 애기어머니가 새삼스럽게 두 사람의 얼골을 반반씩 갈러 보다가

『글쎄 외양으론 한 십년 틀려 보이는군 대체 백손이 외삼촌이 절머도 보이지만 동생이 너무 것늘것서 고생을 만이 해서 그런게지』

하고 말하엿다

나이 비교가 끄치 나자 백손어머니가 저녁 상을 가지고 올라 왓다 유복이와 천왕동이가 겸상하야 마주안저 먹는데 애기어머니는 유복이 가까이 안저서

「찬이 업서 어떠케 자시나」

하고 상을 드려다 보고 백손어머니는 천왕동이 여페 안저서

「이 생선이 아까 백손이가 잡어 온 것이야」

하고 지짐이 그릇을 가르첫다 외삼촌보다 뒤 떨어저 들어 와서 마루 아래 섯든 백손이가

「우리는 밥 안 줄라우」

하고 툭명을 부리니

「점심을 두 그릇식 먹고도 어느새 배가 고프냐」

백손어머니는 나물하고

「할아버지 상이 나거든 먹으렴으나」

애기어머니는 달래는데

「할아버지 턱찌끼 먹기 실소 그대로 주우」

하고 백손이가 고집을 세웟다

『그러면 너의 삼촌 불러 가지고 가치 먹어라』

하고 애기어머니가 허락하야 백손이와 팔삭동이는 마루 끄테 안저서 상이 업시 밥 그릇들을 들고 먹엇다 외조부의 밥상을 가지고 건넌방에 들어 갓든 애기가 나와서 저의 어머니를 보고

『할아버지가 어머니 얼른 밥 먹고 손님 아저씨하고 가치 들어 오라시요』

하고 말하니 애기어머니는

『이야기 듯기가 급해서 재촉이시군』

하고 웃고 백손 어머니를 보며

『또 벼락령 나리기 전에 우리도 얼른 먹어 치우세』

하고 말하엿다

저녁 밥이 끗난 뒤에 천왕동이는 장긔 동무를 차저 가고 유복이는 애기 어머니와 가치 건넌방으로 들어 왓다 병인이 안젓다가 누을 때는 쓸어지듯 혼자 눕지마는 누웟다가 일어나 안질 때는 부축 업시는 꼼짝하지 못하는 터이라 누워 잇든 병인이 애기어머니를 보고

『좀 이르켜 다오』

하고 말하야 애기어머니가 부축하야 주려고 병인 아프로 바짝 들어 안저서 엽구리 미테 손을 드려 밀엇다 손이 다면 병인이 아프다고 질색하는 곳이 잇는 까닭게 애기어머니는 극히

조심하엿건만 손이 잘 못 들어 갓든지
「이 망한년이 또 손을 그리 넛네」
하고 병인이 화를 내니
「유착한 몸을 끼어안어 이르키자니 엽구리 미테 손을 너치 안흐면 엇더케 해요 인제는 고개만 처들어 드리리다」
하고 애기어머니도 증을 냇다
이 때 백손어머니가 유복이의 이야기를 들으려고 설거지를 건정 건정 마치고 열어 노흔 뒤창 아페 와서 안젓다 병인이 일어나 안지며 휘유 하고 길게 한숨을 쉬고 애기어머니와 백손어머니를 갈려 보면서
「백손아비가 어서 와야 내가 살지 너이년들하구 잇다간 병버덤두 지레 말러 죽겟다」
하고 책망하니 백손어머니는 눈을 흘기며 고개를 도리키고 애기어머니는 백손어머니 가까이 와서 안지면서
「백손이어른이 얼른 와야 제일로 내가 살겟소 아버지에게 부닥겨 살 수가 잇서야지」
하고 말 대답하엿다
「백손아비가 안어 이르킬 때 내가 언제 아프다구 말하드냐 보앗거든 보앗다구 말해라 우악

스러운 사내 손으로두 그러케 곰살궂게 달으는데 너의년은 여편네 명색이지 좀 더 곰살구저야지」

「백손이어른은 아버지가 마구 욱매기기 어려우니까 아퍼도 참는지 누가 아오」

「이년아 잘못햇다구 나무래거든 주둥이나 닥치구 잇서」

「아버지 제 나이 멧살인지 아시요」

「왜 나이는」

「나이 마흔 여섯이요 오십줄이예요 아무리 딸이래도 나이 대접이나 좀 하시요 누가 잇든 업든 밤낫 이년 저년 망한년 그게 다 무슨 말루요 아버지 말루가 안됏서요」

백손어머니가 유복이 보는데 창피한 맘이 나서 푸념을 내 노흐니 병인이

「예라 고만 짓거려라 저 사람 이야기나 듯자」

하고 유복이를 보며

「대체 십년 안질뱅이가 엇더케 해서 저러케 성한 사람이 되엇나」

하고 말을 물엇다

「하누님 덕택으로 이인 하나를 만나서 약을 어더 먹엇습니다」

하고 유복이가 말하니

『어떠케 이인을 만나구 어떠한 약을 어더 먹엇나 이야기 좀자세히 하게』

하고 병인이 벽에 기대엇든 몸을 아프로 이르키엇다

『아까두 말슴하엿지만 저의 병이 두 무릅 아래가 힘이 빠저서 거름을 것지 못하는 병이라 안젓다가 일어서려면 남이 붓들어 주거나 그러치 안흐면 무엇이든지 붓들어야 간신히 일어나구 두 손으로 벽을 집구 궤 거름을 처서 한 두발쯤 걸으면 발서 다리가 벌벌 떨려서 펄석 주저안께 되구 하니까 할수 업시 토막 둘을 양손에 갈려 쥐구 궁둥이루 다니게 되엇섯습니다』

『그러면 바루 안질뱅이는 아니엇섯군』

『무릅이 부러서 꼼짝 못하는 것만 안질뱅이가 아니구 저처럼 무릅아래 힘이 업서 것지 못하는것두 안질뱅이라구 합듸다 거름을 것지 못하니 안질뱅이지 무엇입니까』

『그러치』

『궁둥이루 다니는 것이 무슨 일을 할ㅅ수 잇습니까 조팝으루 주린 배를 채우면 뜰 아페안저서 해를 보냇섯습니다』

『해가 길지 질감스럽게 길지』

『오 뉴월에두 해 긴 줄은 모르구 지냇습니다』

『박게 나가안저서 이것 저것 구경하니까 나와는 달르든걸세 나는 해가 길어서 고생일세』
『저는 종일 안저 손 작난을 한 까달개 해 긴줄을 몰랏습니다』
『무슨 손 작난』
『나무때기루 짜름한 교창이를 깍거서 던지는 작난을 햇습니다 처음에는 심심푸리 작난으루 시작 한 것인데 물건을 노리구 던지면 맛는데 재미가 날뿐더러 그것두 혹시 재주루 쓸데가 잇슬까하구 일심 정력을 드려서 익혓습니다 그래서 긴긴해두 가는 줄을 모르구 보냇습니다』
유복이가 말을 마치고 나서 애기어머니를 돌아보며
『누나 입으루 콩알을 잘 부시더니 지금두 부시우』
하고 물으니 애기어머니는 웃기만하고 대답을 아니하는데
『콩알을 불어서 새를 다 잡으신다오』
하고 백손어머니가 대신 대답하엿다
『누나는 다 아시지만 봉학 언니는 활을 잘 쏘구 여기 언니는 칼을 잘 부리는데 나만 아무 재주가 업서서 어머니에게 구박두 만이 마젓더니 교창이 던지기를 익힌 것이 지금은 백보 이내의 큰 짐생을 맘 대루 잡을 수 잇소』
『나무 교창이르 엇더케 짐생을 잡나』

애기어머니 말 끄테

『나무 꼬창이로 무슨 짐생을 잡어 새앙쥐나 잡을까』

백손 어머니가 말ㅅ깃을 달고 깔깔 웃기까지 하엿다

『처음엔 나무 꼬창이를 가지구 익히다가 나중엔 쇠 끄트루 꼬창이를 치어서 익혓는데 병을 고처주신 어른이 조그만 창끗 가튼 병장긔를 스무개 한벌 갓다 주서서 그뒤는 줄곳 그 걸 가지구 익혓서요』

『지금 가젓거든 어듸 구경 좀 하세』

애기어머니 말에

『보따리에 들엇스니 잇다 구경시켜 드리지요』

유복이가 대답하는 것을 백손어머니는 듯기가 무섭게 얼른 가서 유복이의 보따리를 들고 왓다 병인이 홀째 성한 다리에서 쥐가 난다고 벽에 기대어 안즈면서 애기어머니더러 주물러 달라고 말하야 애기어머니가 병인의 다리를 주물르는 동안에 백손어머니는 유복이 가까이와 안저서

『어서 좀 보이여 주시우』

하고 졸랏다 유복이가 보따리 속에서 유지에 싼 것을 끄내서 풀며 노흐니 반듯반듯 걸이든 조

그만 창열 스무 개가 들어낫다 백손어머니가 얼른 손을 내밀어서 한개를 집어 들고
『아이구 입버라 아주 창열 천연 해』
하고 말하엿다
『이것을 주신 어른은 진서 글두 잘 하시구 대국 일두 잘 아시는 어른인데 이 창을 대국서 표창(鏢鎗)이라구한다구말 아섭듸가 내 이종매가 이것을 보구 장뼘 한뼘 박게 안 된다구 뼘창이라구 일흠을 지어서 나무 작난으루 뼘창이라구 불릅니다만 원 일흠은 표창이랍이다』
『그래 이걸 가지구 짐생을 엇더케 잡소』
『골통이나 산멱에 두어개들어가 백히면 아무리 큰 짐생이라두 제가 넘어 가지 별 수 잇습니까』
『빗 마지면 큰일 아니요』
『왜 빗 맛게 던지나요』
『호랑이도 잡아 보섯소』
『녜 잡아 밧습니다』
『우리 남매가 백두산 속에서 산양질할때 긴창들을 가지고도 호랑이에게는 여러번 혼이 낫는데 요런 조그만 쇠 그틀 가지고 호랑이가튼 큰 짐생을 엇더케 얼룰까요』
백손어머니의 말어 막 그칠 때에 병인이 애기어머니더러

『아 혼이 낫다 인제 좀 나엇다 저리 가 안저라』

말하고 곳 유복이를 향하야

『창인지 칼인지 이야기는 고만 두구 병 고친 이야기나 어서 좀 하게』

하고 말하니 유복이가

『네』

대답하고 표창을 유지에 싸 노코나서 병 고친 이야기를 다시 시작하엿다

『임자 년 느진봄 일입니다 제가 뜰 아페서 나무 표창이를 던지는데 엇던 낫 모르는 노인 한 분이 들어 오더니 대번 제게루 와서 무엇을 던지느냐구 뭇구나서 무어 잡을 만한 것이 잇나 하구 둘레둘레 돌아 보다가 나무 끄트럭에 안진 잠자리 한마리를 보구 가르치면서 저것두 잡을 수 잇겟느냐구 뭇습듸다 그래서 제가 그것쯤은 누어서두 잡을 수 잇다구 곳드러누어서 표창이 하나를 던젓습니다 그것이야 안마질 까닭이 잇습니까 바루 들어가 마젓지요 이것이 연분이 되어서 그 노인이 저의 병신인 것을 불상히 녀기구 약을 해주게 되엇섯습니다 그 노인은 산 속으루 약을 캐러 다니는 어른인데 모르는 것이 업는 이인이에요 처음엔 그가 몸에 진엿든 환약 두어 줌을 먹어 보라구 주구 가더니 그 뒤에 와서 제 다리가 좀 나은 것을 보구 인제는 되엇다 이것 한제만 먹으면 성한 사람이 될 것이다 하구 환약 한

봉지을 주십듸다 그것을 다 먹구는 곳 거름을 것게 되엇습니다』

병인이 이야기 끗 나기를 기다릴 사이 업시

『나두 어떠케 하면 그런 신통한 약을 어더 먹구 성한 사람이 되어 보나』

하고 길게 한숨을 쉬엇다

『걸음을 것게 된 뒤 그 어른의 태산가튼 은혜를 만분 일이라두 가프려구 그 어른을 따러 다니며 몸 수구를 햇습니다 산 속으루 산 속으루 돌아다닐 때 표창으루 짐생두 만이 잡구 강 건너 뒤땅에 갓슬 때는 표창 가지구 되놈들하구 접전까지 해 봣습니다 지지난 달에 그 어른이 강계땅에서 병환이 나섯는데 원악 노병환이라 약효가 업서서 한 달포 동안 시늠시늠 편치안흐시다가 마침내 상사가 나서 제 손으루 감장해 드리구 맹산 이모부 집에를 다녀서 나오는 길입니다』

유복이가 이야기 끄틀 마친 뒤에 병인이 피곤하든지 눕혀달나고 하야서 애기어머니가 병인을 거드러 눕히고 나서 유복이를 보고

『인제 우리는 좀 시원한데로 나가지』

하고 말하야 유복이는 애기어머니와 가치 다시 마루로 나왓다 해 진지가 발서 오래라 초생달 빗치 마당에 가득하엿다 백손어머니가 아래방 봉당에 가서 명석을 거더다가 마당한중간에

깔어 노코 자기가 먼저 안즈면서

『형님 손님 아재하구 이리 나려 오시요 침침한 마루 보담 여기가 좃소』

하고 소리쳣다 애기 어머니와 유복이는 마루 북창 아페 안저서 서로 이야기하는 중이엇다

『언니가 언제쯤 온다구 말하구 갓소』

『말 업섯서』

『언제 올찌 몰르는구려』

『요즈음 소문에는 난리가 끄티 낫다니까 수히 올른지 모르지』

『언니를 한번 만나 보앗스면 조켓는데』

『올 때까지 여기서 기다리게나』

『내일 곳 갈터인데 언니 올 때까지가 다 무어요』

『참말 내일 떠날테야』

『지금 내가 맘이 조조해서 하루두 묵재길 수가 업소』

『무슨 급한 일이 잇나』

『잇서요 누나 잇다가 좀 조용이 이야기할 틈이 업겟소』

『왜 그래 다들 잔뒤에나 조용할까』

어느틈에 집안 식구가 거지반 다 마당 멍석 자리로 모여 들엇다 애기와 백손이는 멍석 가에 안저서 서로 웃고 짓거리고 팔삭동이는 멍석 우에 네 활개를 벌리고 잣바젓고 벗개들을 차저 다니느라고 종일 현형 아니 하든 검둥이까지 마루 미테서 기어 나왓다 검둥이가 저를 가장조하하는 애기와 저를 제일 구박하는 백손이가 느런히 안젓는 것을 보고 가까이 가다가 말고 꼬리 치고 섯는 것을 백손이가

『이놈의 개가 왜 나왓서』

하고 일어 서서 발길 질 하랴고하니 애기가

『옵바는 개하구 무슨 원수 젓소』

하고 나물하며 백손이를 붓잡어 안치엇다。 백손어머니가 마루를 치어다 보며

『아니들 나려 오실라오』

하고 또다시 소리 치니

『저리 나려 갈라나』

『아무리나 합시다』

하고 애기어머니와 유복이도 역시 마당으로 나려 왓다

멍석자리의 이야기 판이 벌어젓다 이야기에 이야기가 꼬리를 물고 나와서 사람들은 정신이

이야기에 팔린 중에 검둥이는 애기 갓가이 엽드려서 멋엽시 사람들의 얼골을 치어다 보고 잇다가 부억에서 무슨 재까만 것이 나오는 것을 보고 우루루 쪼차갓다 키킥하는 것은 검둥이요 양옹하는 것은 고양이다 개와 고양이의 싸홈이 사람들의 이야기를 회방 노핫다 백손이가 집신짝을 집어 던지니 고양이는 날쌔게 지붕으로 뛰어 올라 갓다 검둥이가 치어다 보며 키킥하니까 고양이는 나려다 보며 양옹양옹하엿다 애기어머니가 애기와 백손이를 돌아보고 우스면서

『개와 고양이가 엇재서 저러케 원수가 되엇는지 너이들 아늬』

하고 물으니 백손이는

『몰라』

하고 대답할뿐이고 애기는

『엇재서 원수가 되엇소』

하고 되 물엇다

『녜전에 백정이 엇던 양반하고 이웃해 사는데 그 양반이 똥구녁이 찌어지게 가난해서 백정에게서 키를 갓다 쓰고 키갑슬 주지 안핫더란다 그 백정은 양반을 보면 키갑슬 내라고 졸르고 그 양반은 양반 보고 키갑 달란다고 강호령질르 백이다가 나종에 백정도 죽고 양반도

죽엇는데 백정의 넉슨 개가 되고 양반의 넉슨 고양이가 되어서 개는 고양이를 보면 키갑슬 내라고 키킥하고 고양이는 양반이라고 양양 한단다』

애기어머니의 이야기가 끄티 나자 애기는

『옵바 인제 부터는 개를 구박 마오』

하고 여페 안즌 백손이를 도라 보고 백손이는

『고놈의 키갑 안준 고양이를 잡어 죽이까부다』

하고 지붕에 잇는 고양이를 치어다 보앗다 애기 어머니가 실업시

『너이 이 아저씨더러 아까 보이든 창 끄트루 잡어 보시라구 졸라 봐라』

하고 부추겨서 백손이가 졸르고 애기가 졸르고 백손어머니까지 졸랏다 유복이가 졸리다 못하야 주머니 속에서 다른 쇠끄틀 한개 끄내서 손에 들고 일어섯다 유복이의 손이 한번 번뜻하며 지붕의 고양이가 양하고 껑청 뛰더니 곳 마당으로 굴러 떨어젓다 백손이가 쪼차가서 떨어진 고양이를 집어 들고 와서 여러 사람을 보이는데 고양이 두눈 사이에 쇠끄치 들어가 박히엇섯다 도독 고양이가 량반의 넉스로 몰리어 죽는데 백정 넉시란 검둥이는 무슨 까닭게 접이 낫든지 마루 미트로 기어 들어 가서 다시 나오지 아니 하엿다 유복이가 고양이 잡은 쇠끄틀 씻어서 주머니에 너흔 뒤 표창으로 산양한 이야기를 하는데 아슬아슬한 이야기가 만하서 애기

와 백촌이까지 밤이 이슥도록 자지 아니 하엿다 유복이와 천왕동이와 팔삭동이는 아래방에서 자고 애기 모녀와 백촌이모자는 마루에서 잣다 밤이 기픈 뒤다 애기 어머니가 아래방 아페 와서

「동생」

하고 유복이를 불럿다 잠꾸레기 팔삭동이는 코를 골은지가 오래고 늣게 돌아온 천왕동이도 첫 잠이 기피 들엇섯다 유복이는 천왕동이 돌아올 때 잠이 깨어서 한 동안 이리 뒤척 저리뒤척하다가 다시 잠이 들라하든 중이라 대번에 목소리를 알어 듯고

「네」

하고 일어낫다

「이리 나오게」

「네」

「멍석 펴 노흔데로 갈가」

「네」

하고 유복이가 애기어머니의 뒤를 따러서 마당으로 나왓다 이때 달은 진지가 오래고 별비치 히미할 뿐이엇다 애기어머니는 조그마치 화토불을 노흐랴고 광솔 가지러 가는 것을 유복이가

자는 사람 잠 깨기 쉽다고 말리어서 두 사람이 어두운 속에 안저서 가만가만 이야기하기 시작 하엿다

『조용이 할 이야기가 무엇이야』

『내가 가퍼야만 할 원수가 잇는 것은 누나 아지요』

『아버지 원수 말이겟지』

『아버지의 원수를 갑는 것이 어머니의 한 풀이까지 되오 지금 어머니는 지하에서 원수 갑는 날을 고대할 것이요』

『원수가 누구인지 지금까지 살앗는지 살엇스면 어듸서 사는지 그것을 다 알어야 할 것아니야』

『아버지를 모함한 놈이 성이 노가인 것은 어머니에게서 들엇구 이모부가 배천으루 이사 나올 때까지 강령서 산것은 이모부에게서 들엇스니까 그만하면 종적을 차질 수가 잇겟지요 단지 그놈이 그 동안 죽엇슬까 보아 근심이요』

『지금 살엇다면 나이 꽤 만흘걸』

『한 칠십 가량 되엿슬 것이요 그놈이 살어 잇서야 망정이지 만일 죽엇스면 그놈의 집은 결단이지요』

『엇재서』

『그놈이 살어 잇스면 그놈 한 놈만 죽여서 원수를 가풀테지만 그놈이 죽고 업스면 그놈의 집안을 도륙 낼 작정이요』

유복이의 말 소리는 나즉나즉 하지만은 그 말은 말말이 힘 차게 들리엇다 애기어머니가 잠간 동안 잠자코 잇다가 유복이 손을 덥석 잡으며

『원수 갑고서 붓잡히면 엇지하나』

하고 물으니 유복이는 수월스럽게

『죽지요 죽는 것이 겁이 나서야 원수를 갑흘 수 잇소』

하고 대답하엿다

『백손이 어른과 봉학이가 오거든 서로 의논해서 하는 것이 조치 안흘까』

『왜요』

『글세 말이야』

『나두 죽기 전에 한번들 만나 보구 시픈 생각은 간절하지만 원수 갑는데 도움 바들 생각은 꼬물두 업소』

『자네 재주 가지고 원수 갑기는 념려 업겟지만』

「누나 념녀 마시요」

「지금 거름은 잘 것나」

「잘 것는 셈이요 요새 해에 하루 일백 이삼 십 리는 무난하오」

「섭년 안질뱅이가 약한제에 그러케 되엿서」

「약은 여러제 먹엇소 내가 그이인 노인을 따러 다니는 중에 나의 신세와 사정을 자세히 이야기햇더니 그 로인이 아버지 원수를 갑도록 사람을 만드러 준다고 장담을 합듸다 그래서 달은 약을 어더 먹엇소 그게 차력 약 입듸다 지금 내 힘이 칠 장정 십 여명은 무섭지 안흘만 하오」

「그래 축산 다녀서는 바로 원수를 차저 갈터인가」

「아니요 내가 죽기 전에 할일이 또 한가지 잇소」

「무어야」

「아버지와 어머니를 따루 따루 둘수 잇소 아버지를 파다가 어머니와 가티 무들 작정이요 그래 축산 다녀서는 서울루 갈터이요」

「서울서는 배천으로 갈터이지」

「암 그러치요」

『그러면 배천갈때 좀 돌더라도 우리 집에 다녀가게 그 동안이라도 백손이 어른이 돌아 올른지 몰으니』

『글세요』

『다시 온다면 내일 가게 하지만 그러치 안흐면 내일은 못갈테니 그리 알어』

『보아서 오지요』

『보아서가 아니야 꼭 온대야 놔 보낼테야』

그 뒤에도 이런 이야기 저런 이야기 하느라고 애기어머니와 유복이가 먼동이 틀 때까지 마당에 안저잇섯다

박 유 복 이 (二)

유복이가 양주서 떠날 때 생각에는 죽산이 이백여리라니 조금만 욱걸으면 하루 한 나절에 대일 수 잇스려니 하엿더니 모르는 길을 물어 가며 오느라고 이틀 만에도 거의해동갑하야 간신히 죽산 읍내를 대어 왓다 유복이가 어떤 사람을 붓들고 칠장사를 물엇다

『칠장사가 어듸 잇소』

『어듸 잇다니 칠현산에 잇지요』

『칠현산이 여기서 가깝소』

『삼십리요』

『아이구 삼십리면 지금 가기 어렵겟네』

『보아하니 초행인데 산길 삼십리를 지금 어떠케 가겟소 갈 생각마우』

유복이가 그 사람의 말을 들은뒤에 읍네서 묵을 작정하고 과객질할만한 집을 찻느라고 한동안 이집저집 다니며 기웃거리다가 나종에 어느 큰 기와집 하나를 보고 차저 왓다 대문 아페서 드려다보니 마당은 널고 마루는 노픈데 마당에는 하인들이 왓다 갓다 하고 마루에는 양반 두분이 안저 잇섯다 유복이가 으리으리한데 눌려서 들어갈까 말까 잠ㅅ간 동안 자저하다가 이왕 과객질하는 바에 큼직한 집에서 잘 어더 먹고 가리라 생각하고 대문 안에 들어 서니 하인 하나가 쪼차오며 웬 사람이냐고 소리를 질럿다 유복이가 하루밤 묵어가자는뜻을 말 한즉 그 하인이 주인 양반의 말은 들어 보지도 안코

『오늘 우리 댁에는 손님이 오서서 잘 수 업소 다른데나 가보우』

하고 방색하엿다

『손님온 집에는 다른 사람 재우지 못하우』

『잔 소리 말구 어서 다른데루 가우』

하고 그 하인이 곳 몰아낼 긔세를 보이는데 유복이가 슬몃이 골이 나서

『나는 다른데 못가겟소』

하고 언성을 노피엇다 주인 양반 가터 보이는 사람이 마루에서 나려다 보며

『웬 사람이 함부루 소리를 질르느냐』

하고 말하는 것이 하인에게 뭇는 말도 갓고 유복이를 꾸짓는 말도 가텃다 유복이가 한두 거름 아프로 나서며

『지나가는 과객이 하루ㅅ밤 자구 가자구 왓습니다』

하고 소리를 질러 말하니 그 양반은 호령끼 잇는 언성으로

『자자면 조용이 자자고 할 것이지 무슨 야료야』

말하고 곳 하인더러

『마방에서 재워 보내렴으나』

하고 분부하야 유복이는 하인이 지시하야 주는 마방에 들어 안게 되엇다 그 방에 잇든 손님의 하인들과 서로 인사하고 수작하는 중에 유복이는 그집 택호가 안승지 댁인 것을 알고 또 온 손님이 서울 손님인 것을 알엇다 얼마 뒤에 저녁 밥상이 나왓다 밥이 서홉밥일 뿐아니라 찬도 망측하고 하인들은 나중에 사랑 대궁상을 물려다가 먹는데 그 상은 칠첩 반상이 분명하

엿다 저녁 밥이 끗난 뒤에 주인의 하인과 손님의 하인이 이야기들 하는 것을 유복이는 한여페 안저서 들엇다

『칠장사 경치가 좃소』

『조타 뿐이요 내일 가보면 아실테지만 선경 갓지요』

『큰 절 버덤두 명적암(明寂庵)이란 암자가 경치가 썩 조치요』

『철쭉 철이나 단풍때 오섯드면 조왓슬걸 지금은 산수 뿐이지 무슨 구경ㅅ거리가 잇서야지』

『내일 일직 가신답듸까』

『한 나즌 더우니까 일직 가실껄이요』

유복이가 주인의 하인 한 사람을 보고

『칠장사에 생불 스님이 잇다지요』

하고 물으니 그 하인이

『잇지요 전에는 생불 스님이라구 해서 근처 양반님네까지 대접해 주섯지만 지금은 백정 중이라구 대접을 잘 아니 합니다』

하고 대답하엿다

여페잇든 다른 하인이

「여보게 이사람아 백정 중이라두 생불은 생불이라네」

하고 동무 하인을 나물하고

「칠장사 생불을 만나보러 오신 길이요」

하고 유복이더러 물엇다 유복이가

「네」

하고 그 하인의 말을 대답한 뒤에 먼저 말하든 하인을 보고

「백정 중이라두 지금 세상에 단벌 가는 인물이라우」

하고 말하니 그 하인이

「저의 근본이 백정이면 다 알어 보앗지 인물이면 무엇하우」

하고 불쾌스럽게 말하야 유복이는 다시 더 입을 열지 아니 하엿다

유복이가 안승지 집 마방에서 하루 밤을 지내고 이튼 날 아침밥 한술을 남나종 어더 먹은까 달게 해ㅅ살이 훨신 퍼진 뒤 그집에 칠장사가는 일행과 함께 떠나게 되엿다 안승지 집의 당대 주인 안진사가 서울서 온 친구를 칠장사 구경 시켜 주기겸 시회(詩會)로 하루 소견하려고 등 넷 친구 두분을 더 청하야 가치 가는 터이라 그 일행은 양반이 넷이고 말하나 나귀셋 짐생이 셋이오 견마 잡이가 넷이고 그외에 또 손님 하인이하나 주인 하인이 하나 사람 수효 만이 도

합 열이엇다 유복이는 양반 행차를 배행할 묘리가 업서서 청쳐즘하게 뒤에 떨어저 갓다 그 일행이 길을 차지하고 가는데 마주 오다 만나는 행인들은 말할 것 업고 길 여페 섯든 농군들도 황망히 길을 비키엇다 읍네서 십여리 나왓슬 때 엇던 나무군 하나가 압서 가는데 사람이 어리복이든지

「비켜서라 에라 비켜서라」

하는 길잡는 소리를 번연히 들으면서도 얼른 비키지 아니하야 아페 가는 견마 잡이가 사정업시 왈칵 떠다 밀어서 지개 진채 길엽 도랑에 처박히엇다 일행은 그대로 지나가고 뒤에 오는 유복이가 붓들어 닐으키니 그 나무군이 유복이를 양반의 일행으로 여기고

「죽을 때라 잘 못햇스니 살려줍시요」

하고 빌엇다 유복이는 도랑에 처박힌 자의 비는 꼴이 도랑에 처박은자의 행패보다도 더 불쾌해서

「예ㅅ기 순」

하고 다시 돌아다 보지도 아니하고 일행 뒤를 멀ㅅ직이 따러갓다 하인 하나가 중간에서 압서가서 절에 연통하야 일행이 절에 당도하기 젼에 여러 중이 장삼을 떨드리고 절 문 아페 나와서 기다리고 잇섯다

『소승 문안 드립니다』
『진사님 행차 합시요』
『생원님 오십니까』
하고 여러 중들이 제각기 합장하고 일행을 마저 드리는 중에 유복이는 뒤에 와서 어떤 절문
중하나를 보고 생불 스님 만나기를 청하엿다 절문 중이
『그 노장의 상좌가 여기 잇스니 물어 보시요』
말하고 여페 잇는 절문 상좌 중을 가르처 주어서 유복이는 그 상좌중을 향하야 온 사연을 말
하고 곳 그 상좌중의 뒤를 따러 들어 갓다
안진사와 그의 친구들은 한 동안 판도방 마루에 걸터 안저 땀을 드린 뒤에 고적 구경을 나서
는데 지도하는 중 하나가 아플 서고 여러 하인이 뒤를 따럿다
글ㅅ자가 완하야저서 군대군대 일글수 업시된 비석 아페 와서 지도하는 중은 서울 손님을보고
『이것은 고려헤조국사(高麗慧炤國師)의 비 올시다 헤조 스님께서 도독눔 일곱을 감화시
키서서 정도(正道)로 끌어 드리셧는데 그 도독눔 일곱이 모두 신장이 되어서 이 절을수
호합니다 세상에서는 헤조 스님이 이 절을 개창(開刱)하신줄로 말하옵지만 삼한 고찰(三
韓古刹)을 중창(重刱)하신 것이외다』

하고 설명하고 만흔 세월에 늘글대로 늘근 반송 아페 와서

『이것은 난옹(懶翁) 스님이 심그신 반송이올시다 이 반송의 나이가 지금 륙백 살이 넘엇슬 것이외다』

하고 또 설명하고 대웅전(大雄殿)을 구경시킨 뒤에 그 지도하는 중은 여러 양반들을 보고

『이절이 본래는 대찰(大刹)로 유명하든 절이온데 고려 말 년 큰 난리에 충화를 당하온 후 이때 것 일신하게 중창하지 못하온 까달그로 이가티 보잘 것이 업소이다 백여년 간 거의 빈절이 되다 시피 하와 이십 년 전까지도 중 한 둘이 동냥으로 간신히 향화를 밧드옵다가 도덕이 갸륵한 노장 한분이 이 절에 오신 뒤로 근처에서 불공두 만히 드옵고 또 각처에서 공부하는 중두 모혀드옵는 까달게 지금은 겨우 절 모양을 차리고 지내 옵내다』

하고 절 사적을 대강 이야기하고 그 다음에

『지금도 절의 전답이 한마지기업사온 까달그로 소중들이 지내기가 군간하올 뿐더러 손님께 지공하옵는 것이 마련이 업사외다』

하고 절의 형편을 잠ㅅ간는 하소연하엿다 여러 양반들이 고개들을 끄덕이며 듯고 나서 서로 돌아 보고

『자네 지주노릇 좀 아니 하려나』

『자네가 아마 공덕을 싸흘 생각이 나는 모양이지』
하고 실 업슨 소리로들 짓거리엇다 서울 손님이 지도하는 중에게
『인제 더 구경할 것은 업는 모양이냐』
하고 뭇고 곳 안진사더러
『인제 어듸가 좀 들어 안세』
하고 말하야 일행이 대웅전 뒤로 돌아 나려 오는 길에 정결한 별당 아플 지나게 되엇다 지도하는 중은 압서 가고 양반들은 뒤에서 어실렁 어실렁 오다가 서울 손님이
『여기가 깨끗하고 조하 보이는군』
하고 지처 노흔 별당 중문을 열어보니 별당 마루에 풍신 조흔 늘근 중 하나가 책상 다리하고 안젓는데 상좌 하나는 뒤에 서서 부채질하고 속인 하나는 모를 꺽거 꿀어 안저서 무슨 이야기를 하는모양이엇다
『저 중이 장이 점잔어 보이는군』
하고 서울 손님이 안진사를 돌아 보는데 안진사의 하인이 뒤에 와서 빼끔이 중문 안을 드려다 보며
『저 중이 백정 중이올시다 저 속인은 아까 가치 온 과객이로구먼이요』

하고 손님께 말하고 곳 뒤를 니어

『소인이 들어 가서 백정 중을 불러 내 오리까』

하고 의향을 물엇다 손님이 말 업시 잠ㅅ간 비켜 서니 그 하인은 쭈루루 중문 안으로 들어가서 별당 뜰 아래에서 마루를 치어다 보며

『양반 님네가 문 박게와 서셧스니 얼른 나와 영접해』

하고 소리를 질렷다 노인 대사는 빙그래 웃고 말이 업는데 꿇어 안젓든 속인이 일어 서서 마루 끄트로 나오며

『누구더러 누구 영접하란 말이요』

하고 말씨 곱지 안케 물엇다

『누가 당신더러 나오라우』

하고 대번에 목자를 부리는 것은 어제ㅅ밤에 근본이 백정이면 더불 것이 업다고 말하든 하인이요

『그러면 누구 말이야』

하고 차차 말을 쥐는 것은 어제 밤에 그 하인의 말을 불쾌히 여기든 유복이다

『저 중더러 말하는데 왜 중뿔 나게 나서서 말ㅅ정이야』

『저 중이라니 말을 배운 것이 그뿐인가』

말이 조치안케 왓다 갓다 하는 중에 대사가 상좌의 손을 잡고 일어 서서 뎃 거름 마루 아프로 나서며

『이 사람 당치 안흔 시비 말게』

하고 유복이를 제지하니 유복이가 몸을 돌처 대사를 향하야

『대체 양반의집 종색기는 사람 색기가아니라 개색기예요 되지 못한 자세나할줄 알구』

하고 말을 긋치자 마자

『너는 백정놈의 첫벌 색기냐 두벌 색기냐』

하고 그 하인이 주먹을 불끈 쥐고 뜰 우로 올라왓다 유복이가 다시 돌처 서서 올라 오는 하인의 동가슴을 향하야 한번 발ㅅ길을 날리니 그 하인은 쿵하고 마당에 나가 떨어젓다

『그게 무슨 상 업슨 짓인가』

하고 대사가 유복이를 책망하는 중에 양반들의 호령 소리가 들리며 하인 다섯이 아플 다투어 몰려 들어 왓다 유복이가 이것을 보고 뜰 우로 뛰어 나려 가서 두 팔을 죽 벌니고 서서

『잠ㅅ간 내말 들어라』

하고 소리를 질르니 압선 하인이 발을 머뭇거리며 다른 여러 하인들도 따러서 멈칫멈칫하엿다

『당신네들이 멧 십명이라두 무서울 것이 업지만 우리 선생님이 상 업는 짓 말라서서 고만 둘테니까 저 자빠진 눔이나 끌어 가지구 나가우』

『이 자식이 누구를 싯까스르나』

『그 자식이 하늘이 노픈줄을 모르는구나』

이 하인이 이말 저 하인이 저말 하는 중에 먼저 발ㅅ길에 채인 하인이 어느 틈에 일어 나서 아프로 대들면서

『선생 제자 할 것 업시 두놈 다 나가자』

하고 눈 방울을 굴리엇다 유복이가 저의 선생을 호놈하는데 열이 나서

『예 이놈들 순리루 못나가겟거든 견데 봐라』

하고 대사가 말릴 사이도 업시 하인들에게로 뛰어 나려가서 악하고 이 놈을 치고 웅하고 저놈을 첫다 유복이가 날내게 날 뛰는 바람에 먼저 하인까지 하인 여섯이 손 발도 만히 놀려 보지 못하고 어퍼지고 자빠젓다 열에 뜨인 유복이는 하인을 한 사람식 잡어 이르켜다가 중문 밧게 내치랴고 먼저 불공스럽게 굴든 하인 부터 꼭뒤를 잡어 이르켜다가 중문 턱에 세우고 광무니를 제기랴고 할 제 손님을 지도하든 중이 마주 들어 오며 팔을 벌리어 막엇다 이 동안에 대사가 상좌의 부축을 밧고 마당에 나려 와서 유복이를 붓잡고 잠ㅅ간 동안 얼골만 드

려다 보다가

『이사람 뒤ㅅ생각 업시 이게 무슨 짓인가』

하고 꾸지즈니 유복이는 그제야 하인의 꼭뒤 잡엇든 손을 노코 대사 아페 꿀어 안저서

『선생님께 누가 미칠 것을 생각 못하구 잘 못햇습니다 지금 양반들에게 나가서 자청해서 볼기라두 맛겟습니다』

하고 말하엿다。

『어서 일어 나서 저 방에 들어가 가만이 안저 잇게』

하고 대사는 유복이를 자긔 침실로 드려 보내고 곳 손님 지도하든 중더러 사람들을 다리고와서 여러 하인을 부축하야 다려다가 큰 방에 눕히라고 일르고 자긔는 상좌를 다리고 대웅전 뒤에 몰려 가 섯는 양반들에게로 올라 갓다

안진사 일행 양반 네 사람은 하인들이 허무하게 봉패하는 것을 보고 창피가 몸에까지 미칠까 겁이나서 멀리 대웅전 뒤에와 모혀 서서

『이런 소조가 어듸잇나』

『참말 큰 봉변일세』

『망신살이 뻐쳣서』

『망신이라면 헐후하지』
처음에 이러케 괴탄들하고
『분을 어떠케 풀면 조탄말인가』
『원에게 긔별해서 관채를 보내랄까』
『누구를 시키나』
『중 시키지』
『한 속이 아닐까』
『우리 중의 누구든지 하나 가세』
『자네 자견할 줄 알지』
『나는 견마 업시 다녀 본적이 업네』
『지금 점심 때가 다 되엇스니 읍네 가서 지체할건 고만 두고 내왕 륙십리 만 하재도 밤이
될것일세』
『아족 하회를 좀 더보세』
『그놈이 도타하면 어찌 하나』
『중 놈들을 잡어다가 채근하지』

『하여튼 좀 더 잇서보세』

나종에는 이러케 작정이 업는 작정을 하고 별당 동정을 살피는 중에 늘근 중이 상좌를 다리고 구브령 거리며 올라 왓다 그 늘근 중이 양반들 아페 와서는 면면이 합장 배례를 공손히하고 아무 일도 업는 것가티 태연하게

『여러분 행차를 빨리 영접하지 못하고 오래 서서 기시게 해서 죄송하기 이를데 업습니다 저의 처소가 과히 누추하지 아니하니 잠ㅅ간 들어가 안즈서서 담화들 하시기를 바랍니다』

하고 말하엿다 양반들이 의려가 잇서서 서로 돌아 보며 말이 업스니 그 늘근 중은 다시

『의논하실 일이 잇더라도 가 안즈서서 의논하시고 처치하실 일이 잇더라도 가 안즈서서 처치하시지요 자 나려들 가십시다』

하고 말하는데 말씨가 부드럽기는 한이 업시 부드러우나 어듸에 힘이 잇는지 그말을 듯는 사람이 거역하지 못할 힘이 잇서서 양반들이 대사를 따러 별당에 와서 마루에 좌정하엿다 하인들과 과객은 눈에 보이지 아니하고 상좌는 대사가 별당에 돌아 오는 길로 무슨 말을 일러서 박그로 내보내고 대사와 손님 아울러 다섯 사람 뿐이다 저편에는 손님이 네분 느런히 안고 이편에는 대사가 홀로 안젓다 안진사와 읍베 양반 두 사람은 서울서 처음 온 손님과 달러서 대사와 다소 안면이 잇는 터이라 전에 본 일 잇는 사람의 인사 수작들을 각닥히 마친 뒤에 안

진사가 말을 뭇고 대사가 대답하엿다

『하인들을 어듸로 다려갓나』

『큰 방에 갓다 눕히라고 일럿습니다』

『병신된 것이 만흘터이지』

『과히 상한 사람은 업는 모양이외다 설혹 상한 사람이 잇더라도 절에 의약이 잇스니까 념려마십시요』

『그 행패한 놈은 어듸로 보냇나』

『무슨 처분이 나리시기까지 기다리게 하엿습니다』

『우리가 다리고 가서 치죄를 할 터이니까 하인들 일어나기까지 대사가 잘 마터 두게』

『네 잘 알엇습니다』

안진사와 대사의 문답이 끗난 뒤에는 양반들 끼리도 별로 말이 업서서 자리가 버성길 때에 대사가 입을 열어

『이 늘근 것의 소경력이나 한번 이야기하오리까』

하고 말하니 여러 양반의 눈이 대사의 얼골로 모혀 들엇다

『저는 근본이 함흥 백정이 올시다 리장짜 곤짜(李長坤)리찬성이 함흥으로 망명하얏슬때 저

와 형의 집에 와서 기섯습니다 (백정의 딸 봉단이 정경 부인 바첫다) 고 아이들 노래ㅅ가락에까지 이름이 올른 리찬성 부인이 저의 질녀올시다 제가 리찬성의 연줄로 서울 와서 동소문 안에서 갓바치 노릇을 할때 조정암께서 엇더케 아시고 저를 차저 다니섯습니다 당시 정암으로 말슴하면 여러분이 다 잘 아시다 시피 조정에 들어 서시면 명망이 노픈 재상이요 선비에게 오시면 학문이 기픈 선생이요 거리에 나서시면 시정 바치들이 우리상전이라고 떠 밧들든 양반이올시다

이런 양반이 천한 갓바치를 친히 차즈서서 교분이 생긴 뒤로 정의가 점점 두터워저서 나중에는 귀천의 형적을 이질만큼 자별하게 지냇습니다 정암의 천분(天分)과 학문이 저의 미칠바가 아니건만 정암은 불치하문(不恥下問)하시는 도량으로 저에게 문의하시는 일도 더러 잇섯습니다 그 때 자세가 정암의 신상에 화가 미치기 쉬운 것은 저의 말슴이 아니라도 정암이 미리 짐작하섯지만 임금 사랑하시는 맘이 너무 과하셔서 미치미치하시다가 구경 긔묘년에 일을 당하게 되섯습니다 긔모년에 정암은 귀양을 가서 후명(後命)까지 바드시고 리찬성은 파직을 당하고 낙향하고 저도 서울 잇슬 맘이 적어서 팔도로 강산 구경을 다니다가 묘향산에가서 낙발(落髮)하엿습니다』

대사의 이야기가 긋이 나 갈때에 대사의 상좌와 닮은 중하나가 큰 다담상을 마주 들고 들어

왔다

다담상이 상은 크나 음식 가지 수는 만치 못하고 음식이 정결은 하나 풍정 치는 못하엿다 대사가 손님들을 보고

「절이 빈한한 까닭게 잡술 것이 변변치 못합니다」

하고 말하니 우선 서울 손님이

「천만에」

「다담보다도 대사의 이야기나 더 들읍시다」

말하고 안진사도 말을 고치어서

「대사가 범상한 인물이 아닌 줄은 증왕 짐작하엿지만 정암선생과 교분이 두터운인줄은 몰낫소그려」

하고 하우로 말하엿다 대사가 여러 손님에게 다담을 권하야 음식들을 자시는 중에 먼저 옵네냥반 두 사람이 번갈러 가며 대사에게 말을 물엇다

「리찬성이 망명하섯슬 때 년세가 얼마시든가요」

「리찬성이 갑오생 저와 동갑인데 망명한 것이 갑자년이니까 그때 설흔하나든가 보오이다」

「리찬성 부인은 그 때 멧치든가요」

『열 여덜 이엇지요 그때 형내외는 나이 너무 틀린다고 혼인 안 하려는 것을 제가 욱이다
시피 햇소이다』
『지금 그 집이 어듸서 사우』
『처음 낙향할때 려주로 갓섯는데 나종에 경상도 창녕으로 갓습니다 그 동안 내외 구몰하고
자제들이 거긔서 사는갑되다』
『연신이 업소』
『업습니다』
안진사가 그 친구들의 뒤를 이어 말을 물엇다
『정암 자제와 상종하시우』
『상종 업습니다』
『만나 보신 일도 업소』
『신차립적에 한번 본일이 잇습니다』
『그 후에는 못 만나섯소』
『용인이 멀지 안컨만 한번 찻지 못햇습니다』
『그 사람이 가저와 보여야 할일이지』

「소승이 이절에 잇는 줄도 아시지 못할 것입니다」

「그 사람이 우리 친구오 션친이 정암 문하에 다니신 까닭그로 세의가 잇소」

안진사의 말이 끄치 나자 서울 손님이 말 물을 차례를 기다리엇든 것 가치 곳 수저를 노코 나안즈며

「김사성장(金司成丈)과는 친분이 업스셧소」

하고 물으니 대사가

「벌호로 사서(沙西)말슴이지요」

하고 도리켜 뭇고 나서

「정암의 반연으로 사서 영감께도 상종이 잇섯습니다 정암과 사서 두분이 양근미원으로 나향할 경영하실 때도 제가 여폐서 듯고 두분의 경영이 경영 대로만 되면 작히 조켓느냐고 말슴하니까 사서 영감께서 우리가 미원가서 살거든 놀러나 오지하고 우스시든 것이 생각하면 어제 일 갓소이다」

「김사성장이 리찬성장의 본을 떠서 망명을 하시려다가 공연히 낙명(落名)만 하셧소」

「일이 조금 떳떳지 못하게 되엇슬 뿐이지요」

「그 자제들이 지금 미원가서 사는데 더러 상종이 잇소」

『둘재 자제가 올에 여기를 왓다 가셧습니다』

『중일(仲一)이가 여기를 왓섯소 올봄에 오래간만에 서울 와서 만낫는데 그때 양주 누구를 차저간다고 햇섯는데』

『백정의 아들 임꺽정이를 차저서 양주 왓다가 거기서 소승을 만나가지고 여기까지 가치 와서 달포 묵어 가셧습니다』

『백정의 아들을 차저 갓세요 나더러는 양주에 친한 사람이 잇서 차저 간다고 말합듸다』

『그 냥반이 임꺽정이 더러 족하라고 합니다』

『어찌해서』

『임꺽정이는 이찬성 부인의 의사촌의 아들인데 그 냥반이 이찬성 부인과 남매의를 매진 까닭게 항렬을 따저서 조카라고 하는 모양입듸다』

『그러면 대사더러는 삼촌이라고 하겟소 그려』

『먼 조카는 따저도 가까운 삼촌은 따지지 안습듸다』

하고 대사가 우스니 여러 사람도 다 함께 우섯다 다담상이 끗이 나서 기다리고 섯든 나이지긋한 중과 젊은 상좌가 상을 치우는데 대사가

『열마 접숫지들 아니 하셧스니 점심 진지를 속히 차려서 이리 드려오게 해라』

하고 일르너 둘이 일시에

「예」

하고 대답하엿다 그 중과 그 상좌가 상을 맛들고 엽거름을 처서 향적전(香積殿)으로 나려 가는길에

「나는 절에 큰 탈이 날 줄 알구 속으로 겁이 낫섯소」

「나는 념려도 아니햇다 스님이 기신데 무슨 걱정이 잇늬」

「양반들 말공대하는 것보니까 맘이 노입되다」

「대체 야단을 이르킨 사람이 누구라듸」

「스님의 그전 제자랍듸다」

「전에 왓든 양주 꺽정이의 동무로구나 내께 행낙이가 아니더라」

하고 서로 짓거리엿다

안진사가 서울 손님을 보고

「김사서장 댁하구 자네 집하구 어떠케 과갈간(瓜葛間)이지」

하고 물으니

「사서장자제 중일이가 내 사촌 매부일세」

하고 서울 손님이 대답하엿다

「중일이가 김덕수(金德秀)의 자인가 김덕순(金德純)의 자인가」

「김덕순의 자야 김덕수의 자는 경직(景直)이지」

서울 손님의 말을 대사가 여페서 듯다가

「그러면 성씨가 리씨올시다 그려」

하고 말하니 서울 손님이

「용하게 아시는구려 내가 리참봉(李參奉)이요」

하고 대답하고 곳 뒤를 이어

「긔묘년 풍파 중에 청춘에 돌아간 우리 누님의 팔자도 긔박하지만 의초 조흔 내외 간에 생리사별 한것이 포원이 되어서 속현아니하고 일생을 홀 애비로 지내는 중일이의 일도 가엽지요 우리 여러종형제는 누님이 업는 까달그로 그 매부를 더욱 소중하게들 여기오」

하고 말한 끄테 한동안 대사와 리참봉이 김덕순의 내외일을 이야기하다가 나종에 김덕순의 처 유모의 아들 박련중(朴連中)이게로 이야기가 번저나갓다

「그자가 본래 중일이 따라서 도망햇섯는데 중일이와 한께 사(赦)를 바덧건만 지금까지 세상에 나서지 안는다오」

『평산 운달산에서 행호시령을 하고 지냅니다』

『명화적(明火賊)노릇을 한답듸다 화적 괴수를 령의정불지 안케 생각하는지 모르지』

이 때 안진사가 갑작이 무슨 일이 생각나는 듯이 대사를 보고 새삼스럽게

『갓바치 노릇을 하섯다지』

하고 물어서 대사가

『네』

하고 고개를 끄덕이니 안진사가

『내가 전에 들은말이 잇소』

하고 허두를 노코

『인종 대왕께서 동궁에 기실 때 당대 인물로 도목(都目)을 꾸미어서 평풍 뒤에 부치신 것이잇섯는데 그 도독에 좌의정은 정북창(鄭北窓) 우의정은 김하서(金河西) 육조판서는 누구누구 당대인물 들의 일음을 죽 쓰시고 령의정만은 일음이 업시 혜장(鞋匠)이라고 쓰섯더란 말이 잇더니 지금 알고 보니 그혜장이 곳 대사시구려』

하고 말하니

『나도 그런 이야기 들온법하군』

하고 리참봉이 말하고

『정암 선생이 혹시 서연(書筵)에서 말슴을 엿주엇든게지』

하고 읍내 낭반 하나가 말하는데 대사는 우스면서

『정암이 나더러 환로(宦路)에 나서 보라고 권하신 일은 잇지만 내 말슴을 동궁에 엿주섯슬리도 업고 인종 대왕껩서 동궁으로 그런 실업슨 도목을 꾸미셧슬리도 업습니다 대중업는 여항간(閭巷間)풍설이겟지요』

하고 말하엿다 여러 낭반들이 갸륵하다고 칭찬들 하는 것을 대사는 손사로 대답하고 나서

『여러분께 말슴할 일이 한가지 잇습니다』

하고 운을 떼니 안진사가 얼른 미리 알어 채고

『행패한 손 용서하란 말이요』

하고 물엇다

『용서하시고 안 하시는 것은 처분을 기다릴 뿐이고 우선 이야기 하나를 들어 보십시요』

하고 대사가 우스며 말한 뒤에 유복이 아버지가 나라에서 조재상(趙宰相)가튼이를 죽인 까달게 년사까지 흉년이라고 말한마듸 한 탓으로 무고(誣告)를 당하야 서울 잡혀 와서 죽은 일과

유복이 어머니가 일점 혈육인 유복자를 길르느라고 서울서 행낭 사리로 고생한 일과 또 자긔가 그 유복자를 한 동안 마더 가르친 일을 대강대강 이야기하고 나종에

『하인들에게 손 찌검한 사람이 곳 그 유복자올시다 동소문 안에 잇슬 때 샹종하든 양반들이 대접해 주시는 것만 본 까닭게 아까 하인이 이 늘근 것을 홀ㅅ대한다고 그러케 야료한 것입니다 실상 죄는 소승에게 잇습니다』

하는 말로 그 이야기를 끗막엇다 리참봉이 먼저 말을 내어

『하인은 고사하고 우리라도 대사가튼 이를 홀ㅅ대햇스면 봉변해 싸지안흔가』

하고 안진사를 돌아 보니 안진사가 대사를 보고 자긔하인이 대사를 홀ㅅ대 한것은 모르고 한일이나 평일의 자긔 단속이 부족한 탓이라고 사과하는 뜻을말하고 또 여러 하인들에게 행패까지 한 것은 그 사람의 잘못이나 대사의 안면은 보아 용서하겟다는 뜻을 말하엿다

대사가 여페방에 잇는 유복이를 마루로 불러 내서 여러냥반들에게 사과를 시킨뒤에 한 구석에 자리를 주어 안치면서

『소승이 백정으로 갓바치로 중으로 이 나이가 되기까지 양반님네와 대좌하는 것이 버릇이된 까닭그로 소승에게서는 반상과 노소를 물론하고 다 가치 안습니다』

말하고 여러냥반들을 돌라보니 리참봉은 싹싹하게

『절에 와서는 중 하라는 대로 한다면이요』

하고 실 업슨 말하며 웃고 읍내 냥반들은

『암 입향 순속이 제일이지』

『원악 가치 안는 것이 조치』

하고 다 각각 석연(釋然)들하게 말하는데 안진사만은 종시 오긔(傲氣)가 잇서서 유복이를 때ㅅ심히 여기는 맘이 다 풀리지 안흔데다가 상ㅅ사람과 한 마루에 안는 것을 불쾌히 생각하야 입을봉하고 안젓섯다

얼마ㅅ동안 뒤에 점심상이 들어왓다 겸상둘은 양반둘의 상이고 외상하나는 유복이의 상이고 대사는 점심을 먹지 아니하엿다 안진사가 상 날르는 중을

『나 좀 보자』

하고 불러가지고

『하인들이 점심이나 먹겟다더냐』

하고 물으니 그 중이 두손을 맛 잡고 서서

『배가 곱프다고 점심 재촉이 야단입니다』

하고 대답하엿다 점심이 끗난 뒤에 읍내 냥반 한사람이 안진사를 돌아보며

『인제 운ㅅ자나 하나 내 보지』

하고 풍월지을 의논을 끄내엇다가 그 날 모듬의 주인 안진사가

『일장 풍파에 글지을 흥치가 업서젓네』

하고 왼고개를 치는 바람에 그 의논이 고만 들어가고 또 안진사가 리참봉을 보고

『명적암 경치나 한번 가보려나』

하고 구경 나서자고 이끌다가 정작 구경할 손님 리참봉이

『폭양에 나서 다니느니 여긔서 대사의 조흔 말슴이나 듯세』

하고 자리를 뜨지 안는 까닭게 암자 구경도 자연 파의 되엇다

여러 냥반들이 대사와 가치 담화하는 중에 산리(山理)말이 나서 이냥반은 선산이 대지(大地)인 것을 자랑하고 저 냥반은 친산면례 할것을 걱정하는데 대사는 덤덤이 안저 잇는 유복이를 돌아 보며

『자네 아버니 산소자리가 조흐니 옴기지 말고 그대로 두는 것이 조치 안흘까』

하고 유복이의 말을 자어내엇다

『아무리 산수라두 아버지에게는 어머니 엽버덤 더 조흔 자리가 업슬 것입니다』

하고 유복이의 대답하는 말이 냥반들 귀에 우숩게 들리어서 리참봉이 한 동안 우슴을 먹음고

안젓다가 나종에 유복이의 말본을 떠서

『어머니에게두 아버지 엽버덤 더 조흔 자리가 억슬께니 어머니를 갓다가 아버지와 가치 조흔자리에 두드면 더 조흘것이 아닌가』

하고 조롱으로 말하엿다

『어머니 산수 근처에는 아는 사람이 잇서서 풀이라두 까거달라구 할수 잇지만 아버지 산수에는 그런 부탁할 데가 업습니다』

『산소 미테 가서 살면 되지』

『그러케 살수가 잇스면 무슨 걱정이 잇겟습니까』

『그러면 할 수 업겟군』

하고 리참봉은 가볍게 수작을 끗마치고 대사가 그 뒤를 바더서

『이번에 자네 아버니 산소에 다녀 왓겟지 봉분이나 잇든가』

하고 유복이더러 물엇다

『다녀는 왓는데 다른 사람 산수에를 다녀 왓는지두 모르겟습니다』

『산소 형지를 모르겟더란 말인가』

『여남은 살까지 다니든데니까 잘 알려니 햇더니 첫재 전에 업든 무덤이 총총 들어백여서 이

자린지 저 자린지 잘 모르겟습되다」

「산소도 모르며 면례를 엇더케 하려나」

「선생님은 아시겟지요」

「내가 그 동안 죽엇던들 자네는 낭패를 볼뻔 햇네그려 자네 아버니 산소를 쓸때 뒤ㅅ날 념녀로 내가 자네 어머니와 의논하고 산소 전후좌우에 사긔사발을 하나씩 무더 두엇스니 가서 파보면 알 것일세」

하고 대사가 말하는데 유복이 눈에는 눈물이 글성글성 하엿다 대사는 말을 그치고 여러 낭반들을 향하야 안고 유복이는 여러낭반들이 다 자긔를 바라보고 잇는 것가터서 고개를 도리키고 주먹 쥐인 손등으로 눈물을 눌러 씨섯다

안진사의 일행이 다리 팔 접질린 하인들을 조리시키느라고 그날ㅅ밤 절에서 묵는데 리참봉은 별당에서 대사와 가치 자려고 하엿스나 안진사가 좁은 처소에서 여럿이 자기 불편하다고 말하야 여러 낭반들은 판도방에 나가서 자고 유복이만 대사의 별당에서 자게 되엇다 만일에 낭반들이 별당에서 자게 되면 유복이는 선생과 이야기할 틈이 업슬가보아 속으로 은근히 걱정이 되든 차에 안진사가 고집을 세워서 판도방으로 나가게 되니 유복이는 안진사가 도리어 고마워서 여러 낭반들이 별당에서 나갈 때 특별히 안진사 뒤를 따라나오며

『안녕히 가서 주무십시요』

하고 인사까지 하엿더니 안진사는 처소가 좁은이 보다도 유복이가튼 사람과 한데 굴기가 실혀서 나가는 판이라 홀깃 돌아 보고 나가면서

『주제 넘은 손이로군』

하고 면산 바라기로 꾸지젓다 유복이가 처음에는 무류하니 섯다가 나종에는 슬그머니 분이나서 곳 안진사를 쪼처나가 등ㅅ줄기를 우려주고 시펏스나 대사가

『자네는 고만 들어가게』

하고 눈짓하는 바람에 고개를 숙이고 들어 왓다

상좌가 마루를 쓸고 자리를 펼어 다시 깔어 노흔 뒤에 유복이는 마루에서 대사를 뫼시고 나제 못다한 소경력 이야기를 다시 시작하엿는데 산속은 들녁과 달러서 서퇴가 일직 되고 서퇴된 뒤에는 곳 시원하다느니 보다 오이려 선선하엿다 대사가

『방으로 들어 가서 이야기하세』

하고 말하야 상좌가 먼저 방에 들어가 등잔ㅅ불을 켜 노흔 뒤에 유복이는 대사의 뒤를 따러방으로 들어 와서 밤이 이슥도록 이야기하엿다 유복이는 피곤하지도 안코 피곤하야도 상관이업지만 대사가튼 룡로인을 늣게까지 자지 못하게 하는 것이 맘에 미안해서 이야기하는 동안

에 멧번

『곤하시지 안씁니까』

하고 물엇스나 그러케 물을 때마다 대사는

『아직 졸리지 아니하니 어서 이야기하게』

하고 유복이의 이야기를 들어주엇다 유복이는 원수 가프러 갈 일을 대사에게 말하려고 상좌가 자리 비기를 기다리엇스나 절믄 상좌는 표창질 이야기 차력 이야기에 재미를 드려서 유복이 여페 턱살을 치어들고 안저서 잠시도 자리를 떠나지 아니하엿다 유복이가 지난 일을 대강 다 이야기하고 나서 애기가 대단 똑똑하더란 말 애기어머니가 아직도 절머 보더란 말 이런말 저런말을 하면서 속으로는 상좌가 오줌이라도 누러 나가기를 바라고 가끔 상좌를 도라 보나 남의 속을 몰르는 상좌는 대사를 보고

『주무실 때가 지낫습니다 고만 자리를 펴오리까』

하고 취침하기를 청하엿다 다행히 대사가 유복이의 맘을 살펴서

『오래간만에 만나기도 햇고 더구나 내일 곳 떠난다니 이야기나 좀더 하다 자지』

하고 상좌의 청을 듯지 아니하야 유복이는 어떤 말을 뭇기도하고 어떤일을 말하기도 하다가 내일 사람들이 일어나면 더욱 대사와 조용히 말할 틈이 업슬 것을 생각하고 할 수 업시 돌

떼노고

「제가 아프루 할일이 한가지 잇는데 저에게는 이 세상에 다시 업는 큰 일입니다」

하고 말하고서

「그 일이 소원대로 잘 될까 점하나 처 주십시요」

하고 청하니 대사는 빙그레우스며

「그 일이 점ㅅ패가 시원치 못하면 아니 해도 조흘 일인가」

하고 말한 뒤

「지금 할까 말까하는 일이면 점도 치는 것이 조치마는 조튼 그르든 해야 할일이면 점이 소용잇나 그저 하는 것이지 하면 또 되느니」

하고 사리를 타이르듯 말하엿다 유복이가 한 동안 고개를 숙이고 안젓다가 다시 고개를 치어들면서

「선생님을 이번 보입구는 다시 보입지 못할까 보오이다」

하고 대사의 얼골을 바라보니

「죽지안호면 또 만나겟지」

하고 대사가 대답하는데 그입가에는 여전히 빙그레 웃는 빗이 떠 돌앗다 그 뒤에도 한 동안

안저들 잇다가 밤이 참말 기픈 뒤에 대사가 유복이더러

「인제 고만 자세」

하고 말한 뒤 상좌 시켜 자리를 보이엇다

이튼날 식전에 유복이가 일어나 보니 대사는 꼭두 새벽에 기침하엿는지 발서 소세하고 마루에 나 안젓섯다 조반 뒤에 대사가 상좌를 다리고 양반들을 보러 나오는데 유복이가 뒤 따러 나오다가 판도방 가까이 와서 대사를 보고

「저는 이길루 곳 떠나겟습니다 지체하다가 또 냥반들하구 동행이 되면 길에서 비위ㅅ장사나운 꼴을 보기 쉬우니까 먼저 떠나겟습니다」

하고 대사에게 하직하고 상좌까지 작별하고 절문 박게 나왓슬 때 상좌가 뒤에서 쪼차 나오며

「스님께서 부르십니다」

하고 소리를 처서 유복이는 다시 돌처서 들어 왓다

유복이가 들어 오며보니 대사도 역시 이리향하고 나오는 중이라 빨리 걸어 아페 가 서서

「무슨 일러 주실 말슴이 잇습니까」

하고 물으니 대사가 고개를 끄덕이며

「내가 정신이 사나워저서」

하고 잠ㅅ간 말을 멈치엇다가 다시

『자네를 줄 것이 잇는데 이젓네 지금 가질러 보냇스니 잠ㅅ간만 기다리게』

하고 말하엿다 얼마 뒤에 중 하나가 피 딱지에 싼 물건을 색기로 동여 들고 나와서 바로 유복이를 주는데 부피도 잇고 무게도 잇섯다 유복이가 물건을 추썩 추썩하야 보며

『이것이 무엇입니까』

하고 대사에게 물으니 가지고 온 중이 먼저

『무명이요』

대답하고 대사는 그 뒤에

『면례하는데 쓰라는 부조셈일세』

하고 유복이가 무슨 말 하기도 전에 다시

『서울이란 데가 시골과 달러서 역군도 사야할 것이구 괭이 하나라두 세를 내야 할 것이니 가지고 가서 쓰게』

하고 말하엿다

유복이가 그 무명을 바더서 피 딱지에 싼 채로 보ㅅ다리와 길양식 자루 우에 언저서 걸머지고 다시 떠나 나왓다 칠장자서 서울이 이백 십리란 말을 듯고 유복이는 생각하기를 하루에는

대일 수 업고 이를 가야 할터인데 이를 길로는 훌가분 하다고 하엿더니 그날 점심 전 점심 뒤 두 차례 소낙비에 길을 만히 빼 기어 간신히 팔십리 와서 잔 까달게 남어지 일백 삼십리가 하루 길로 잔뜩 벅차게 되엿다 이튿날 유복이가 서울을 일직어니 대어 보랴고 재벽길 이십리를 걸어서 양지와서 아침 먹고 다시 칠십리 길을 걸어서 너더리 와서 점심 먹고 다르내재를 넘어올 때 해는 아직 노피 잇섯다 유복이가 재ㅅ마루에서 재원을 빤히 나려다 보며 구비구비 돌아 나려 오는 중에 한구비를 잡어드니 사람들이 압길에 쑥나섯다 그자들은 머리를 수건으로 동이고 손에 긴 몽둥이를 지픈 것이 산양질의 모리군 비슷하엿다 그자들이 사람은 조금 수상해 보이지만 유복이는 그대로 지나 나려가랴고 그자들 섯는 곳으로 가까이 나가니 둘중에 자칫 아프로 나선자가 유복이를 향하야

『이놈 게 섯거라』

하고 호령하엿다 유복이는 어이가 업서서 거름을 멈치고 우뚝 섯다

『너 질머진 것이 무엇이냐』

『얼른 대답 못하느냐』

『무명하구 량식이다 그건 물어 무어할나느냐』

『물어 무어할나느냐 이놈 봐』

하고 압선자가 게먹으며 압선자 뒤선자가 일시에 몽둥이를 둘러 메엿다

『그까지 작때기 가지구는 너의 집에 가서 개색기나 혼놀림시켜라 이자식들아』

유복이의 씨까스르는 말을 듯더니 압 선 자가

『이놈』

하고 뛰어 들며 유복이의 머리를 정면으로 나려첫다 유복이가 어더 마젓더면 해골이 바서젓슬 것이지만 유복이는 바른 손을 번개가티 처들어서 몽둥이를 붓잡앗다 붓잡은 몽둥이를 얼른 끄숙여다가 왼손에 옴겨잡고 바른손이 비자 마자 뒤선자의 몽둥이가 마치맛게 들어 와서 유복이 바른손에 그몽둥이가 마저 붓잡히엇다 그 자들이 몽둥이를 잡아채면 유복이는 손아귀에 힘을들여 눌르고 그자들이 몽둥이를 잡아다리면 유복이는 팔에 힘을 올려 끌어드렷다 그자들이 그제야 자는 범의 코를 쑤신 줄 깨닷고 눈이 둥그래지기 시작하엿다

『너의들하구 오래 실랭이 하다가는 내길이 늣겟스니 우리 얼른 내기를 하나 하자』

하고 유복이가 그자들의 얼골을 보니 둘이 다 피ㅅ대를 올리고 하나는 이까지 악물엇다 이를 악물지 아니한 자가

『무슨 내기냐』

하고 뭇는데 말이 아즉도 뻣뻣하엿다

「이 몽둥이가 무슨 나무냐」

「참나무다」

「이 몽둥이를 끗을 쥐고 분질르면 분질러지겟느냐」

「생 나무라두 국기가 이만하면 분질르지 못할텐데 이것은 손때가 먹엇서」

「너의들은 둘이다 이것을 분지르지 못하지」

이를 악물엇든 자가 저의 동무 대답하기 전에

「분질르지 못해 그래 엇재」

하고 짜개발려 말하엿다

「그러면 된 수가 잇다 내가 이것을 분질러 보마 그래 내기는 못분질르면 내 무명을 너의들 주구 분질르면 어떠케 할까」

하고 유복이가 그자들의 얼굴을 번갈러 보앗다

유복이가 도적놈들과 내기를 정하는데 그자들이 내기 말낸 사람이 맘대로 정하라고 유복이에게 밀어 맛겨서 유복이는

「너의들은 가진 것이 이 잘난 몽둥이 뿐이지」

말하고 생각하다가

『올치 이러케 하자 내가 이몽둥이를 분질르거든 너의들이 날 따러서 서울 가서 내일 하루만 내심부름을 해다우』

하고 내기 조건을 정하야 말하니 한 자는

『아무리나 그래 보자』

하고 두말 안코 응낙하고 다른 자는

『글세』

한고 고개를 비틀다가 저의 동무의 눈짓하는 것을 보고

『그래 볼까』

하고 두동 싸게 말하엿다 내기가 이러케 작정된 뒤에 유복이는

『몽둥이들을 이리 내라』

고 말하야 몽둥이 두개를 한데 가로 들고 서서

『너의들이 하나를 골라 다구』

하고 몽둥이 든 손을 아프로 내미니 그자들이 서로 돌아 보며

『자네 것이 단단하지』

『아니 내것 버덤 자네 것이 더 단단 하리』

하고 두어마듸 수군거리다가 한자가

「이것을 분질러 보아」

하고 몽동이 하나를 가르첫다

유복이가 짐을 벗어 돌우에 노코 몽둥이 한개는 짐 여페 노코 그 가르치든 몽둥이만 두손에 가로 쥐엇다 한번 지끈 눌러 보고서

「망신이나 하지 안흘가」

하고 혼자 말한 뒤에

「자 보아라」

하고 그 몽둥이를 무릅에 대고 전신의 힘을 두 팔에 모아 드리며 웅 소리를 질럿다 웅 소리 한번에 우직하고 두 번에 우지직하고 몽둥이가 분질러젓다 유복이가 동강 난 몽둥이를 그자들 아페 내던지며

「인제 어떠케 할테냐」

하고 그자들을 바라보니 선뜻 응락하든 자는

「이런 제기 내기대루 시행하지 어떠케해」

하고 머리를 극적거리고 두동싸게 말하든 자는

『나는 시행 못하겟서 내일이 우리 처삼촌 아저씨 소상날인데 내일 내가 집에 업섯다가는 나중 애어머니 잔소리에 머리가 빠지라구』

하고 딴소리하며 유복이의 눈치를 살폇다

『내기시행 안할라거든 저 몽둥이루 압정갱이나 한번 어더맛고 가거라』

『정갱이 부러지라구』

『그럼 어떠캐 할테냐』

『내가 한강 나루ㅅ가까지 저짐을 저다 드리리다』

하고 그자가 공대하는 말로 짐군노릇하기를 자청하엿다 유복이가

『아무리나 그래라』

하고 허락한 뒤 그자는 짐을 지워서 압세우고 서울까지 간다는 자는 뒤떨리고 유복이 자긔는 몽둥이를 들고 중간에 서서 재ㅅ길을 나려왓다 아페 가는 자가 길에서 참참이 뒤를 돌아 보는데 유복이가 의심이 나서 유심하고 여겨보니 아페 가는 자의 눈짓과 입짓이 뒤에 오는 자에게 무슨 군호하는 것이 분명하엿다 그자가 눈짓 입짓 할때마다 뒤에 오는 자가 머리 흔드는 것을 겻눈질 하야 보고 유복이는 아페 가는 자의 군호를 뒤에 오는 자가 밧지안는 줄까지 짐작하엿다 재를 거이 다 나려와서 한참 오다가 아페 가든 자가 발을 멈치고 돌아 서서

『발감개속에 모래가 들어서 걸음 걷기가 거북하니 신발 좀 고처신구 가십시다』
하고 말하는데 유복이가
『그러면 우리는 슬슬 갈께니 신발 고처 신구 곳 쪼처 오려나』
하고 시험ㅅ조로 말하엿더니 그자는
『네 곳 쪼차 가지요 잠ㅅ간 고처 신구 쪼차 가지요』
하고 현연히 눈우슴을 치고 뒤에 오든 자는
『가치 가는것이 조치요』
하고 눈ㅅ살을 찌푸리엇다
『슬슬 뫼시구 가지 왜 이래』
『어서 신발이나 고처 신께』
『걱정말어 고처 신을테야 걱정 되우 하네』
『이사람이 미첫나 물게모르구 아무데나 덤비게』
저의들끼리 다투는 말을 듯고 유복이는 우스면서
『무얼 그래 해지기 전에 한강을 건너야 할테니까 한 발짝국이라두 어서 가야지』
하고 뒤에 오든 자를 다리고 슬슬 걸어 오며 슬금슬금 뒤를 돌아 보앗다 그자가 처음에는 주

저 안저서 신발은 고치는체 하더니 살금살금 풀섭길로 나려갓다 유복이가 돌처서서

「어듸루 가느냐 어서 이리 오너라」

하고 소리를 질르니 그제는 그자가 장다름을 노키 시작하엿다

유복이가 몽둥이를 둘러메고 다려나는 도적놈을 쪼차 갓다 슬슬 걸어 갓든 길이 여닐곱 칸동안 밧게 아니되는 까닭게 유복이는 불과 열마 아니 쪼차 가서 붓잡으려니 생각 하엿드니 누가 알엇스리 그자가 발이 여간 빨르지 아니하야 짐을 지고도 유복이보다 더 빨리 다려낫다 쫏는 사람과 쫏기는 사람의 사이가 일곱 칸이 여덜 칸되고 여덜 칸이 아홉 칸되어 차차로 멀어젓다 유복이가 분이 나서 둘러메엇든 몽둥이를 풀섭에 내던지고 두 주먹을 불끈쥐고 다름질 첫다 늘어 가든 칸수가 뒤쪽으로 줄어들기 시작하야 댓간쯤되게 줄엇슬때 그자가 등에 젓든 짐을 버서버리고 내뺏다 유복이는 분ㅅ김에 짐도 돌보지 안코 그대로 그자를 뒤쪼찻다 간수가 한참 동안 늘도 줄도 못하고 평평하게 나가다가 그자가 무슨 풀덩굴에 발이 걸며서 발빼느라고 지체하야 그 동안에 수가 바싹줄엇다

「이눔아 인제두 이눔아」

유복이가 소리 질를때 그자는 별안간 몸을 돌처 꿀어 안저서 숨이 가빠 말은 못하고 두손을 내밀어 싹싹빌엇다 유복이가

『이놈』

하고 뛰어 들어 와서 상투를 잡아 이르켜 세웟다 유복이는 분한 품이 곳 그자를 한 주먹에 박살을 내고 시펏스나 참고 참은 끄테 그자의 얼골을 뒤로 저치고 빰을 한번 내 갈기엇다 아이쿠 소리하는 그자의 입 귀에서 피가 흘르더니 콱하고 피를 배앗는데 불근 피덩이 속에 누른 니ㅅ발들이 석겨 나왓다 유복이가 이것을 보고 분이 조금 풀려서

『너가튼 놈은 죽여두 싸지만 인생이 불상해서 목숨을 부처준다』

말하고 곳 그자를 잡아 돌려 안치고

『인제는 네 기집 잔소리나 들으러 가거라』

말하면서 발길로 웅둥이를 차내 던젓다 유복이는 아프로 곡그라진 그자를 내버리고 짐이 떨어저 잇는 데 와서 짐을 차저 걸머지고 전의 길에 나와 보니 서울까지 따라 간다는 자는 길가에 퍼더버리고 안저잇섯다

『죽이지나 안흐셧소』

『빰 한번 박게 안 때렷다』

『그자식 죽는줄 알엇더니 수조핫네 아까 재에서 나려 올때 그자식이 나더러 당신을 해내라구 멧번 눈짓하는 것을 내가 모른체 햇소』

『해내보지 왜 고만두엇서』

『당신 가튼 장사를 섯불리 해 내려다가 나는 죽구요 나는 죽거나 말거나 그 틈에 무명 가지구 도망질 할나구 맘 먹는것을 아는데 내가 왜 그자식에게 속을 까닭기 잇소 그자식이 몸이 날새구 거름이 재기루 유명한데 장사 아페는 하는 수 업든게요 도망질을 못치구 붓잡혓스너』

『그러나 저러나 너는 왜 어듸루 가지안쿠 여긔잇느냐』

『내기 시행 아니할라구 못생기게 도망한단 말이요 나두 사내 자식인데 일구 이언하겟소』

『앗다 그러면 가치 가자 어듭기 전에 서울을 갈 수 잇슬까』

하고 유복이가 서편 하늘을 바라보니 불근 불덩이 가튼 해가 너울너울 산 넘어로 넘어 가는 중이엇다 그자도 유복이와 가치 넘어 가는 해를 바라보고 나서

『지금 서울 가기 틀렷소 나루ㅅ배 끈허지기 전에 강ㅅ가에두 못대 가겟소 또 강을 건느면 무어하오 인경을 처서 사대문을 광광 다친 뒤에 문 안에를 들어 가는 장사가 잇소 내일 일직서울 갈 작정하구 오늘 밤은 새원 가서 잡시다』

하고 말하는 것을 유복이는 길느진데 찜부정이 나서

『너놈들 때문에 길이 느젓다 잡말 말구 어서 가자』

하고 길을 재촉하야 재원까지 와서 보니 거의 땅금이 다 되엇다 그자의 말이 올흔 것을 생각하고 유복이는 그날 밤 재원서 묵기로 작정하고 원집을 차저 가려고하니 그자가

『우리 집이 여긔서 가까우니 우리 집으루 가십시다 집골은 망칙하지마는 밥 지어 먹는 수고는 업슬께니 우리집으루 가십시다』

하고 권하는데 유복이는 그자의 속도 알 수가 업고 또 도적놈의 집에 가 자기가 슬혀서

『페 끼칠것 업서』

하고 조흔 낫으로 거절하엿다 그자가 유복이 속을 짐작하고

『나를 의심하서서 그리하시우 내가 조금이라두 딴생각을 두면 지금 이자리에서 급살을 맛겟소』

하고 말하는 것이 진심인 것을 안 뒤에 유복이는 그자의 집으로 가기를 허락하고 그자를 따러 갓다

재원서 머지 아니한 곳에 두 서너 집이 뜸뜸이 잇는 조그마한 마을이 잇섯다 그자가 마을에 들어서며 뒤에 오는 유복이를 돌아 보고

『저것이 우리 집이요』

하고 길목에 잇는 첫집을 가르치는데 울타리가 여긔 저긔 쓸어지고 삽작문조차 업는 허술한

집이엇다 그자가 집으로 가까이 오며 집아페 서 잇는 사람을 보고 먼저

『어머니』

하고 불르니 저편에서

『인제 오늬』

하고 ᄭᅩ부랑거리며 마주 나온 것이 파파 늘근 할멈이엇다

『손님 한 분 뫼시구 왓소』

『엇떤 손님이야』

『차차 이야기하지요』

『배고팟지』

『아니요』

그자는 돌아 서서 유복이를 보고

『주무실데두 변변치 못하우 하루ㅅ밤 드새어 가실 작정하시우 자 들어가십시다』

하고 인사 차려 말한 뒤 늘근 어머니를 붓들고 아플 서고 유복이는 뒤 따러서 집 안으로 들어 왓다 량편에 단간방이 잇고 중간에 토마루 한 간이 끼어 잇고 한편 머리에 부억이 부터잇는 네간 집인데 부억 쿠튼 안방에만 등잔 불이 키여 잇섯다 불 업는 건넌방 아페 와 서서 아

들이

『광술이 어데 잇소』

하고 그 어머니에게 물엇다

『불 켤라고 그러지 내가 켜 노흐마』

『광술 잇는데만 가르처 주시우 내가 켜 노을테니』

『광술은 여기도 잇지』

하고 그 어머니가 토마루 압 구석에 잇는 광술을 집어다가 아들을 주니 그 아들은 안방에 들어가서 광술에 불을 달혀다가 건너방에 등잔 불을 켜 노코 방문 아페 섯는 유복이를 내다보며

『이것이 내 방이요 이리 들어오시우』

하고 말하엿다 유복이는 주인이 지도하는대로 짐을 주인 주어 방 구석에 노케하고 방에 들어와서 압문을 둥지고 안저서 열어 노흔 엽문으로 건너 편 안방을 바라보니 그 방에 사내아이 하나가 누어잇섯다

『저기 누어 잇는 것이 아들인가』

『그것 때문에 우리 어머니가 더 고생이요』

『그애 어머니는』

『죽엇소』

『아들이 지금 멧 살인가』

『아홉 살이요 어미 업는 자식을 세살부터 저만큼 키우시자니 우리 어머니 고생이 엇더햇겟소 게다가 그 자식이 잔병 치레하느라구 일년 삼백륙십일에 성한 날이 별루 업소 지금두 아프다구 누은지가 발서 사흘ㅅ재요』

『왜 안찌 안쿠 서서 이야기야』

『미안하지만 혼자 안저 기시요 늘근 어머니가 저녁 차리는 것을 좀 가서 거들어야겟소』

주인이 어머니 위하는 것을 보고 유복이는 주인의 늘근 어머니 잇는 것이 속으로 부러웟다

한동안 뒤에 주인이 저녁 상을 가지고 들어 왓는데 키 야튼 솔 소반에 노힌 것이 밥 한 사발 장찌개 한 그릇 뿐이엇다

『주인은 아니 먹나』

『나는 먼저 먹엇소』

『이것이 주인 먹을 밥이나 아닌가』

엽문에 와서 드려다 보든 주인의 어머니가

「그것은 지금 새로 지은 밥이요 저 애는 저녁에 쑨 죽을 먹엇소」

말하는 것을 듯고 유복이가

「이 밥 좀 가치 먹세」

하고 주인보고 말하니 주인이 그게 다 무슨 말이냐고 펄적 뛰엇다。 주인의 어머니가

「그거 보아라 손님하고 겸상해 먹으라니까」

하고 아들보고 말하고

「밥이 또 한 그릇이 잇소 그런데 저 애가 나더러 떠 먹으라고 안 먹는다오」

하고 유복이보고 말하엿다

「그것은 노인 잡숫게 두구 이 밥을 가치 먹세」

「참말 배가 불러 못 먹겟소」

「이애 그러다가는 손님 밥 못 자시겟다 저밥 갓다 주랴」

「그 밥은 어머니 잡수시우」

「내가 다 먹느냐 먹다가 남겨라」

「그러면 반만 덜어다 주시우」

손님이 주인과 한사발 밥을 가치 먹자고 하다가 주인의 어머니가 그 아들과 한 그릇 밥을반

쎡 논하 먹게 되어서 밥 가지고 실랭이 하든 것이 그치낫다

유복이가 주인의 모자간 사랑을 진수성찬보다 더 맘에 조케 여기어 밥 한사발을 달게 먹엇다

그날ㅅ밤 유복이가 신불출이와 한방에서 가치 잣다 신불출이는 그집 주인의 성명이다 유복이와 불출이가 하루ㅅ밤 동안에 십년 사괸이나 다름이 업시 정숙하야젓다 유복이는 불출이의 형편을 보고 늘근 어머니와 어린 자식을 다리고 호구하려면 도적질이라도 하는 것이 당년한 일이라고 생각하고 불출이는 유복이의 사정을 알고 종적이 생소한 서울가서 면례하는데 내기시행이 아니라도 가서 보아 줄 성의가 생기엇다 이튼날 식전에 유복이가 짐을 끌르고 보니 무명이 네필이라 네필 중에 한필을 끄내서 량식 바구어 먹으라고 불출이 어머니를 주고 불출이와 가치 서울로 떠나 왓다 불출이가 거름이 본래 유복이만 못한데다가 무겁지 안흔 짐이라도 유복이의 짐을 대신 진 까닭에 동안뜨게 뒤떨어질 때가 만하서 유복이는 노량으로 거름을 걸엇다 가치 것게 된 뒤부터 두사람 사이에 이야기가 별로 끈치지 아니 하엿는데 불출이가 재미나게 듯고 유복이가 신이나게 하는 이야기는 대개 꺽정이의 원력 이야기와 봉학이의 활재조 이야기엇섯다 이야기 끄테 불출이가 꺽정이와 봉학이를 한번 만나지라고 하야 유복이는 자긔가 이번에 꺽정이를 만나게 되면 말하야 둘 것이니 이다음 차져가라고 말 하엿더

『그럴 것 업시 이번에 양주까지 가치 갑시다』

하고 불출이가 졸랏다

『꼭 만나게 될른지두 모르는데 가치 갈 것 무엇잇나 이다음 혼자 가서라두 내말하구 만나자면 반갑게 만나줄껄』

『집이라두 알어두면 조치안소 못만날손 잡더라두 가치 갑시다』

『정 그러면 가치가세』

유복이와 불출이는 이러케 양주까지 동행하기로 작정하엿다

빨리는 것지 아니하야도 강 건늘 때 이외에는 쉬지 안코 오는 길이라 아침 때 좀 지나서 서울을 들어왓다 유복이는 면례하는 것을 당초에 구경도 한일이 업는 까닭에 면례에 소용 닷는 물건을 불출이에게 훈수 바더가며 바꾸게 되엇다 무명 한필을 끈허서 상포 백지 기직 한입까지 바꾸어 가지고 유복이는 이만하면 더 들 것이 업스려니 생각하면서 가래 괭이 등속을 세내라고 상두도가를 차저왓다 상두도가 주인이 유복이와 불출이의 의표를 한번 훌터보더니 사람 하나 끼지 안코 물건만은 세를 노치안는다고 말하야 유복이가 사람 품삭과 가래 괭이 두가지 물건 세를 물은즉 한 사람의 하루 품삭으로 무명 열자 가래하나 괭이 하나에 면례

에 제일 긴용된다고 무쇠지레 하나를 더 너허서 세가지 물건세로 무명 예자 도합 십륙쳑을 달라고하고 거기다가 세를 먼저 내고 가라고 말하엿다 불출이가 나서서 우리를 시골뜩이라고 업신녀겨서 곱절이나 비싸게 달라느냐고 다투는 것을 유복이는 고만두라고 말리고 달라는대로 다 끈허 주엇다 상두도가 일ㅅ군과 세 사람이 수구문 박그로 나오는 길에 그일ㅅ군말이 아무리 관은 쓰지 안는다고 하더라도 땅속일이란 것은 알수 업서서 이십 여년은 고사하고 멧 백년이라도 썩지 안는 송장이 잇스니 칠성판 하나는 사 가지고 가는 것이 조타고 말하야 유복이가 그 말을 올케녀기고 칠성판을 구하러 가랴고 한즉 그 일ㅅ군이 무명 대자만 저를 주면 제가 얼른 가서 사오마고 자청하고 가더니 백지ㅅ장 가튼 박판 한쪽을 들고 왓다 불출이가 이것을 보고 증을 내며 이런 송판은 무명 대자는 커양 한자도 아깝다고 타박하니 그 일ㅅ군은 서울물ㅅ가가 시골과 다른 줄을 모른다고 도리여 불출이를 핀잔 주엇다

『서울은 날도적놈들만 사는게야』

『그러면 시골은 밤도적놈들만 사나』

『시골 쇠도적놈두 서울놈들에게 대면 부처님이지』

『서울은 시골서 온 부처님이 큰 도적놈이야』

불출이와 일ㅅ군이 말다툼하며 뒤에서 오는 것을 압서 가든 유복이가 돌아 보면서

『이 사람 술네 업는 소리 고만 짓거리게』

하고 불출이를 나물하고

『여보 압 좀 봉하우 듯기 실소』

하고 그 일ㅅ군을 눌럿다 그 일ㅅ군이 아무 말 업시 얼마 동안 따러 오다가

『면례하는데 제사는 아니 지내우 산신에두 지내구 분상에두 지내는 법이요』

하고 가르처 주어 유복이가 제 지낼 생각이 나서 제물 작만할 것을 격정하니 불출이가 이번에는 자기가 가서 사 가지고 오겟다고 하고 무명끄를 가지고 제물을 바꾸러 가고 유복이는 그 일ㅅ군과 먼저 산소 자리로 향하야 왓다

유복이가 산소 근처에 와서는 먼저 사방을 돌아 보고 그 다음에 누누중총 틈에서 봉분이 거의 형지 업시 헐어진 한 무덤 아페 와서 한동안 살펴 보다가 일ㅅ군더러 괭이를 달라고 하엿다 일ㅅ군이 제사부터 지내고 동토하는 법이라고 법을 찾는 것을 유복이가 잔소리 말고 달라고하야 괭이를 가지고 우선 봉분 아플 파 보니 얼마 아니 파서 괭이 끗에 다치는 것이 잇섯다 유복이가 그 곳을 파 허치니 과연 사긔 그릇이 하나 나왓다 봉분 뒤와 량엽을 다 파허치고 사긔 사발을 하나씩 차저내엇다 유복이는 그 사발 안에 무엇이 쓰이어 잇스려니는 미처 생각지 못하엿더니 일ㅅ군이 가까이 와서 지석을 사방에 무든 것은 처음 본다고 하면서 사발 하

나를 들고 그 안에 잇는 졸글 글거 내서 글자가 들어낫다 유복이가 동소문 안에 잇슬때 천자ㅅ권을 배운 덕으로 자긔 성인 박자 외에 임오 칠월 십일이라는 년월일 글ㅅ자는 분명히 알어보앗다 남어지 사발 세개를 유복이가 낫낫이 씻고 보니 글자는 다 잇는데 먼저 사발과똑가튼 글자들이엇다

얼마 동안 뒤에 불출이가 참외 대 여섯개 수박 한덩이 술 한병을 사람 들려 가지고 왓다 인제 제물은 잇지만 제긔가 업서서 한참 공론하다가 불출이가 의사를 내어 지석으로 무덧든 사긔 사발을 정하게 닥거서 제긔 대신 쓰게 되엿다 일ㅅ군은 면례에 미립이 난사람이라 먼저 산신제를 지내라고 권하엿지만 유복이가 듯지 아니하고 자긔 아버지 무덤에만 제사를 지내는데 참외 두사발 수박 한사발 술 한사발을 무덤 아페 벌려 노코 손을 노피 치어들어서 공손히 절 한번 하고 그대로 업드려서 한바탕 통곡하엿다 유복이의 곡이 긋난 뒤에 세 사람이참외와 수박을 안주 삼아서 술 한병을 논하서 먹고 무덤을 파기 시작하엿다

봉분은 거의 평토나 다름 업고 회는 쓴 흔적도 업는 까닭그로 얼마 동안 아니 파서 광중이 들어낫다 횡대도 썩고 관도 썩엇스나 시체만은 썩지안코 홋 이불 가튼 것이 더핀채로 착 가라 안젓섯다 무덤 압 적이 펀펀한 곳에 기직 자리를 펴고 칠성판을 노흔 뒤에 광중 아래웃막이를 따고 유복이가 불출이를 다리고 시체를 맛들어 내다가 칠성판 우에 눕히는데 바짝 말른

가벼운 나무 토막 드는 것과 가텃다 유북이가 불출이와 일ㅅ군의 방조를 바더서 시체를 상포로 감고 조히매를 여러겹 처서 군대군대 묵근 뒤에 기직으로 싸고 칠성판은 질머지는 등판에 닷기 조토록 한여페 부치어 색기로 동이엇다

일을 마치고 나서 보니 해는 거의 저녁 때가 다 되엿섯다 먼저 일ㅅ군을 보낸 뒤에 유북이는시체를 질머지고 불출이는 량식과 무명을 질머지고 수구문 박 인가로 나려 와서 하루ㅅ밤을자고 가려고 한즉 시체를 꺼리어서 재워 주는 집이 업섯다 나종에 유북이는 밤ㅅ길을 걸어 양주로 나려 가려고 생각하고 불출이의 의향을 물으니 불출이 역시 그것이 조타고 말하야 두 사람은 한 로파의 집에서 저녁 밥을 부치어 지어 먹고 곳 양주를 향하야 밤ㅅ길을 떠낫다 아무리 친한 사람의 집이라도 송장은 지고 첫 새벽 대드는 것이 조홀 것 업서서 유복이와 불출이는 길에서 지체하고 이튼날 해뜬 뒤에 꺽정이의 집을 차저 왓다 애기어머니는 말할 것도 업고 달은 식구들도 반갑게 마저드리는데 팔삭동이만은 지고 온 것이 송장이란 말을 듯고 오만상을 찌프리엇다 꺽정이가 아직 집에 돌아 오지 아니한 것을 알고 유복이만 섭섭할 뿐 아니라 불출이도 대단 서운하야 하엿다 유복이가 애기어머니를 보고 불출이와 가치 온 사정을 대강 이야기하고 이 다음 차저 올때 정답게 대접하도록 꺽정이에게 말하야 달라고 부탁하엿다 유북이가 시체를 가지고 한만히 묵을 수 업는 까달그로 아침 뒤에 곳 떠나 가기

묘 작정하고 아침 밥 대졉을 밧는 동안에 유복이는 잠ㅅ간 꺽정이 아버지를 들어 가 보고 곳 마루로 나와서 애기어머니에게 대사의 안부를 자세히 전한 뒤

『내가 누나보구 청할 일이 두 가지 잇소』

하고 말하니 애기어머니는 자긔 힘으로 할수 잇는 일이면 열 가지 스무 가지라도 사양하지 안는다고 말하고 나서 곳 그 청하는 일이 무엇인가를 물엇다

유복이의 두 가지 청이 한 가지는 길 량식을 보태어 달라는 것이요 또 한 가지는 환도가 잇기든 한 자루 달라는 것이엇다 애기어머니가 길 량식은 두 말 안코 허락하고 환도는 꺽정이가 전장에 가지고 가고 집에 업다고 거절하더니 다시 생각하고 환도라고 할 것도 업는 짤륵칼이 한 자루 잇스나 소용될지 모르겟다고 말하고 안방 다락에 가서 칼을 차저 내다가 유복이를보여 주엇다 그 칼이 과연 짤러서 자루까지 너허도 한자 기리가 못 되엇다 유복이가 칼날을 뽑아 보고 다시 집에 꼬지면서

『좀 적으나 그대루 쓰겟스니 나를 주시우』

하고 청하니 애기어머니는 말이 업시 고개를 끄덕이엇다

아침 밥들을 먹을 때 여페 안저 잇든 애기어머니가

『여보게 동생』

하고 유복이를 보면서

「요전에 물어볼 말이 잇는데 잇고 못 물어 보앗네」

하고 말하니 유복이가

「무슨 말이요」

하고 애기어머니를 돌아 보앗다

「우리 올케는 지금 어듸 잇나」

「올케라니 백손어머니가 저긔 기시지 안소」

「누가 백손어머니 말인가 자네 안해 말이지」

「내가 웬 안해가 잇소」

「웬 안해가 잇다니」

「장가를 들엇서야 안해가 잇지요」

「상투는 무어야」

「상투는 외자요」

「참말이야」

「참말이지 내가 언제 거짓말 합듸까」

애기어머니 뿐 아니라 다른 사람들도 의외 말을 듯는것 가티 놀나는데 그중 천왕동이는

「이때것 어른으로만 알엇더니 알구 보니 우리 동물세그려」

하고 우섯다

아침 밥이 끗나서 유복이가 떠나려고 할때

「배천 까지라두 가치 가구 십지만 어머니가 기다리실 테니까 나는 여기서 집으루 가겟스」

하고 불출이가 말하고

「암 집으루 가야지 배천까지 무어 하러가」

하고 유복이가 대답하는 것을 애기어머니는 여페서 듯고

「시체를 지고 다른 짐은 어찌하나」

하고 유복이에게 물엇다

「끼든지 들든지 엇더케든지 하지요」

「그것이 될 수가 잇나」

하고 애기어머니는 가까이 섯는 천왕동이를 돌아 보며

「백촌아저씨 배천까지 좀 가치 가구려」

하고 권하듯이 말하엿다

『가치 가도 조치요』

하고 천왕동이는 대답하는데 유복이가 그리할 것이 업다고 고사한즉 천왕동이가 우스면서

『여게 동무 고사할께 무엇 잇나 내가 짐 좀 저다줌세 그런데 배천두 장긔 둘줄 아는 사람이 잇겟나』

하고 말하야 애기어머니가

『장긔에 미친 황도령이로군』

하고 우스니 다른 사람들도 따러 우섯다 유복이가 천왕동이와 가치 가기로 작정하고 나서 천왕동이를 보고

『자네가 거름을 잘 것는다지』

하고 물으니 천왕동이는

『왜 누가 빨리 것나 내기 좀 하려나』

하고 빙글거리는데 불출이가 나서서

『총각이 거름을 얼마나 잘 것는지 몰라두 박서방의 거름은 따러 가기 어려울걸 내가 이번 동행에 애를 여간 먹지 안햇서』

하고 말 참견하엿다 천왕동이가 불출이의 말은 대ㅅ구하지 아니하고 유복이더러

『대관절 배천이 여긔서 몟리나 되나』

하고 뭇는데 유복이가

『나두 잘 모르네 여긔서 송도가 몟린구』

하고 다른 사람들을 돌아보다가

『송도가 일백삼십리라지』

하고 신불출이가 가르처 주는 말을 들은 뒤에 다시 천왕동이를 보고

『배천읍내가 송도서 륙십리 밧게 안되니까 따저 보면 알겟네 일백삼십리하구 륙십리 하구 도합 일백구십닐세그려』

하고 대답하엿다

『오늘 일족 들어 가겟네』

『오늘이야 어떠케 들어 가나 내일은 일족 대일 수 잇지』

『사람 갑갑해 죽을 일이 낫네 일백 구십 리를 이틀식 가구 잇서』

천왕동이의 말을 듯고 유복이도 긔가 막혓지만 불출이는 혀까지 내둘렀다

유복이가 무명짜루리 남은 것은 불출이를 주고 남은 무명 온필 한필과 길량식 자루와 잘른

환도는 한데 묵거서 천왕동이를 지여 주고 자긔는 시체를 지고 양주서 떠낫다

배천 한다리는 읍에서 오리길이 착실하지마는 벽란나루를 건너서 오는데는 읍을 다 가지안코 중간에서 갈림 길로 들어 오는 까닭게 리ㅅ수가 거의 읍이나 맛먹엇다 유복이와 천왕동이는 양주서 떠나든 이튼날 아침 사이때쯤 한다리를 대어 왓다 큰 동네에서 따로 떨어저 잇는 외딴 집에 이가성 가진 사람이 사는데 그 집 늘근이가 전에 큰 동네에서 살때 유복이 이모부와 이웃하야 산 까닭게 늘근이 내외가 유복이를 잘 알뿐 아니라 그 아들이 유복이와 아이 적 동무이엇다 유복이가 평안도서 오는 길에 맨 먼저 어머니 무덤에를 다녀 가려고 왓슬때 그 집을 차저 들어 가서 늘근이와 아들을 만나 보고 면례에 일보아 달라고 부탁까지 한터이라 한다리 오는 길로 바로 그 집을 차저 왓다 그 집에서 유복이의 지고 온 것이 관도 업는 맨총장이란 말을 듯고 반갑게들 여기지 아니하는 중에 안 늘근이가 더욱 심하야

「이 사람 집안으로는 지고 들어 오지 말게」

하고 삽작문 안을 들어 서지 못하게 하니 그 아들이

「어머니는 가만니 기시우」

하고 안 늘근이를 말 못하게 하고 유복이보고

「집 안에서 구긔두 하두 만흐니까 성가신 일이 만허 그런데 오늘 곳 면례를 지나려나」

하고 뭇는데 유복이가

「지금 곳 갓다가 무들 테니 현장만 좀 빌려 주게」

하고 대답한즉 그 아들은

「그러면 될 수 잇네」

하고 안으로 들어 가서 헌 멍석 한닙을 갓다가 삽작문 밧 편편한 곳에 깔어 노코

「여보게 이리 와서 여기 나려 뫼시게」

하고 말하엿다

「나려 노흘 것도 업네 현장만 주게나 그대로 산으로 갈테니」

「나도 가서 보아 줄테니까 우리 가치 요긔 좀 하고가세」

유복이가 그 집 아들 말에 못이겨서 시체를 멍석 우에 나려 노코 그 아페 안즈면서

「자네두 이리 와서 좀 안께」

하고 천왕동이를 돌아 보앗다 천왕동이가 와서 안즌 뒤에 그 집 아들이 역시 안저서 천왕동이와 인사하고 곳 고개를 도리켜 안을 향하고

「여보게 여보게」

하고 불르니 그 안해가 삽작문 안에까지 와서 나오지는 안코

「왜 그러오」

하고 불른 뜻을 물엇다

「쌀 좀 떠가지구 핑하게 가서 술 멧사발만 바더 오게」

하고 그 집 아들이 말할 때 밧갓 늘근이가 나오다가 듯고

「이애 저 사람들이 어듸서 아침을 먹엇는지는 모르지만 술만 가지고 요긔가 되겟느냐 찬밥이라두 물에 노하서 가치 떠 먹으렴으나」

하고 말을 일르니 그 아들은

「네 술두 먹구 밥두 먹지요」

하고 대답하엿다

그 늘근이 부자가 시체 까달게 반가워 아니할 뿐이지 유복이를 푸대접은 하지 아니하엿다 탁백이와 찬밥으로 요긔들을 한뒤에 그 집아들이 천왕동이 지고 온 짐을 집안에 드려다 두고 연장들을 가지고 나왓다 그집 아들은 가래 하나를 메고 천왕동이는 종가래 하나 괭이하나를 양 어깨에 메고 유복이는 여전히 시체를 지고 무덤 잇는 산으로 올라 왓다 산역을 시작하야 광중을 파 허처서 유복이 어머니의 시신이 들어나게 되엇슬 때 그 집 박갓 늘근이가 올라 와서 이것을 보고

「합폄이라두 광중은 따루 짓는 법인데 어떠케 할라구 구광중을 저러케 파허첫는가」

하고 유복이를 나물하니 유복이는

「한데 무들라구 그랫지요」

하고 즉시 뒤를 니어서

「딴 광중을 맨들면 한데 뭇는보람이 잇나요」

하고 구광 파허친 까닭을 말 하엿다 늙은이는 종시 유복이의 소견을 올케 녀기지 아니하나 발서 구광을 파노흔 뒤일 뿐 아니라 유복이가 딴광중을 지으려고 하지아니하야 유복이의 아버지와 어머니를 한광중에 뭇게 되엇다 평토치고 봉분맨들고 뗏장까지 입히고나니 긴긴해도 발서 저녁 때가 다 되어서 유복이와 천왕동이는 그 집에 가서 하루ㅅ밤 묵어 갈 작정하고 그 아들을 따러왓다 그날 밤 자고 이튿날 식전에 유복이가 무명 한필은 그 집에 주고 그집 아들의 고의 적삼 한벌을 어더서 짤른 환도와 가치 보따리에 싸서 량식 자루와 함께 묵거 노핫다 여페 잇든 그 집 아들이 유복이를 보고

「총각하구 가치 양주로 가나」

하고 물으니 유복이는

「아니」

하고 간단히 대답하고 나서

『운수 조흐면 또 수이 만나지』

하고 말 하엿다

유복이가 리가집에서 떠나 나오는 길로 곳 천왕동이와 작별하고 한다리서 연안으로 삽다리로 돌장승으로 일백오십리 해주 와서 자고 이튼날 영전ㅅ들을 지나고 쇠티를 넘어서 강령 팔십리를 저녁 사이 매쫌 대어 들어 왓다 유복이가 고향이라고 발 드려 노키가 이번이 생외 처음이라 산도 설고 물도 설기가 타도 타관이나 다름이 업스니 낫 익은 사람이 잇슬 까닭기 업다 원수 로가의 종적을 누구를 보고 물어야 할찌 몰라서 공연히 이리 저리 지싯거리고 다니 다가 장터 한바퀴를 다 돌고 나서 어느 노인 하나가 지팡이를 집고 멀직이 오는것을 보고 올치 저 늘근이더러 좀 물어 보겟다 낫살먹은 사람이면 녯일도 모르지 안흐려니 생각하면서 아프로 나가다가 그 노인이 고든 길로 오지 안코 어느 집 모롱이에서 사이 골목으로 꺽기는 것을 보고 유복이가

『여보시우 여보시우』

하고 소리를 질르며 손짓하엿다 그 노인이 처음에는 고개만 돌리고 두리번거리다가 유복이의 손짓이 자긔 보고 하는 것인 줄을 알고 그제야 돌아 서서 지팡이를 의지 하고 섯다 유복

이가 가까이 와서 두 손길을 마주 잡고 허리를 굽히니 그 노인이 물고럼이 유복이를 보면서

「누군지 나는 모르겟는데」

하고 괴상히 녀기는 빗을 얼골에 나타내엿다

「잠ㅅ간 엿줘 볼말슴이 잇습니다」

「무슨 말인고」

「이 읍내에 로가 성 가진 사람이 삽니까」

「로가 성 가진 사람」

「네」

「로가 성 가진 사람이 하나 둘인가 나부터 로가인걸」

유복이가 그 노인이 로가란 말을 듯고는 이 늙근 것이 원수 로가가 아닌가하고 의심이 들기 시작하엿다

「로가 성 가진 사람을 어찌해서 찾는고」

하고 그 노인이 뭇는데 유복이는 선뜻 대답할 말이 업서서 말똥말똥 그 노인의 얼골만 드려다 보앗다

「괴상한 사람이로군」

「찻는 사람이 잇소이다」

「대체 허구 만흔 로가에 누구를 찻는 거야」

「아들 만코 손자 만흔 사람을 찻습니다」

「아들 손자 만흔 사람 나두 아들이 삼 형제에 손자가 팔 종형제나 되는 걸」

유복이는 이 자가 정말 원수인가 보다 하고 의심이 버썩 들엇다

「당신 서울 가보신일 잇소」

「못 가 보앗서」

「절머서 한 번두 못 가 보섯단 말슴이요」

「허허 시골 사람이 서울 구경 하기가 어듸 쉬운가 볼 일도 업시 구경하러 사백 팔십 리갈 엄두를 낼 수가 잇나」

유복이가 당치 안케 헛 의심을 낸줄 짐작하엿스나 그래도 미심하야 더 캐어 물엇다

「강령서 나섯는 가요」

「아니 내가 옹진서 이리 이사 온지가 한 이십년 박게 아니 되엿서」

「네 옹진 사시다 오섯서요 그러면 나시기도 옹진서 나섯겟구먼이요」

『그래 옹진이 내 고향이야』
유복이가 그제는 그 노인이 확실히 원수 로가 아닌 줄을 알고 의심이 풀리엇다 유복이가 다른 말을 물을려고 할제 그 노인이 지펏든 지팡이를 들면서
『내가 지금 둘재 아들에게를 가는데 얼른 가야 할 일이 잇서』
하고 말하야
『네 그럿습니까 그럼 어서가십시요』
하고 유복이는 그노인을 보내고 그 뒤에 여기 저기 다니며 물어 보와서 읍내에 로가 성 가진 사람의 집이 칠 팔 호나 되는 줄을 알엇고또 그중에 본토 사람으로 자손 만코 농사 지어서요부하게 사는 집이 단 한 집인 것을 알엇다 유복이가 전에 이모부에게 들어 두엇든말에 맛는 로가는 그 집 뿐이라 그 집을 차저 와서 문 박게서 주인을 만나자고 하엿더니 재파라케 절믄 사람이 하나나왓다
『당신이 이 집 주인이요』
『네 그럿소』
『당신 아버지 잇소』
『네』

「지금 집에 기시오」

「등산 볼일 보러 가셧소」

「등산이라니」

「등산곳 나가것단 말슴이요」

「당신 아버지 년세가 올에 멧치시요」

「그건 왜 뭇소」

「좀 알어 볼 일이 잇소」

「올에 쉬혼 여덜비시요」

「쉬혼 여덜」

하고 유복이는 고개를 비틀엇다가 다저

「당신 할아버지 기시우」

하고 물엇다

「기시지오」

「올에 나이 메치시요」

「아흔 한 두엇 되셧소」

「아혼한 두엇 너무넘고 처지는 걸」

「무엇이 넘고 처진단 말이요」

「내 셈으루 말이요」

「별사람 다 보겟네」

하고 그 젊은 사람은 곳 집 안으로 들어 가 버리엇다

유복이가 그 로가의 집 문 아페서 돌아 설때 해가 발서 다 진 뒤라 그 길로 어느 여염집에 가서 하루ㅅ밤 어더자고 이튼날 식전부터 나서서 강령 읍내 로가성 가진 사람의 집을 줄두집하야 차저 다니엇다 유복이의 원수는 본 바닥 사람이라는데 타곳에서 이사 와서 사는 로가가 두 집이고 유복이의 원수는 대대로 농군이라는데 관속 다니는 로가가 두 집이고 훈장질하는 로가가 한 집이고 또 백정질하는 로가가 한집이고 유복이의 원수는 자손이 번성하다는데 식구 단출한 로가가 세집이고 그외에 자손 만혼 집은 곳 유복이가 전 날저녁 때 차저가서 량대 나이가 넘고 처진다고 말하든 로가이엇다 유복이의 원수가 자식 손자가 만핫다고하지마는 이십 여년 동안에 혹시 집 안이 폭 망하여서 지금은 식구 단출하게 지내는지도 알수 업는 일이라 단 내외 사는 로가라도 원수의 자식이나 손자가 아닌가 유복이는 의심하야반드시 그 집안의 내력을 캐어 물엇다 읍내 사는 로가 여덜 집을 모조리 차저 다닌 뒤에 유복이가 원수 로가는 필경 어듸로 이사를 간 모양이니 그 이사간 곳을 뒤 밟버 가야 하겟다 생각하면서 잘 곳을 차지려고 이집 저집 기웃거리며 다니는 동안에 어느집 아페를 와서 보니 사람들이 만히 들낙 날낙하는 것이 무슨일이 잇는 집 가타 보이엇다 유복이가 사람 만흔 데서 혹시 듯는 말이 잇슬가 하고 그 집에서 하루ㅅ밤 자기를 청하엿더니 절믄 사람 하나가

『오늘 밤에 우리 집에서는 자지 못하우』

하고 거절하엿다 유복이가 그 거절하는 이유를 물어 본즉

『오늘이 우리 돌아간 조부님 대상 날인데 밤에 밤 재임을 할터이니까 손님이 잘수가 업소』

하고 손의 잠 못잘것을 이유삼아서 거절하는 것이라 유복이가 가치 밤 재임을 하야도 조흐니 하루 밤 재고 가게 하야 달라고 떼쓰다 시피 말하니 그 절믄 사람이 한참 생각 하다가

『그러면 초저녁 제사 지낸 뒤에 이웃 사랑방에 가서 주무시게 해드릴 테니 아즉 저기 가서 안지시요』

하고 박갓 마당에 깔어 노흔 멍석 자리를 가르처 주어서 먼저 안저 잇는 사람들을 한번 죽돌라 보고 그중에 나이 제일 만허 보이는 사람 여페 와서 안젓다 노인들은 딴 자리에 모힌 모양인지 거기 안즌 나이 제일 만하 보이는 사람이 불과 사십 여세쯤 되어 보이어서 유복이가 평

인사로 인사를 부첫다
「우리 인사합시다」
「네 뉘 댁이시요」
「나는 박서방이요」
「나는 고서방이요 어듸 사시요」
「나는 떠 돌아 다니는 사람이요」

한동안 지난뒤 관가의 폐문하는 삼현 육각 소리가 들리더니 그 집에서 초저녁 제를 지내려고 준비가 분주하엿다 안 곽 마당에 화토불이 발가서 박갓 마당에서 집 안을 환하게 드려다볼수가 잇섯다

처음에는 깍근 머리 중들을 한밥 잘 먹이는 모양이고 그 다음에는 그 집 식구들이 제청 안팍에 모혀 서서 울며 불며 제를 지내고 제가 끗난 뒤에는 곳 손님들을 대접하는데 안팍 마당 멍석 자리에 널린 것이 음식이엇다 탁주 동의 도야지 다리는 말할 것도 업고 해산이 본곳소산이라서 여러 가지 말은 생선에 그 외에 떡에 과실에 또는 부침이에 먹을 것이 만하서 유복이는 의외에 배 불리 잘 먹엇다 여러 손들이 먹을 것은 먹고 쌀것은 싸서 음식이 다 끗난 뒤에 제각기 주인 보고 재벽 제사 잘 지내라고 인사를 하고 일어 설때 유복이를 마저 드린 절

문 사람이 유복이에게 와서 인제 잘 곳을 지시할 터이니 가치 가자고 말하다가 유복이여페 잇는 고서방이 마침 일어서려는 것을 보고

「고서방 지금 가실나우」

하고 뭇고서 그 대답도 기다리지 안코

「가시는 길에 이 손님 주무실 데 좀 지시해 주시구려」

하고 부탁하엿다

「어듸루 지시하란 말인가」

「웅선이네게나 취옥이네게나 어듸든지 박갓방 잇는 데루 지시하시구려」

「그 사람들이 조타구 할까」

「조타구 안커든 고서방 당신네 집 머슴방두 조치 안소」

하고 그 절믄 사람은 곳 유복이를 보고

「이 고서방만 따러 가시면 하루ㅅ밤 편히 주무실 수 잇슬 것이요 내일 아침에는 다시 우리 집으루 오서두 좃소」

하고 말하야 유복이는 그 절믄 사람에게 치사하고 곳 고서방이란 사람과 가치 일어섯다 유복이가 고서방의 뒤를 따러 오는 길에 고서방이

『뉘집 뉘집 할것 업시 숫제 바루 우리 집으루 갑시다』

하고 말하야 유북이는 고서방 집 머슴방으로 오게 되엿다 깜박깜박하는 기름ㅅ불 미테서 고서방의 머슴은 집신을 삼고 놀러들 온 동네 머슴은 아이 어른이 석기어 안저서 씩뚝깍둑 짓거리고 잇섯다 머슴방 아페서 고서방이 유북이더러

『자 이방으루 들어 가시우』

하고 말한 뒤 자긔 집 머슴에게

『김서방 이 손님 거기 좀 주무시게 하게』

말을 일르고 자긔는 안으로 들어 갓다 여러 머슴들이 유북이 들어 오는 것을 보고 자리를 비키어 주고 한동안은 잠자코 안젓더니 주인 머슴이

『손님 거기 누으시우』

하고 말하야 유북이가 한 여페 떨어저서 벽을 향하고 누은 뒤에 머슴들은 또다시 짓거리기시작하엿다

『자근쇠야 너 오늘 어듸루 나무 갓섯늬』

『먼 산으루 갓섯소』

『또 강서방하고 가치 갓섯구나』

「자근쇠 나무는 강서방이 마터 노쿠 해 주는데 가치 가구 말구」

「자네두 자근쇠 나무를 못해 주어서 셈이나지」

「미친 소리 말게 이 사람」

「자근쇠야 강서방 어듸 간늬」

「강서방 어듸 간 걸 내가 아오」

「네가 모르면 누가 아늬」

「대상 집에서 밤 재임한다더라 어서 가 보아라 너 줄라구 떡 싸 노터라」

「여보 김서방 집신 고만 삼구 이야기 좀 합시다」

「내일 나무하러 갈 때 맨발루 가구」

「나무하러 갈 때 신을 신이요 나는 도망질 칠 때 유렴이라구」

「왜 도망질은」

「인제 모르는 사람이 업시 다 아니까 말이지만 고서방이 별른다며」

「공연이 별른다구 애매한 사람이 도망질 칠 까닭이 잇나」

「아까두 김서방한테 말할 때 고서방 눈이 곱지 안습듸다」

「이애 자근쇠야 고서방이 칼 가는 것을 너두 보앗다지」

「그럼 칼을 갈구 나서 년눔을 한 번에 하구 중얼거리며 일어설 때 상호가 무섭기라니 나는 그날 밤에 꿈을 다 꾸엇소」

「아니 자긔 녀편네 버릇을 잘못 가르처 노쿠 아무나 함부루 죽인단 말이야 그러케 사람을 죽일래서는 사람 씨 지겟네」

「하여튼 김서방 조심하오」

「고서방이 이날 이때것 안해 덕에 사는 사람인데 마누라를 죽여 밥을 죽이라지」

「큰골 로첨지네 떼서리가 언간이 세야지 섯불리 날뛰다간 고서방만 경치네」

「고서방이 안해에게 쥐어 지내지만 지렁이두 밟으면 꿈질한다구 누가 아나」

「여기 고서방이 로첨지 둘ㅅ재 사위지」

「그러치 맛 사위는 쇠우물 조서방이구 끄데 사위는 두무께 이서방이지」

「이서방이 셋재 사위지 끄데 사위가 다 무어요」

「아니 로첨지 딸이 삼형제 아니야」

「시집 간 딸은 삼형제지만 시집 안 간 딸은 셈에 치지 안쿠」

「시집 안긴 딸이 어듸 잇서」

「작년에 난 딸이 잇는데」

『올치 설흔 멧 살 먹은 녀편네를 어더 가지구 작년에 낫다던군』

『요전에 내가 큰골 호미씨시에 갓섯는데 칠십 먹은 늘근이가 젓먹이 딸을 가루 안구 다니는 꼴이라니 눈꼴이 시어 못 보겟든군 모르는 사람은 손녀나 증손녀루 알 것이야』

『그럼 로첨지 증손자가 열쌀 넘은 아이가 잇는데 말할 것 무어 잇나 증손녀루두 멧재 증손녀지』

『칠십 먹은 늘근이가 긔운두 조하』

『그 자근 마누라는 새파라케 절믄데 아직두 멧을 나을른지 몰으지』

『늘근이가 남 붓그럽지두 안흔가 봐』

『제기 우리 가튼 절문 놈은 기집 맛을 못 보구』

『자네두 로첨지 처럼 천량만 잇서 보게 십리 밧 기집이 슬슬 기어 들지 안나』

『딸 삼형제두 로첨지를 달머서 행실들이 부정한 거야』

『그런지두 모르지』

『오늘 밤에 로첨지 귀가 가렵겟다』

『재채기는 아니하구』

여러 머슴들이 잡상 스럽게 짓거릴 때 유복이는 그 짓거리는 말을 그다지 귀담아 듯지 아니하다가 로첨지 말이 난 뒤 부터는 혹시 한마듸라도 빠트리고 못 들을까 보아서 한편귀 눌러 베엇든 목침을 관자노리 우으로 솟치어 베고 숨ㅅ결까지 죽이고 듯고 잇섯다

『자네 대상 집에 갓섯든가』

『못갓네』

『대상은 잘 차렷슬 껄』

『지지난 장에 농우소까지 냇스니까 잘 차렷슬 테지』

하고 머슴들의 이야기가 제사로 비끄러지기 시작하더니 귀신으로 독갑이로 한 업시 달은 데로 흘러 나가고 다시 로첨지에게로 돌아 오지 아니하야 유복이는 속에 조바심이 낫다 나종에 유복이는 참다 못하야 오줌 누러 일어 나는 체하고 박게를 한번 나갓다가 들어 온 후에 좌중을 향하야

『큰골이 여기서 멧리나 뒤우』

하고 물으니 어른 머슴 한사람이

『십리요』

하고 간단히 대답하엿다

『어느 쪽으루 가우』

『해주 가는 길ㅅ가이요』

『나는 이번에 해주서 왓는데 큰골을 지나 왓겟구먼』

『그러면 큰골 아플 지나 오셧겟지요』

『바루 길ㅅ가요』

『큰길에서 조곰 들어 가우』

『동네가 크우』

『그러케 클 것두 업지만 포실하우』

『큰골두 로첨지네 대소가 뿐이지 동네야 포실할 것 무어 잇나』

하고 다른 사람이 말 참례하고

『그럼 로첨지네가 큰골 주인 셈이지』

하고 또 다른 사람이 뒤를 달어서 유복이의 소망대로 이야기가 로첨지에게로 돌아 왓다

『로첨지네는 형세가 점점 더 는다데』

『큰골 동네압 조흔 땅은 거지반 로첨지네 대소가에서 다 지으니 형세 늘 것 아닌가』

『그 늘근이가 수단이 조호니까 지금은 형세가 늘지만 늘근이만 죽구 업서 보게 그 아들 손자는 지금 처럼 못 살게니』

『그러치 갈모루 리서방네가 여간 잘 살엇나 지금 로첨지네버덤 낫섯지 그러치만 요전 등내 때 관가에서 한번 잡아 가두는 바람에 살림을 죄다 떨어 바치지 안헛나』

주인 머슴 김서방이 삼든 신을 곳 마치고 돌아 안저서 다른 사람의 말하는 것을 듯고 잇다가

『로첨지는 난 사람이야』

하고 말을 내니 유복이 가까이 안저 잇는 곰배팔이 한사람이 김서방을 건너다 보며

『잘 낫든 못 낫든 나기는 낫지』

하고 말을 바덧다

『로첨지가 잘 낫단 말이야』

『로첨지의 심뽀루 보면 빌어두 못먹어야 싸지만 그래두 늘께까지 아무 근심 업시 잘사니 하누님이 귀가 먹엇거나 눈이 멀엇지그려』

『왜 하누님이 곰배팔이는 아니든가』

『내가 하누님이면 발서 요정 냇네』

두 사람의 말이 여러 사람의 우슴을 자어내어 좌중이 우슴 판이 되엇다가 우슴이 곳이나며 한 사람이 곰배팔이를 보고

『오서방의 고모부 아저씨가 로첨지 때문에 서울까지 잡혀 간 일이 잇섯다지』

하고 물으니 그 곰배팔이 오서방이

『그랫다네 우리는 보지 못한 일이지만 우리 아주머니가 지금도 이야기를 하니까 그것만 보더라도 로첨지 심뽀가 절멋슬적부터 고약하든 걸 알수 잇지 안흔가』

하고 김서방을 건너다 보앗다 김서방은 잠자코 잇고 자근쇠란 얼골 나브죽한 아이가

『나도 한번 서울 잡혀나 가 보앗스면 서울 구경하게시리』

하고 나서니 오서방이

『이자식아 서울 구경은 다 무어냐 볼기가 맛구 십거든 이 자리에라두 업드려라 놀림 매로 실컨 때려 줄 테니』

하고 박을 주엇다

『누가 볼기 맛구 십다나』

『서울 잡혀 가면 볼기 뜸은 꿀 맛이야 이자식아 너 아늬』

자근쇠가 무슨 말ㅅ대구를 하려고 입살이 나불나불할 즈음에 김서방이 오서방을 건너다 보며

『로첨지가 서울에만 낫섯드면 그 때두 큰 공신 벼슬을 햇슬 것인데 원수의 시골 사람이라

무명 세필 상타구 말엇다데』

하고 여전히 로첨지를 두던하야 말하니 오서방이 한 자리 아프로 나안즈며

『아니 이사람아 그래 친구 하나는 죽이구 친구 하나는 불기 마치구 무명 세필 상탄것이 장한 일인가』

하고 시비쪼로 대답하엿다 이 때것 말이 업시 듯고 안젓든 유복이가

『올타』

하고 손벽을 치니 곰배팔이 오서방은 자긔 말을 올타는 줄로 너기고

『손님 그러치요 그런 법이 어듸 잇겟소』

하고 유복이를 돌아 보앗다

박유복이 (三)

유복이가 고서방의 장인 큰골 로첨지란 자가 빈틈 업시 자긔의 원수인 것을 알고 맘에는 곳 그 시각으로 큰골을 쪼차 가고 시펏스나 급한 맘을 가러 안치고 천연 스럽게 안저잇섯다 밤이 이슥한 뒤 놀러 왓든 사람들은 어른 아이할 것 업시 다 각기 돌아 가고 유복이와 김서방과 단 두 사람이 가치 자게 되엇는데 김서방은 누으며 바로 잠이 들어 드르렁 드르렁 코를

끌고 유복이는 이생각 저생각 쪼각 생각이 머리 속에 오락 가락하야 잠을 일코 어두운 속에 눈을 뜨고 누어 잇섯다 한밤ㅅ중이 지나서 사방이 고요한데 어듸서 사람의 말 소리가 들리어서 유복이가 귀를 기우리고 들으니 말ㅅ소리가 안에서 나오는 것이 분명하엿다 사내소리와 녀편네 소리가 석기어 나오는데 사내 소리는 나직나직하고 수가 적으나 녀편네 소리는 재ㅅ되고도 수다하엿다 처음에 말은 둘 다 알어 듯기 어렵든 것이 차차로 말ㅅ소리가 노파저서 녀편네 말은 고사하고 사내 말까지도 짐작 석거서 알어 뜻게 되엿다

「내가 하두 부처님 가트니까 아무 짓을 해두 조흘 줄 알구」

「부처님이면 치성이나 들어 오지 밥 먹구 하는 것이 무어야 큰 소리만 하면 제일인가」

「나이 사십이야 너무 지각 업시 굴지 말게」

「지각이 안 낫스니 엇절 테야 지각 난사람 다보앗서」

「말만 바더 넘기면 장사냐」

「자다 말구 남의 비우를 왜 글거 가만이 잇는 사람을 미칫나」

「왜 이러케 큰 소리야」

「누가 할 소린지 큰 소리 작작질러 어린애 잠 깨겟서」

「저까지 자식 뉘 자식인지 알어」

『더할 소리 업네 뉘자식인가 모르거든 가르처 줄가 내 배 속으로 나온 거야 내 자식이야』

『뻔뻔한 년 가트니』

『누구더러 년이래 말이면 다하는줄 알어 가치 살기가 실커든 되지 못하게 속에 너코 우물거리지 말고 사내답게 갈너 서자고 그래 그러면 나는 이밤이라도 우리 집으로 갈테야』

『다른 놈하구 살기 조케』

『걱정두 만혜 갈러선 뒤에야 남이 누구하고 살건 말건 걱정이 무어야』

그 다음에는 방문 열어 제치는 소리 어린아이 우는 소리 여러 소리가 뒤석겨 들리엇다 유복이가 가만히 생각하야 보니 고서방 내외 쌈이 근저가기픈 모양인데 아까 머슴들의 말과 가티 칼질까지 난다하면 자긔가 살인 옥사에 증인으로도 붓잡혀 갈것이 정한 일이라 이대로 누어 잇다가는 의외에 봉변할것 가터서 슬그머니 일어서서 보따리를 차저 들고 방문을 소리 업시 여다치고 박그로 나왓다 처음에는 바로 큰골로 가려고 해주 길을 차저 나서다가 오밤ㅅ중에 길 가는 것이 남에게 수상하게 보일 념려가 잇서서 맘을 고처 먹고 거름을 돌치어서 다시 대상ㅅ집을 차저 왓다 화토불 아페서 밤 재임하는 사람들이 밤윳을 가지고 노름하다가 유복이 오는 것을 보고

『저이가 초저녁에 왓다 간이 아니라구』

『고서방 따러 가든 이로군』

하고 서로 짓거리고

『어째서 자지 안코 밤중에 왓소』

하고 한사람이 뭇는 것을 유복이는 긴말 아니하고

『새벽 제사ㅅ밥 어더 먹으려구 왓소』

하고 대답한 뒤 곳 화토불 가까히 가서 안젓다

유복이가 여러 사람들 틈에 석겨 안저서 긴밤을 새는 동안에 곰배팔이 오서방의 고모 내외를 한번 차저보고 갈맘이 나서 노름 아니하는 사람에게 말을 물어서 오서방 집 가는 길도 알엇고 오서방의 고모부는 발서 전에 작고하고 오서방의 고모가 아들을 다리고 사는데 그 집이 오서방 집 이웃인것도 알엇다 날이 발근뒤에 유복이는 제사ㅅ밥으로 요긔하고 절문주인을 차저서 누누히 치사하고 대상ㅅ집에서 나오며 곳 오서방ㅅ집을 차저 왓다 쓸어저가는 삼간초가에 울타리와 삽작문이 명색만 잇서서 문 박게서 집 안이 드려다 보이엇다 마당에서 오서방이 한손으로 비질하는 것을 유복이가

『여보 오서방』

하고 불르니 오서방이 비를 노코 나와서 유복이를 보더니 곳

「어제 고서방네 집에서 주무신 손님이러군」

하고 알어 보고 뒤를 나어

「어째서 나를 차즈셧소」

하고 유복이의 온 뜻을 물엇다 유복이가 로가 원수를 갑기 전에 본색 들어 내는 것을 재미업게 생각하야 그저 들떼 노코 뉘 부탁이 잇서서 오서방의 고모를 잠깐차저 보러 왓노라고 말하니 오서방이 뉘 부탁이냐고 구지 캐어 물어서 유복이는 한참ㅅ동안 꽁꽁거리다가 이모부의 성명을 대고 자긔가 그와 한동네 사는 사람인데 차저 보고 오라는 부탁이 잇섯다고 꾸며 대엇다

「그러시면 내가 가서 우리 아주머니가 일어나섯나 보구 올테니 여기 서서 잠ㅅ간만 기다리시우」

하고 오서방이 곳 이웃집으로 가더니 한동안 뒤에 그 집 삽작 박게 나서서 유복이를 바라 보며

「이리 오시요」

하고 성한 손으로 손짓하엿다 유복이가 그 아페 와서 오서방의 뒤를 따러 집안으로 들어오는데 열어 노흔 건너방 되창문 안에 키가 작달막한 늙근 할머니가 문틀을 집고 서서 내다 보

다가 무슨 의의 일을 보는 것 가티 놀나면서

『세상에 변일도 만타』

하고 혼자 말하엿다 유복이가 오서방의 지도하는 대로 건너방에 들어와서 절인사를 마치고 자리에 안즌 뒤에 그 늘근 할머니는 유심히 유복이의 얼골을 바라보면서

『성씨가 뉘댁이요』

하고 유복이의 성을 물엇다 유복이가 거짓말하기가 난중하야 어물어물하다가 나중에

『김가 올시다』

하고 대답하니

『네 김서방이요』

하고 그 늘근 할머니는 곳 자긔 족하를 돌아 보며

『향나무ㅅ골 댁 남편 박서방 이야기를 너는 만이 들엇지』

하고 동에 닷지 안는 말을 물엇다

『어떤 박서방 말입닛까』

『앗다 서울 잡혀 가서 매 마저 죽은 박서방 말이야』

『듯구 말구요 어제ㅅ밤에두 이야기가 낫섯습니다』

하고 오서방이 그 고모의 말을 대답하고 곳 유복이를 향하야

『큰골 로첨지가 모함해서 죽엿다는이 말이요 그가 박서방이라우』

하고 가르처 주듯이 말하니 유복이는 힘 업시 입안 소리로

『네』

하고 대답하엿다 그 늘근 할머니가 여페 노힌 장끼 목을 집어서 눈을 씻고 다시 유복이의 열골을 바라다 보면서

『남남끼리도 가튼 사람이 잇지만 김서방이 어떠케 그 박서방과 가튼지 아까 들어 오실 때 나는 깜짝 놀랫스니』

하고 혼자 말하듯이 말하고 나서

『김서방 무슨 생이시요』

하고 유복이의 나이를 물엇다

『임오생 설흔 네 살입니다』

『바로 박서방 돌아 가든 해에 낫섯구려 죄업시 죽은 이라 곳 인도 환생 햇슬 테지 김서방이 혹 그 후신인가 보오』

『네』

「향나무ㅅ골 댁이 남편 뒤를 쪼차 갈때 태중이엇습된다 그 뒤에 유복자로 아들을 낫단말까지 들엇는데 그 아들이 어떠케 되엇는지 한번 여기를 올 것도 갓건마는 영이 소식이업습듸다」

하고 그 늘근 할머니 말하는 것이 유복이의 본색을 짐작하는것도 가터서 유복이는 낫이 간지러울 지경이나 억지로 시침을 떼엇다

「그 사람이 지금도 자긔 이모부의 집에 언처 잇는데 이섭 전부터 안질뱅이가 되어서 거름을 못것습니다」

「무어 안질뱅이요 아이구 안질뱅이가 웬 일일까 하누님 맙시사 향나무ㅅ골 댁이 살어서 보앗더면 오죽 가슴을 짓찌엇슬까」

하고 그 늘근 할머니는 괴탄하다가

「그 사람이 장가나 들엇소」

하고 물어서 유복이가

「누가 병신 보구 딸을 줍니까 그저 총각입니다」

하고 매답하니

「향나무ㅅ골댁 본집이 병신 동생 하나가 잇다가 장가도 못 들고 죽어서 씨 업시 망햇는데

시접도 마저 손이 끈칠 모양일세 그런 기막힐 일이 또 어듸 잇겟나 그이가 숫제 보지 안코 진작 죽은 것이 팔자 조흔 편이로군」

하고 그 늙근 할머니는 또 다시 괴탄하엿다

유복이가 그 늙근 할머니의 진심으로 괴탄 하는 것을 보고 본색을 감추고는 오래 안젓기가 죄만스러워서 먼저 말 휘갑으로 이모부의 안부만 대강 전하고서 곳 그 늙근 할머니에게 하직하고 오서방과 가치 나오다가 일부러 그의 아들을 차저서 인사하고 총총히 떠나서 해주ㅅ길로 향하엿다

큰골이 강령읍내서 머지도 안커니와 대로 변에서 가까워서 길이 초삽하지 아니한 까닭게 초행 사람도 별로 뭇지 안코 차저 올 만하엿다 유복이가 동네 아페 와서 논 뚝에서 풀 깍는아이 하나를 보고 다리 쉬는 체하고 논 뚝에와 안저서 그 아이를 붓들고 말을 붙엿다

「베 잘 되엇다 너의 집 논이냐」

「아니요 주인집 논이요」

「머슴 사는 구나」

「네」

「큰골 동네 로첨지 집을 아늬」

「알구 말구요 우리 주인 집인데요」

「그래 네가 로첨지 집에 잇서」

「로첨지 영감 큰아들네 집에 잇소」

「로첨지 아들이 만타지」

「네」

「다 따루 사늬」

「그 셋재 아들은 우리 집 여페서 살구요 첨지 영감은 넷재 아들 다리구 사우」

「둘재 아들은」

「여기서 살다가 멧해 전에 해주 쌍거리루 이사 나갓소 그런데 지금 병이 들어 죽게 되엇다나요 일전에 쌍거리서 사람이 와서 첨지 영감이 셋재 아들 다리구 나가겟소」

「지금 로첨지가 집에 업서」

「네」

「언제 오늬」

「모르지요」

「쌍거리가 연안서 해주 오는 길 목이구나」

「그러탑듸다」

「로첨지가 걸어 갓늬」

「그러민이요」

「칠십 늙은이가 거름을 잘 것늬」

「재 마누라 엇기 전에는 젊은 사람 볼 쥐어지르게 근력이 조터니 요새는 전만 못 하우 요 전에 나하구 읍내 나려 갈때두 헐떡헐떡 하십듸다」

「십 리 길에 헐떡어리는 늙은이가 팔구십리를 어떠케 갓슬까」

「하루에는 몰라두 이틀에는 넉넉히 갓슬께요」

「그래 어느날 떠낫늬」

「그적게요」

「수이 돌아 올까」

「아들이 죽으면 장사 지내구 올껄요」

유복이가 그 아이의 말을 듯고 곳 로첨지를 쪼차서 쌍거리로 갈 작정을 하면서도 그래도 미심하야 큰골 동네로 들어 왓다 몃 사람에게 말을 물어서 아이 말이 틀림 업는 것을 알고 그 뒤에 동네 복판에 잇는 로첨지의 큰집과 동네 안침에 잇는 로첨지의 재집을 한 바퀴돌라 보

고 큰골서 나와서 또다시 해주ㅅ길로 향하엿다

유복이가 우티ㅅ골 와서 어느 농가에서 사이 밥을 어더 먹고 요긔할때 부터 몸이 찟부두드하더니 우티ㅅ재를 넘을 때 쯤 오슬오슬 치운 긔가 들기 시작하야 몸이 떨리는 것을 억지로 참고 백리나 이백리 가치 멀게 생각되는 이십리ㅅ길을 와서 취야정 내ㅅ가에 당도하엿슬때 몸은 떨리는지 만지하나 두눈이 캄캄하야 폭폭 아프로 꺼꾸러질 것 가텃다 내ㅅ물을 어떠케 건넛는지 인가를 엇더케 차저 왓는지 유복이는 정신 업시 취야정 동네 어느 집 삽작 박게 와서 주저 안젓다 유복이가 그 집에서 하루ㅅ밤을 되게 알코 이튼날 식전에는 씻은듯 부신 듯 일어 낫다 입맛만 깔깔할 뿐이지 몸은 아무러치도 안허서 길을 갈만하나 쌍거리 가서 그런 병이 또 발작되면 원수도 못 갑고 욕만 보려니 생각하고 맘에 자저하는 중에 인심 조흔 주인이 알튼 병이 당학(唐瘧)가트니 오늘 내일 지내 보고 가라고 붓들어서 유복이가 그 집에서 묵삭이는데 그 이튼날은 전 번만은 못하나 역시 몸이 달달 떨리어서 웅숭거리고 하루 해를 지내엇다 당학이 분명한 뒤에 주인이 약이라고 쥐며누리를 잡어서 밀가루환도 지어 주고 생강 집을 내어서 밤 이슬도 마처 주고 또 예방이라고 뒤ㅅ간 아페 잇는돌을 할트라고 가르처 주어서 유복이는 얼른 나을 욕심으로 해 주는약을 바더 먹을뿐 아니라 예방까지 가르처주는 대로 다 하엿다 유복이가 취야정에서 당학 두직을 알코 강령을 떠난 뒤 엿새되는 날 겨우 쌍거리를 오게 되엇다 쌍거리 올때 이번에는 로첨지를 만나서 원수를 가프려니 하엿더니 급기야 와서 알어 본즉 로첨지는 그 동안 발서 강령으로 가 버리엇섯다 로첨지의 둘재 아들은 병이 고향에 들어서 오늘 내일하고 죽을 날만 기다리는 중이지만 로첨지 집안에 살인이 낫다고 강령서 전인이 와서 로첨지가 다리고 왓든 셋재 아들만 쌍거리에 남겨 두고 강령으로 갓다는데 갓다는 날자를 따저 보면 유복이가 당학 두직채 알튼날 로첨지는 취야정 아플 지낫슬 것가텃다

유복이가 할일 업시 다시 두번ㅅ재 강령 길을 하게 되엇는데 쌍거리서 길을 돌처 서기전에 연안 가는 길ㅅ거리와 재녕 가는 길ㅅ거리로 한동안 맥 업시 바장인 까달게 해주 부중에 들어 왓슬 때 저녁 때가 거의 다 된것을 보고 캄캄한 때 취야정에 나와서 신세 만히진 집에서 또 하루ㅅ밤 신세를 끼치엇다 유복이가 밤에 자면서 생각하야 보니 로첨지 집안에 살인 난것이 적실하다면 고서방이 안해를 죽엿기가 쉬울 것이고 과연 고서방이 안해를 죽엿스면 로첨지는 읍에 가서 잇기가 쉬울 것이라 먼저 강령 읍에 가서 소식도 듯고 동정도 보고 큰골을 가든지 마든지 작정하는 것이 조흘것 가텃다 유복이가 이튿날 첫새벽 취야정서 떠나서 느진 아침때 큰골아플지나 오는데 잠ㅅ간 들려 보고 시픈 생각도 업지 안헛스나 들리지

안코 그대로 강령 읍내로 즉행하엿다 여기저기 다니며 뭇느니 낫익은 사람을 차저서 물어보리라 생각하고 먼저 곰배팔이 오서방을 차즈니 오서방은 마침 집에 업고 다음에 오서방의 고모 집을 드려다보니 늘근 할머니가 혼자 봉당에 안저 잇섯다 유복이가 안마당으로 들어오며

「무어 하십니까」

하고 소리를 지르니 그 늘근 할머니가 물끄럼이 바라보며

「저 번에 왓든 김서방이란이 아니라구 곳 간다더니 이 때것 못 갓소그려」

하고 얼굴에 놀나는 빗이 잇섯다

「아드님 어듸 갓습니까」

「나무 갓소」

「며누님은」

「이웃집에 품 방아를 찌러 갓나보오」

「혼자 기십니다 그려」

「늘근 사람이 집 보지요」

유복이가 봉당에 와서 걸터 안즈며

『아주머니』

하고 정답게 말을 부치고

『큰골 로첨지 집안에 살인 난 소문을 들으셧습니까』

하고 물으니 그 늘근 할머니가 고개를 흔들며

『그놈의 늘근이 집에서 무슨 살인이 낫단 말이요 그 사위 고서방이 저의 안해를 칼로 찔럿슬 뿐이지』

하고 대답하엿다

『고서방의 안해가 로첨지의 딸이라지요 그래 그 딸이 죽엇습니까』

『칼로 배를 찔리고 머리를 찍혓서도 아즉 죽지는 안헛다오』

『고서방은 어떠케 되엇나요』

『관가로 잡혀 갓지』

『그럼 로첨지가 지금 고서방네 집에 와서 잇겟습니다 그려』

『엇그적게 그 딸을 승교 바탕에 담아 가지고 가치 큰골로 올라 갓다오』

『네 큰골루 갓서요』

하고 유복이가 한동안 고개를 숙이고 잇다가 다시 치어들고

『저 아주머니께 할 말슴이 잇소』

하고 뒤을 이어 자긔 본색을 말하니 늘근 할머니는 손벽을 치며

『그럼 그러치 남남끼리 그러케 가를 수가 잇나 그런데 저번에 나를 왜 속이고 갓나』

하고 정답게 하게로 나물하엿다 유복이가 원수 가프려고 로첨지를 뒤 쪼차 다니는 사연까지 말하고 이 다음 로첨지 죽엇다는 소문이 들리기까지는 이말을 입박게 내지 말어 달라고 부탁하엿다 그 늘근 할머니가

『그러타 뿐인가 자네가 잡혀 가치면 내가 힘자라는 대로 옥 바라지라도 해줌세』

하고 말하는데 유복이는

『내가 배천 가서는 붓잡힐는지 몰라두 여기서는 붓잡히지 아니할 작정입니다』

대답하고 그 늘근 할머니가

『그걸 어떠케 맘대로 하나』

하고 의심 하는데 유복이는

『그건 렴녀 업습니다』

하고 미덤 잇게 잘러 말하엿다

유복이가 그 늘근 할머니에게서 점심 한끼를 든든히 어더 먹고 되 돌아서 큰골로 나오는

중에 찬찬이 아페 할일을 생각하느라고 길ㅅ가에 안저서 늘ㅅ장을 부린 까달게 큰곤 아페 왓슬 때 해가 이미 설핏하엿다 유복이가 동네에 들어 와서 로첨지가 어느 집에 잇는 것을 알아 본뒤 동네 집과 동네ㅅ길을 다시 자세히 눈 살펴 두고 로첨지 잇는 산밋 재집을 울박그로 돌아 보고 남의 눈에 뜨이지 안토록 산기슭 으슥한 곳에 숨어 안저서 준비를 차리엇다 보따리에 싸 가지고 다니든 표창과 짤른 환도를 끄내어서 표창 너덧개는 손에 쥐고 그남아지는 유지에 싼채 괴춤에 너코 환도는 허리 띄에 질르고 고의 적삼만 다시 보에 돌돌 말어서 배에 차고 신 들매를 단단히하고 그리하고 로첨지ㅅ집 삽작문께로 걸어 왓다

로첨지는 칠십 늘근이가 쌍거리를 근두박질 하듯이 갓다 오느라고 길에 삐첫슬 뿐 아니라 아들의 병과 딸의 횡액으로 말미아마 화가 떠서 다른 음식은 잘 먹지 못하고 멧칠동안 술만 먹고 지내는데 집안 식구들이 붓저지 못하도록 밤낫 야단을 치더니 이 날은 식전부터 점심때까지 술도 먹지 안코 야단도 치지 안코 전에 업시 넉일흔 사람가티 우두머니 안저서 때때로 혼자 중얼거리엇섯다 자근 마누라가 여페 와 안저서 어린애 젖을 먹이다가 어린애대신 하는 말로

『아버지 나 좀 보십시요』

하고 어린애 얼굴을 아프로 내 미니 전 가트면 너털 우슴을 웃고 드려다 볼 로첨지가 말이 업

시 고개만 끄덕끄덕하고 덤덤하니 안젓섯다 그 동안 몃칠 늘근 영감 야단바람에 쥐 구멍을 찻든 어린애 보아 주는 기집애가 점심 때 어린애를 업고 추석거리다가 어린애 머리를 기동에 부드트려 울린 까닭게 로첨지는 화가 천동 가티 나서 그 기집애를 죽일년 잡드리하듯하엿다 그 기집애 온 몸에 구렁이를 감아 노코도 부족하야

『이년 네 대갈이는 성하게 둘줄 아느냐』

하고 대갈이를 수 업시 쥐어 박고 나종에는 발ㅅ길로 차서 마당에 굴리기까지 하엿다 로첨지가 이때부터 화를 내기 시작하야 종일 야단을 치는데 아들 며누리까지 아페 얼ㅅ신하기가 무섭게 공연한 트집을 잡아 야단을 치니 아들은 무슨 핑계하고 박그로 나가고 며누리는 부억속에 처백혀 안저서 밥 지어 주는 녀편네와 속살속살 뒤ㅅ공론하고 자근 마누라만 어린애를 둘처 업고 아페서 돌아 다니엇섯다

이 때 해는 저녁 때가 다 되엇섯는데 삽작 박게서

『로첨지 로첨지』

하고 부르는 소리가 낫다 방에 들어 안젓든 로첨지가 봉당에서 돌아 다니는 자근 마누라를 내다 보고

『박게 누가 왓나』

하고 물어서 자근 마누라가 마당으로 나려 가더니 빼곰히 삽작문 박글 내다보고 들어 와서

『과객인가 보오』

하고 대답하엿다

『재워주지 안는다구 하게』

『내가 가래서 잘 가겟소』

『이 망한자식은 어듸를 갓단 말이』

하고 로첨지가 넷재 아들이 집에 업는 것을 탓하는 중에 박게서 로첨지를 찻든 사람이 삽작 안으로들어 왓다

『저런 남의 집을 막 드려 오네』

하고 자근 마누라가 소리를 지르니 로첨지는

『어떤 죽일놈이 남의 집에를 막 들어와』

하고 벌떡 일어나서 방 박그로 나와서 방문 뒤에 세워 두는 지팡막대를 집어 들고 마당으로 나려왓다 삽작 안으로 들어 오든 사람이 로첨지 나오는 것을 보고 거름을 멈치고 서니 로첨지가 멧거름 아프로 쪼차 나오다가 무춤하고 멈치더니 박은듯이 서서 어런 듯이 바라보고 나중에는 두눈을 휘둥그러케 뜨고 지팡막대를 떨어트리고 두손을 아프로 내 흔들며

『귀신 보아라』

하고 힘 업시 소리를 질럿다

이 때 로첨지의 아들이 삽작 박게 와서 저의 아비가 무슨 야단이나 치지안나 하고 집 안동정을 살피다가 저의 아비가 낫 모르는 사람과 마주 섯는 광경을 보고 삽작 안에 들어 서며 곳

『누구요 저리 나가우』

하고 그 사람 아프로 대어드니 그 사람이 말도 업시 로첨지 아들의 귀통이를 주먹으로 우리엇다 로첨지 아들이 빗슬빗슬하다가 간신히 넘어지지 안코

『이놈 봐라 사람 친다』

하고 소리를 질럿다 로첨지네 머슴이 꼴을 한 바소거리 지고 들어 오다가 이것을 보고 얼른 등에 진 꼴짐을 지개채 박여 버리고 손에 든 지개 짝대기로 그 사람의 골통을 나려 치니 그 사람이 작대기를 바더 잡고 아프로 챗트려서 머슴은 작대기를 노코 맨 주먹으로 대어들고 로첨지의 아들은 어느 틈에 독기를 차저 들고 다시 대어들엇다 그 사람이 멧 거름 뒤로 물러서며 손을 번뜻하더니 날카러운 쇠 끄치 잘 가치 들어 가서 로첨지 아들의 바른 편 눈에 꼬치엇다 로첨지의 아들이 독기를 내던지고 넘어지는 것을 머슴이 보고 잠ㅅ간 어리둥절 하는

동안에 쇠꼿 하나가 코등에 들어와 박히어서 머슴은

『아이쿠』

하고 펄썩 주저 안즈며 코는 가만두고 두 눈을 부둥켜 쥐엇다 이 동안에 로첨지가 정신이 나서 도망질을 치려고 건넌방 모퉁이 울타리에 구멍을 뚤르라고 업드려 허부적 거리엇다 뒤에서 이놈아 소리가 나며 로첨지 궁둥이가 화끈하야 엉겁결에 벌떡 일어 서니 이 번에는 뒤꼭지가 화끈하며 정신을 일코 나가 잣바젓다 그 사람이 로첨지 잣바지는 것을 보고는 로첨지 아들의 눈에서와 머슴의 코 잔등이에서 쇠끄를 뽑아서 괴 춤에 너코 마당에 매어 잇는 빨래 줄을 끈허서 머슴과 로첨지 아들을 뒤ㅅ결박을 지우는데 머슴은 실장정이고 로첨지 아들도 풋기운골 쓰는 절믄 사람이건마는 반종장들이 다 되어서 조금도 항거하지 못하고 결박들을 당하엿다 로첨지의 아들이 정신끼가 돌아서

『사람 죽인다』

하고 고성을 질르니 그 사람은 발ㅅ길로 주둥이를 내 질르고

『이놈 어서 소리 질러라』

하고 눈을 부라리엇다 그 사람이 결박을 다지운 뒤에 소리 질르는 로첨지의 아들은 줄에 넘띄엇든 홋 옷을 찌저서 자갈을 먹여 노핫다 로첨지의 자근 마누라는 안엇든 어린애를 치마에

폭 싸서 안고 붕당에 주저안저서 사시나무 떨 듯이 떨고 잇고 로첨지 며누리와 밥 지이주는 녀편네는 손을 서로 잡고 부억 구석에 숨어서 잇고 매 맛고 아래방에 들어가 잇든 기집애는 한 번 박갓을 내다 보더니 곳 치마 자락으로 얼굴을 덥고 쥐 죽은 듯이 누어 잇섯다 그 사람은 눈에 보이지 안는 사람을 차저다니지 안흘 뿐외라 눈에 보이는 사람까지 본체 만체하고 잣바저 잇는 로첨지에게로 쪼차 갓다 로첨지는 정신이 돌아서 눈을 말똥말똥 뜨고 사지를 꼼실거리는데 그 사람이 서서 나려다 보며 한 번 싱긋 웃고

「내가 귀신이 아니라 사람이다 네가 모함해서 죽인 박서방의 아들이다 이놈아 정신 차려서 똑똑이 들어라 네 배를 갈르구 간을 내서 씹구 십지마는 드러워서 내가 고만둔다 네 목아지만은 내가 가지구 가서 우리 아버지께 드릴테다」

하고 타일르듯이 말한 뒤 허리에 찬 환도를 빼어 들고 안즈니 로첨지는 눈이 감겨젓다 환도가 두어번 번쩍거리더니 고초상투 달린 로첨지의 목이 몸에서 떨어젓다 유복이가 흘러나오는 피를 주체하랴고 로첨지의 머리를 땅 바닥에 대고 부비다가 피가 잘 끈치지 아니하야 머리를 가지고 부억에 들어 가서 매운 재에 피를 먹이는데 이 때는 부억에 사람이 업섯다 유복이가 로첨지의 머리를 싸는데 꼴풀을 듬북 가저다가 초벌 싸고 그 우에 홋옷 멧 가지를 집어다가 덧싸서 억개에 엇메엇다 유복이가 한번 사방을 돌라 본뒤 다시 총장 여페와

서 뒤꼭지에서 빼 노흔 표창과 엉둥이에서 뽑아 낸 표창을 총장 몸에다 문질러 씻어서 괴춤에 너헛다 이 때 동네에서 아우성 소리가 나서 마구 쓰는 여벌 표창 칠 팔 개를 주머니 속에서 끄내서 줌에 쥐고 일어낫다

유복이가 로첨지에게로 쪼차 갈 때 부억에 숨어 잇든 로첨지 넷재 며누리와 밥 지어 주는 녀편네가 살그머니 부억 뒤 울타리에 개구멍을 뚤코 박그로 빠저 나갓는데 로첨지의 며누리는 다리가 떨리어서 거름을 잘것지 못하는것을 그 녀편네가 붓들고 다름질을 처서 로첨지 큰 아들의 집으로 쪼차 갓다 그 녀편네가 로첨지의 큰 아들을 보고 본대로 대강 대강 이야기 하고

「얼른 가 보세요 우리가 나올 때 영감께로 쪼차 가는 걸 보앗스니까 그 동안 발서 큰 일이 낫슬는지 몰나요」

하고 말하야 로첨지 큰아들이 분분이 집 안에 잇는 창을 차저 들고 나서는걸 그 안해가 내달어서

「여보 혼자 갈라오 장정들이 꼼짝 못하고 결박당하더라오 혼자 가서 어떠케 할라오」

하고 책망하엿다 그 자식 형제가 여패 잇다가 그 중의 맛놈이

「우리 형제두 가구 머슴두 가지요」

하고 어미에게 말하니 그 아비가

『너의들두 갈라거든 어서 독긔나 낫이나 들구 나서라』

하고 자식들을 돌아 보앗다

『저까지것들만 다리고 가서 무어 하오 동네 군을 푸시요』

『글세』

로첨지의 넷재 며누리가 맛동서 내외간 하는 말을 듯고

『언제 동네 군을 풀고 잇서요』

하고 재촉하야 로첨지 큰아들이 저의 안해를 보고

『시각이 급하니까 우리가 먼저 갈께 뒤에 곳 동네사람을 모아 보내게』

하고 말을 일르고 바로 나가려고 하니 그 안해가 옷 소매를 붓들고 비줄비줄 울면서

『여보 삼대 사대 함께 몰ㅅ사 주검하면 무어하오 아주 동네군을 풀어 가지고 가시요』

하고 부뜰엇다 로첨지의 큰아들이 안해 말을 올케 듯고 저의 자식 형제와 상 머슴 어른과 겻 머슴 아이를 다 내 노하서 동네 사람을 모앗다 로첨지네 집이 동네 제일 부자일 뿐 아니라 로첨지는 다년 동네 존위요 로첨지의 큰아들은 그 해 동네 일좌라 동네 사람이 집 안에 잇든 사람은 모다 모여 들어서 구경으로 몰려 온 녀편네와 아이들은 치지 말고 손에 하다 못해

식칼이라도 들고 온 어른 사내가 근 이 십명이엇다 그중의 사람이 걸출인 이좌보는 유(庾)서방이 일을 분별하는데 거름 재인 사람을 골라서 관가에 긔별하고 긔운 든든한 사람들을 뽑아서 동네 길목을 지키게 하고 그 나마지 십여명을 유서방이 로첨지 큰아들과 가치 압장 서서 끌고 가기로 하엿다 이 동안에 로첨지의 머리는 몸에서 떨어저서 피를 재에 빨릴 대로 다 빨리고 유복이는 보물로 아는 표창을 한개 서실 안코 다 찻게 된것이다 여러 사람이 산미테 가까히 와서는 유이좌의 지휘 대로 출로 늘어 서서 로첨지 집을 에워싸고 들어 오며 아우성들을 질럿다 유복이가 아우성ㅅ소리를 듯고도 천천히 주머니 끈을 매고 뒤 산으로 긔어 올랏다

『사람 죽인 놈 저기 잇다』

『저놈 산으루 올라 간다』

늘어 섯든 여러 사람들이 한데로 몰리어서 산으로 뒤 쪼차 올라 오니 유복이는 도망 가다말고 돌쳐 서서 큼직한 바위 우에 뛰어 올라 섯다 유복이가 아래서 긔어 올라 오는 여러 사람들을 나려다 보며

『내가 부모 원수를 갑는데 너의들이 무슨 장관이냐 나를 잡을 생의마라 너의에게 잡힐 내가 아니다』

하고 고성을 질러서 외치니 여러 사람들눈에 유복이가 허리에 짤른 환도를 하나 찻슬 뿐이지 손에 달은 병장긔가 업는 것을 보고 맨손인 줄로 알고 업신녀기어서 아플 선 유이좌부터

『이놈 무슨 소리냐』

하고 호령하고 여러 사람이

『이놈 이놈』

하고 떠들면서 올라 왓다 유복이가 왼 손에 쥐엇든 표창을 하나식 바른 손으로 옴겨 잡으며 연주전(連珠箭)을 쏘듯이 연해서 댓개를 나려 첫다 유이좌가 먼저

『아이쿠』

하고 주저안고 로첨지의 큰아들이 또

『아이쿠』

하고 넘어지고 그 외의 서너 사람이 아이쿠 지쿠하며 어퍼지고 잣바지너 그 나마지 사람들은 일시에 와하고 몰려 나려 갓다 읍내서 관속들이 쏘다저 나왓슬때는 살인 범인을 그림자도 보지 못하고 로첨지의 아들 손자 외에 살인 시종을 자세 본 로첨지의 자근 마누라와 로첨지 집 머슴을 다리고 읍내로 들어 갓다

강령 현감이 그 날 밤으로 즉시 큰골을 나와서 현장(現場)을 림검(臨檢)하고 검시(檢屍)한 결과에 시친(屍親)들의 초사(招辭)를 참작하야 살인 전말(顚末)을 적고 범인이 비상하야 유유히 도타(逃躱)한 사연까지 부치어 첩보(牒報)를 만드러서 해주 순영(巡營)과 서울 포청(捕廳)에 올려 보내고 황해감사가 현감의 첩보 대로 임금께 장계(狀啓)를 올린 뒤에 일변으로 관하 각관(管下各官)에 관자를 돌리어 범인을 체포(逮捕)하라고 신칙하고 또 일변으로 타도에 이관(移關)을 부치어 범인을 긔찰하야 달라고 의뢰하엿다 이것은 다 뒤ㅅ이야기고 그 때 유복이는 동네ㅅ사람들이 몰려 나려 가는 것을 보고 산을 패어 넘다가 솔 포기 미테 안저서 고의 적삼을 갈아 입고 신발을 고처 신고 토첨지의 머리와 허리띠에 질렷든 환도는 벗은 옷과 가치 보따리에 싸서 걸머지고 원길를 차저 나와서 밤ㅅ길을 걸엇다 유복이가 조심하느라고 그 날밤뿐 아니라 내처 밤ㅅ길만 걸어서 배천을 향하고 오는데 촌가에서 하루 한두끼 밥을 어더 먹엇지만 항상 허긔질 때가 만헛고 또 밤ㅅ길이 잘 붓지 아니하야 원수갑든 날부터 나흘 되는 날 재벽에 간신이 배천 한다리를 대어 와서 오는 길로 바로 산으로 올라왓다 유복이가 보따리를 끌르고 원수의 머리를 끄내서 피와 함께 말러 부튼 재와 풀닙을 덧씻든 옷가지로 말짱하게 훔처서 두손으로 들고 부모의 산소 아프로 나왓다 봉분 아패 원수의 머리를 노코 한거름 물러 가 꿀어 안저서 유복이는 무덤에 대고 말하엿다

「어머니 유복이가 아버지 원수를 가팟소 아버지께 말슴하오 아페 노힌 것이 로가의 대가리요 아버지가 가치 다닐 때는 절멋겟지만 지금은 늘거서 그 모양이요 아버지가 요전에 내 등에 업혀 오셧스니까 혹시 나를 아실는지 나는 아버지 얼굴을 몰라요 아버지 얼굴이 내 얼굴과 갓다지요 로가놈이 나를 보고 아버지가 왓다구 놀랍듸다 어머니가 전에 나더러 아버지 원수를 잇지 말라구 두구 두구 당부 하시드니 인제 시원하시지요 어머니 아셧소 어머니 내가 이번에 가면 다시 산소에를 올찌 말찌하니 부듸 안녕이들 기시구 이 다음 내가 어듸서 죽든지 내 혼은 이리 데려다 주시요」

고 유복이는 복바처 올라 오는 슬품을 억제하지 못하야 어린아이가티 엉엉 울엇다 처음에는 꿀어안즌채 울다가 나종에는 두 다리를 뻣고 울고 어머니 아버지를 차저 가며 울엇다 소나무를 흔들어 물소리를 지어내든 새벽 바람도 끄치고 죽은 사람의 대가리를 보고 날러와서 근처 나무에 안즌 가마귀들도 짓지 아니하고 유복이의 울음 소리만 온 산에 가득하엿다

초군 아이 두엇이 울음 소리를 듯고 왓다가 사람의 대가리 노힌 것을 보고 곳 동네로 뛰어나려가서 이 사람 보고 말하고 저 사람 보고 말하엿다 이때 해주 감영의 긔별이 돌아서 배천 사령도 강령 범인을 잡으려고 나도는 중이라 전날ㅅ밤에 한다리 나와서 수색하든 사령두

사람이 주막에서 묵은 까닭게 초군의 전하는 소문이 쏜 살 가치 사령들 귀에 들어 갓다 유복이가 울다 울다 목이 갈라저서 소리가 안나오도록 울고 겨우 우름을 그치고 한동안 안저서 정신을 차린 뒤에 일어나서

『인제 유복이는 갑니다』

하고 무덤에 대고 절할때 뒤에서 인긔척이 나는 것을 듯고 얼른 일어서 돌아 보니 산수털 벙거지들이 눈에 뜨이엇다 유복이가 그대로 순순히 잡혀 갈까 생각하고 주저안즈려고 할 즈음에

『어서 내빼라』

하고 재촉하는 어머니의 말소리가 유복이 머리 속에 울려서 유복이는 그 소리가 무덤 속에서 나온 줄로 여기엇다 유복이가 온 몸에 긔운이 샘 솟듯 솟앗다 사령들이 다 올라 오기를 기다리지 안코 사령들에게로 쪼차 나갓다 사령이 두 사람 뿐이다 하나는 발ㅅ길로 내질르고 하나는 잡아서 메어첫다 두 사령이 산 아래로 굴러 나려 가는 것을 보고 유복이는 돌아서서 원수의 머리는 접어 팡개치고 흔 옷은 버리고 환도만 보에 싸서 몸에 지니고 도망하엿다 유복이가 선뜻 큰 길로 나서기가 준의가 나서 팽가골도 못 가고 성안 마을로 나며 서서 버드내 근처에 와서 한나절 파무처 잇다가 다시 저녁 때 큰길로 나와서 슬금슬금 벽란나

루로 나려 왓다

유복이가 벽란 나루로 나려 오면서도 속으로는 나루를 무사히 건너게 될까 념려가 업지안헛는데 그것이 공연한 념려가 아니엇다 한다리 가튼 곳에도 사령이 나와 돌앗스니 나루 배만 한번 타면 타도로 갈수 잇는 벽란 나루를 지키지 안할 리가 만무하엿다 사실로 이틀전부터 배천 장교들이 나루 가에 나와 묵으면서 긔광을 부리고 행인들을 성가시게 하는 중이엇다 장교들이 배타는 사람 긔찰하는 것을 유복이가 멀찍이서 바라보고 장교들 눈에 뜨이기전에 가로재어 미라산 속으로 들어 가서 산속에서 헤매다가 하루ㅅ밤을 지내고 이튼날 식전에 밤 사이 동정을 보려고 주린 배를 움켜 쥐고 나루ㅅ가로 다시 나왓다

한다리에서 사령들이 하나는 면상에 생책이가 과히 낫슬 뿐이고 또 하나는 머리가 조곰 깨어젓섯는데 저의들은 죽어간다고 평계하고 한다리 주막에 편히 누어 잇고 사람을 대신 읍에 드려 보냇섯다 배천 관가에서는 이 소식을 듯고 홍살문 안이 발끈 뒤집히다 시피 되어 수교 장교와 사령 군노가 한다리로 쏘다저 나갓는데 그날 저녁 때 범인이 버드내 근처에 숨어 잇단 소문이 들리어서 한다리서는 곳 버드내로 나려가서 우터버드내 비선버드내로 돌아다니며 가가 호호이 적간들하고 벽란나루서는 밤에 삼거리로 올라 가서 길 목을 지키게 되엇

섯다 삼거리간 장교들이 밤들도록 술 타령하고 늦잠을 자고 잇서서 벽란 나루는 비엿섯는 데 유복이가 마침 이틈에 와서 말성 업시 배를 타고 나루를 건너게 되엿다

유복이가 배 안에 잇슬 때 이길로 곳 다시 평안도로 갈까 생각 하다가 꺽정이와 봉학이를 이번에 못 만나면 언제 만날른지 모르고 또 평안도까지 멀리 가자면 붓잡힐 념려가 더 만허서 양주 꺽정이에게 가서 만나도 보고 피신도 하다가 차차 보아 가며 평안도로 가리라 고쳐 생각하고 나루를 건너 왓다 송도 가는 큰길을 버리고 사이 길로 들어 서서 얼마 오다가 인가에 들어 가서 밥술을 어더 먹고 몰으는 길을 이리 저리 휘매어 오는데 작은 내물과 큰 내물을 수삼차 건너서 한내골이란 동네에 와서 요긔를 어더하려고 어느 농가를 차저 들어가니 가는 날이 장날이라고 그 집에서는 마침 사돈 대접을 하는 중이엇다 유복이가 부전부전한 손이지만 문전 나그내를 흔연 대접하는 인심 조흔 세월이라 그 집 주인이 유복이를 마저드려서 점심 한끼를 대접하엿다 유복이가 여러날 변변히 먹지 못하고 굽주린 끄테 배 불리 먹고 음식에 감기어서 길 갈 긔운이 업서젓다 주인의 눈치는 가기를 조이는 모양이나 유복이는 렴치불고하고 그대로 눌러 안젓다가 저녁까지 어더 먹고 하루ㅅ밤을 부치어 자고 이튿날 아침 그 집 사돈이 떠날때 가치 떠낫다 그 사람이 길에서

『댁은 어듸루 가실라오』

하고 뭇는데 유복이는 구태어 양주로 간다고 말할 것이 업서서

『서울루 갈라오』

하고 대답하엿다

『장단으루 나가서 서울을 갈라면 우리 동네까지 동행해두 조켓소』

『어느 동네요』

『가는골이요』

『내가 초행에 잘 되엿소 동행합시다』

유복이는 그 사람과 동행하야 가는골 와서 동행한 연분으로 그 사람의 집에 들어 가서 또하루ㅅ밤 자고 이튿날 장단 나가는 길을 배워 가지고 떠나서 나가는 길에 장지산ㅅ골이란 동네못미처서 길에서 포교를 만낫다 강령 살인 범인이 벽란나루를 건너서 송도로 들어 간 형적이 잇다고 배천 긔별이 송도에 와서 송도 류수가 전날 포교를 각처에 늘어 노케한것이엇다 유복이만난 포교가 복색을 평인가치 차리어서 유복이는 처음에 포교인지 모르고 장지산ㅅ골을 이길로 가느냐고 말을 물엇더니 그 자가 유복이의 아래 우를 유심히 훑터 보고 대번에

『당신 배천서 오지 안쏘』

하고 물엇다 유복이가 그 뭇는 것이 수상하야 얼른 대답 안하고 우물우물하엿더니

『이놈아 네가 배천서 오지』

하고 그 자가 눈ㅅ결에 육모 방망이로 유복이의 골통을 나려 쳣다 방망이가 다행히 미끄러저서 한쪽 억개만 어더 맛고 유복이는 그제야 포교인줄 짐작하고 그 자에게로 대어들어 끼어안고 잠시 동안 엎치락 뒤치락 하다가 그 자를 찌지눌러 걸터안고 그 자의 방망이로 그 자의 억개 죽지와 등줄기를 실컨 먹여 주고 일어나서 도망질하야 미촌ㅅ골이란데서 길도 업는 덕적산속으로 들어 갓다

덕적산은 딴 일음이 덕물산이니 진달내 꼿으로 이름 노픈 진봉산 남쪽에 잇다 그 흔한 진달내꼿조차 진봉산 가티 만치 못한 산이라 아무 것도 보잘 것이 업건마는 일음은 경향에 노피 낫섯다 이것은 다름이 아니고 오즉 산 우에 최형장군의 사당이 잇는 까닭이엇다 최장군이 고려 말년의 영웅으로 당세에 큰 공로가 잇섯다고 유석한 사람들이 그 사당을 위하는가하면 그런 것도 아니고 또 최장군이 무덤에 풀이 나지 안토록 원통하게 죽엇다고 유심한 사람들이 그 사당에 만히 오는가하면 그런 것도 아니다 그 사당을 누가 세웟는지 세운 사람은 혹시 장군의 주검을 불상히 여기고 또는 장군의 공로를 못 이저하엿는지 모르나 그 사당은 장군당 이라고 일컷는 무당들의 밥 그릇이 되고 최형장군은 최일장군으로 이름까지 변하야 무당들의 고주 귀신이 되엇다 장군당에 와서 치성을 드리면 병 잇는 사람은 병이 낫고 아들 업는 사람은 아들을

나혓다 그대신에 여러사람의 재물은 무당의 손으로 들어 갓다 대체 귀신을 잇다고 잡고 말하더라도 최형장군 가튼 인물이 죽어서 귀신이 되엿다면 총명하고 정직한 귀신이 되엿스련만 요사 스러운 무당 입에 놀아나서 장군의 귀신은 귀신으로 희한하게 잡탕스러워서 죽은 귀신이 산 사람 가치 마누라가 잇섯다 그 마누라는 근처 동네에서 숫색씨를 뽑아다가 장군당 여페 부튼 별채에 두고 밤이면 귀신이 와서 동침한다는 것이엇다 그 마누라가 나이 늘거나 죽을 병이 들면 일변 내보내며 일변 곳 대신을 뽑아 오는 까닭게 장군당 별채 침실이란 곳에 기집이 떠날 날이 업섯다 여러번 그 마누라가 바꿔어 나려 오는 중에 한번 마누라로 뽑힌 색씨의 부모가 딸 내노키가 실혀서 도망하듯이 타관으로 이사 나간 일이 잇섯는데 장군의 벌역이 나려서 그집은 그집대로 염병에 전가가 폭 망하고 산밋 동내에까지 그 해가 미처서 그해 년사가 흉년이 들고 못된병이 돌아서 사람이 만히 사망하엿다는 것이 산밋 여러 동내에서 아이들까지 다 아는 이야기다 장군의 귀신이 령검스럽기 짝이 업는 까닭그로 근동 동민들은 이야기를 밋고 의심치 아니하야 누구든지 저의 딸이나 누의가 장군의 마누라로 뽑히기만하면 의례 바칠 것으로 생각할 뿐 아니라 한동네ㅅ사람은 고사하고 근방 타동ㅅ사람까지 들싼들을 대어서 아니 바칠 수가 업섯다 그 마누라를 뽑는 것은 무당이니 무당은 장군의 신을 빙자하는 것이요 그 마누라를 바치도록 추선하는 것은 각동 동임들이니 동임들은 장군도 위하고 동네도 위한다는 것이요 그 마누라를 바치는 것은 그 부형이나 부형은 다시 말할것 업시 장군의 벌역을 두려워하는 것이엇다 이해 전에잇든 장군의 마누라가 병이 들어 일지 못하게 되어서 재 마누라를 뽑게 되엇는데 날을 바더 각동 동임들이한자리에 모혀 안고 무당이 장군의 귀신을 청배하엿다 무당이 몸에 신이 실려서 위엄 잇는 사내 목 소리로

『나의 재 마누라는 산상ㅅ골 최서방의 맛딸이다』

하고 말 끗을 길게 빼어 포함을 주엇다 최서방의 맛딸은 근동에서 얼굴 이쁘기로 이름 난처녀니 나이 열여덜 살이고 보방골 박첨지의 망내아들 열네 살먹은 아이와 정혼하고 금년은 쌍년이니 고만두고 내년에 성취시키자고 두집 부모가 서로 의논하야 작정하고 잇는 터이엇다 박첨지가 보방골 존위로 그 자리에 와서 잇다가 이 말을 듯고 가슴이 나려 안젓스나 의뭉스러운 늘근이라 선뜻 무당이페 나와 꿀어 안저서

『최가의 딸이 여러가지루 다 합당하오나 장군님과 동성이라 어떠하올찌』

하고 슬몃이 말성을 이르켜 보앗다 이것도 전에 업든 일이라 다른 사람들은 혹시 장군의 노염이 나릴까 겁이나서 눈이 둥그래젓다 아니나 다를까 신 나린 무당이 괴를 길길이 뛰면서

『이눔 무슨 잔 소리니 나는 마누라가 동성 동본이라도 조치마는 더구나 본이 다르다 그 색

씨는 너의 며누리 감이 아니다』

하고 퉁퉁이 호령하야 다른 사람들이 일제히 꿀어 안저서

『올소이다 올소이다』

하고 말하는 중에 박첨지는

『미련한 인간이 무엇을 아오리까 장군님 분부가 지당합소이다』

하고 빌고 다시 두말 못하엿다 최장군의 새마누라ㅅ감이 이와 가치 작정되어서 다시 생기 복덕조흔 날을 바더 장군당 침실로 마저 오게 되엿다

박유복이 (四)

최장군이 새 마누라를 맛자면 굿이 여러 번 잇지마는 색씨를 침실로 마저 오는 날 사람으로 이를 테면 초례 겸 신부례 날은 큰굿이 잇는 법이엇다 사흘 전긔하야 각동 소임들이 장군당에 모여 와서 마당 아페서 당집까지 황토 스무무덕이를 간격 마처 펴 노코 그 날은 첫재벽부터 각동존위 이하 동임들이 모다 와서 무당들과 가치 큰굿 준비를 차리엇다 당집안 일정한 자리에 적고 큰 전물상들을 버려 놋는데 삼색 실과와 백설기에 소찬 소탕을 겻드려 노흔 것은 불사ㅅ상이요 무덕이 쌀과 타래실과 고깔 꼬진 두부를 노흔 것은 제석상이요 약

주와 안주 외에 장군에 드리는 삼색 례단(禮緞)을 노흔 것은 대안주ㅅ상이요 떡 시루 탁주동의 외에 도야지를 통쌤이로 잡아 노흔 것은 대감ㅅ상이요 그 외에 군웅ㅅ상과 상산ㅅ상과 조상ㅅ상은 큰 상들이요 지신ㅅ상 호구ㅅ상 령신ㅅ상 선왕ㅅ상 걸립ㅅ상은 적은 상들이다 경사 굿이라 장문ㅅ상이 업고 안ㅅ굿이 아니라 성주ㅅ상과 터주ㅅ상이 업고 출물ㅅ상이 업는 굿이라 무당 차지의 대신ㅅ반이 업섯다 최서방의 딸은 벌서 머리를 언치어 당집안 특별한 자리에 안치고 그 부모가 딸의 량여페 갈러 안고 당집 추녀 아래에는 각동 존위 이하 동임들이 문ㅅ길만 틔워 노코 늘어안고 추녀 박 멍석을 연니어 깔은 굿자리에는 기대와 잡이와 전악들이 각기 제구를 가지고 자리 잡어 안고 마당 가에는 각동에서 모여 온 구경ㅅ군들이 남녀로소 석기어 빈틈 업시 들어 섯다 구경군들이 굿 시작을 고대 고대한 뒤 원무당이 비로소 굿자리에 나와 안고 소위 주당 물림이라고 추녀 안에 잇든 사람을 모도 추녀 박그로내세우고 나서 기대가 장구를 울리고 잡이가 제금을 치고 전악들이 저를 불고 피리를 불고 해금을 켯다 주당을 물리고 나섯든 사람이 각각 저의 자리에 가서 안즌 뒤에 기대가 다시 장구를 땅 치니 이로써 큰굿 열두 거리의 첫거리 부정풀이가 시작된 것이다 기대가 장구를 치면서 영정 가망이 놀아 나느니 부정 가망이 놀아 나느니 한동안 잣거리고나서 처음에 진부정을 푼다고 재ㅅ물 한박아지를 들고 당집 안팍글 돌아 다니고 또 마른부정을 푼다고 냉수

한 박아지를 들고 먼저와 가치 돌아 다니고 그 다음에 부정 소지를 올린다고 백지 한장을 태웟다 부정풀이가 끗난 뒤에 진작(進爵)이라고 장군과 상산 신령에게 술잔 올리는 절차가잇고 잠간ㅅ동안 쉬엇다가 둘째 거리 가망 청배가 시작되엇다

가망 청배는 신을 청하야 나리는 절차다 기대가 전악들의 풍류를 마치어 장구를 치면서 가망 노래 가락을 부르고 난뒤에 원 무당이 장옷을 입고 좌우 손에 백지를 쥐고 박게서 동남서 북으로 돌아 가며 사방에 절하고 당집 안에 들어 가서 장군 신상 아페 절하엿다 그리 하고 다시 굿 자리에 나와서 백지들은 접어 두고 왼손에 방울 바른손에 붓채를 쥐고 한 바탕 풍류 마처 춤을 추다가 이ㅅ소리를 한번 길게 빼며 풍류는 뚝 끄치고 공수를 주는데 공수는 밧는 사람이 잇는 법이라 보방ㅅ골 박첨지가 각동 존위 중에 나이 제일 만코 입담이제일 조흔 까닭그로 여러 사람의 몸을 바더 공수를 밧게 되엇다

『내가 누구신지 아느냐 위엄 잇구 공덕 만쿠 령검하신 최장군 아니시냐 너의가 아느냐 모르느냐 톄 바르고 돔 바른 내 아니시냐』

『올소이다』

『내가 재 마누라 마저 오는 오늘 가튼 경사ㅅ날에 이것이 무엇이냐 원숭이 입내냐 따짜구리 부적이냐 욕심 만쿠 탐 만흔 내 아니시냐 이놈들 자처 노쿠 배 갈으구 어퍼노쿠 목딸놈들

가트니 너의 죄상을 아느냐 모르느냐』

하고 무당은 붓채를 쫙쫘 펴는데

『미련한 인간이 무엇을 아오리까 쇠 술로 밥을 먹어 인간이옵지 개 도야지나 다름이 업사외다 저의들은 이만 정성을 드리느라고 나지면 진둥 걸음을 것사옵고 밤이면 시위 잠을 잣소이다 용서하야 주옵시고 소례를 대례로 바듭소사 입은 덕도 만습지만 새로 재덕을 입혀주옵소사』

하고 박첨지는 두 손으로 싹싹 빌엇다 원 무당이 공수 주다 말고 다시 풍류 마처 춤을 추고 춤추다 말고 또 이ㅅ소리를 지르고 공수를 주는데 나종에는 나는 무어다 나는 무어다 하고 오방제신을 다 끌어 내엇다 공수 끄테 원무당과 기대 사이에 한차례 만수 바지가 잇고 가망청배가 끄치 낫다

셋재 거리는 산마누라다 산마누라는 곳 상산 신령이니 농사에 도음 주는 귀신이라고 상까지도 여러 전물상 중간에 노히엇다 원 무당의 모양을 보아라 불근빗갓에 호수를 꼬저 쓰고 람철릭에 도홍띄를 눌러 띄고 굿자리에 일어 섯다 처음에는 철릭 소매를 잡고 느진장단의 풍류를 마처서 늘어지게 춤을 추다가 나종에는 칼도 쥐고 삼지 창도 쥐고 자진 장단에 신이 나게 뛰 놀앗다 춤을 끈치면 공수를 주고 공수를 끈치면 춤을 추어서 춤과공수를 번갈르다가

공수며 춤이며 모다 그치고 칼을 세워서 칼 사슬 보고 창을 세워서 창 사슬보앗다 사슬은 점이니 점마다 조하서 장군님 새 마누라 잘 들어 오셧다고 박첨지 외에 달은 동임들은 얼골에 희색이 떠 돌앗다 산마누라가 굿이낫다

넷재 거리는 대감 노리다 원 무당이 전립을 쓰고 쾌자를 입고 북채를 들고 대감들을 청배 하는데 대감이란 것이 명색이 만헛다 밤이면 순력 도는 순력 대감이며 나지면 어사도는 어사대감이며 이담 저담 너머 다니는 결립 대감이며 이 외에 부군 대감이니 목신 대감이니 열두 대감을 낫낫이 들치엇다 춤추고 공수 주고 하다가 나종에 무당이 북채를 내흔들며 사망을 주는데 일보는 동임들이 손 벌리는 것은 말할것 업고 무당과 안면이 두터운 구경하는 녀편네들까지 치마ㅅ자락을 벌리고 아프로 나와서 재수 사망을 가득히 바덧다 무당의 사설을 드르면 노픈 산에 눈날러 듯 야튼 산에 재날리 듯 억수 장마에 비퍼붓듯이 대천 바다에 물밀 듯이 재수 사망이 이뤄진다는 것이다 사망을 다준뒤에 에라 만수대신이야 소리가 연해나오는 대감타령으로 대감 노리를 끗마첫다 이때 해는 발서 점심 때가 다 되어서 점심 요긔들 하느라고 한동안 늘어지게 쉬엇다

굿거리는 굿을 따러 변동이 잇서서 몃재 몃재가 일정한 것이 업지마는 큰 굿에 열두거리 수를 채는 것은 업는 법이라 점심 뒤에 굿이 다시 시작되어 거리 수를 채워 나갓다 다

셋재 거리는 제석 푸리다 무당이 머리에 고깔을 쓰고 몸에 백포 장삼을 입고 목에 염주를 걸고 흰붓채를 손에 쥐고 나서서 삼불 제석을 청배하야 한바탕 춤도 추고 공수도 주고 그다음에 잠간 쉬엇다가 곳 여섯재 거리 전왕 놀이로 뒤를 대엇다 무당이 제석 푸리 때와 가튼복색으로 춤추고 공수 준 뒤에 바라 타령을 시작하야 『바라를 사오 바라를 사오 이 바라를 사옵시면 업는 애기 점지하고 잇는 애기 수명 장수』 이와 가튼 덕담 노래를 장단 마치어 노래하면서 바라 시주를 거드러 다니고 굿자리에 돌아와서 바라를 치며 아미타불 관세음보살을 차저 염불하고 나서 곳 삼불 제석 송덕하는 제석 노래ㅅ가락을 가지고 선무당과 안즌기대가 서로 『얼시구 조타 절시구 조타』 하며 하나는 먹이고 하나는 바덧다 전왕 노리는 이로써 끄치낫다 닐곱재는 군웅노리니 군웅은 조상대감이란다 무당이 빗갓쓰고 철릭 넙고놀고 여덜재는 별상노리니 별상은 마마란다 무당이 전립 쓰고 군복 넙고 놀고 아홉째는 호구노리니 호구는 아기씨란다 무당이 다홍치마 넙고 면사뽀 들고 놀앗다 무당이 복색을 연해 변하는 중에 열째 창부노리에는 초립을 쓰고 색동 옷을 입엇다 창부노리는 말인즉 무당들의 선생 귀신을 청배 하는 것이라 대감노리와 가치 사망도 주거니와 나종에 단골이라고 가진 덕담이 다 잇섯다 열한재 말명노리할때 최장군이하 여러 신과 최서방의 조상들이 차례로 돌아 간다고 무당이 주서 섬기너 굿꿋이 가까워온 것이다 구경ㅅ군이 풀리기 시작하야 사람이 만히 갓슬때 마지막 거리 열두째 뒤ㅅ전노리가 시작되엇다 뒤ㅅ전에는 원 무당이 나오지 안코 다른 무당이 나와 노는데 서울혼인에 깍쟁이 오듯이 가진 귀신이 다 걸립을 들어 왓고 지신청배 선왕청배 령산청배 잠ㅅ간 잠ㅅ간 지나가고 풍류업시 춤추고나서 귀신들이 치사하고 하직하는 말이라고 무당은 한동안 주어짓거렷다 큰굿 열두거리가 인제 굿이 낫다

무당들이 전물을 내다가 세번 고시네한 뒤에 저의의 차지를 제하야 노코 구경ㅅ군에게 계면떡을 논하 주엇다 이때 받서 땅금이 지냇섯다

구경ㅅ군들은 다돌아가고 각동 동임들은 당ㅅ집안을 치우고 무당들은 최서방 내외와 가치 재 마누라를 침실로 인도하엿다 사내는 침실 안에 들어오지 못하는 법이라 최서방의 안해만 무당의 뒤를 따러서 들어왓다가 솟아 나오는 눈물을 억제하느라고 총총이 돌아서 나가고 원무당은 전물을 논흘때 유렴 하엿든 실과와떡과 다른 음식을 상에 차려서 방구석에 노흐며 재마누라 보고

『밤에 장군님과 가치 자시요』

하고 옛 격식대로 인사하고 가치 왓든 무당을 다 다리고 나갓다

장군당은 원악 인가와 동떨어진 곳이라 인가라고 가장 가까운것이 산미테 잇는 무당의 집이고 그 집에잇는 무당은 장군마누라에게 시중드는 소임이 잇지마는 그 무당도 해가 뜨면 올라오고 해가지면 나려가는 법이엇다 밤에는 신도가 타인을 긔한다고 무당까지도 맘대로 침실에서 자지 못하엿다 장군 마누라가 병이 나든지 혹 특별한일이 잇든지하야 밤에 자는것이 조흘때는 그 무당이 미리 장군 신상 아페 나가서 분향하고 점을 첫다 그 점은 식긔 안에 대초나 잣을 너코 뚜에를 다 덥지 안코 흔들어서 튀어 나온 수가 짝이맛고 안 맛는것을 보는 법이니 짝이 마지면 장군의 허락이 나린 것이라 밤에 자게 되지마는 만일 짝이 틀리면 아무리 잘일이 잇더라도 그대로 나려 가는수박게 업섯다 사내는 밤에 당 근처에만 올라와도 장군의 벌역이 나려서 당장 급살을 맛는다고 당초에 올라 오지못하고 녀편네는 밤에라도 침실박게 까지 왓다갈수가 잇지마는 무슨 연고 업스면 올라오지 아니하고 장군 마누라는 밤이고 나지고 장군당 테 박글 나가지 못하는 까닭에 장군 마누라가 밤에는 의례로 혼자잇섯다 인가가 초원한 산 속에 녀편네 혼자 잇건만 호환(虎患)도 당한일이 업고 적변(賊變)도 당한일이 업는것은 장군의 귀신이 령검한 까닭이라고 하엿다 장군의 마누라가 새로 들어 올 때는 무엇이 다르냐 하면 사흘 동안 음식이 특별히 조흘 뿐이지 밤에 혼자 잇는 것은 다름이 업섯다 이 까닭에 어느 장군 마누라가 죽을 때 처음 사흘밤만 가치잘 사람이

잇섯더면 자긔가 더 살엇슬는지 모른다고 말한 일까지 잇섯다 큰 굿이 끗나면 무당들이 발서

『신방이 너무 느저서 장군님 노염나시겟다 어서들 나려 가야지』

하고 재촉하는 것도 한 전례라 이날 무당들이 전례 조차서 나려가기를 재촉하야 각동동임들이 압서 나려가고 뒤에 무당들이 나려가는데 최서방의 안해는 딸을 산속에 두고 차마 발ㅅ길이 돌아 서지 아니하야 뒤에 처지어 머뭇거리다가 원 무당에게 책망을 듯고 무당들의 뒤를 따러 나려갓다 종일 시끄럽든끄데 갑작이 조용하야지니 장군당 당집까지 어듸로 떠나고 빈 터만 남은것 가텃다 새 마누라인 처녀가 사람의 말소리가 들릴때 까지는 오이려 사람의 얼골빗이 남아 잇더니 인제는 얼골에 피ㅅ긔 하나 업고 옹송거리고 안저서 발발 떨엇다 나히 열여덜베 더구나 숙성하야 다큰 처녀지마는 처녀야 어듸가랴 낫설은 사내와 가치 자게 되더라도 총구한 마음이 업지 못하려든 말만 들어도 섬뜩한 귀신과 잠ㅅ자리를 가치하게 된다하니 여간 겁이 날것이랴 울지 안는 것만도 오이려 나이 갑스로 볼것이다 얼마 뒤에 처녀가 간신히 떠는 것을 진정하고 몸을 도사리고 안젓는데 적은 바람소리만 나도 몸을 오무러 트리고 괴상한 새소리만 들려도 몸을 소슬트리엇다 방안에 바람이 놀면서 초ㅅ불이 흔들리어서 처녀는 일어나서 초ㅅ대를 집어다가 여페 노코 다시 자리에 안

젓다
밤은 지리하고 초는 속히 달어서 초ㅅ심지가 쏠어젓다 아무리 돌라 보아도 대신 부칠 초도 업고 등잔거리는 잇지마는 기름ㅅ접시도 업서서 처녀는 흘러 나린 초ㅅ농을 모아서 심지 우에 언저 가며 꺼저가는 불을 애를써서 살리엇다 처녀가 불을살리기에 골ㅅ독하야 박게서 나는 소리를 듯지 못하엿든고데 문이 부시시 열리니 처녀는 겁결에 초ㅅ농을 내던지고 벽에 와 부터섯다 불이 꺼지며 갑작이 캄캄하든 방이 다행이 남창에 비치는 달빗치 잇서서 차차로 히미하게 발거젓다 처녀가 정신을가다듬고 아플 바라보니 장군이 방문 안에 들어 섯는데 모양이 맨들어안친 신상과는 딴판 달럿다 장군이 방안을 둘러보는 모양이더니 방구석에노힌 상아프로 걸어 가서 무당이 처녀더러 가치먹으라든 떡이며 실과며 다른음식을 혼자서다 먹어 버리는 모양이엇다 처녀가 정신은 말쩡하나 오굼이 부터서 안지도 못하고 선채로 서잇는데 장군이 상 아플 떠나서 바짝 가까이 와서 얼골을 드려다보니 처녀는 눈을감고 뜨지못하엿다 처음에

『네가 귀신이냐 사람이냐』

하고 당치안흔말을 뭇드니 손목을 쥐엇다 다음에

『허허 허허』

하고 너털 우슴을 웃더니 몸을 끌어 안엇다 처녀는 죽이거나 살리거나 마음대로 하라고 눈을 잔뜩 감고 가만이 잇섯다 펴 노흔 이부자리 우에 안어다가 누여 주고 옷까지 차례로 벗기어 주엇다 처녀는 장군 품 안에 누어서 장군이 산 사람과 다름이 업는 귀신이라고 생각하엿다 녀자가 눈을 감은채 죽은 듯이 누어 잇는 중에 잠이 소르르 들엇다 꿈에 눈을 뜨고 살펴 보니 자긔 여페 누어 잇는 것이 귀신도 아니요 사람도 아니요 산더미 가튼 큰 호랑이엿다 맘에 놀나우나 그래도 피할 생각은 나지 안허서 가치 누어 잇는데 호랑이가 압다리로 목을 끼여안어서 숨이 막힌것 가치 갑갑하엿다 잠이 깨서보니 무거운 팔 하나가 자긔 목에 언치어 잇서서 그 팔을 고히 들어 나려 노핫다 팔 임자는 잠이 든모양이라 녀자가 마음을 노코 참말 눈을 뜨고 살펴 보니 상투 잇는 사내가 여페서 누어 자는데 수염난 것만 보더라도 나이는 들어 보이나 얼골은 밉지 안은것 가탓다 이것이 장군의 귀신 인가 귀신이 숨이 더웁고 살이 더웁단 말을 듯지 못하엿고 꿈에 호랑이로 보이엇스니 산신령인가 더적산 산신령은 장군의 하인이라는데 하인이 상전의 신방을 가루챌것 갓지 안코 그러하니 예사 사람인가하면 예사 사람 게다가 사내가 장군당 침실에 들어 올리 만무한 일이라 녀자는 생각을 질정하지 못하엿다 녀자가 살그머니 닐어 나는데 자연 그 몸을 건드리게 되어서 사내가 잠

이 깨인 모양이엇다 한번 기지개를 켜고

『한숨 잘잣다』

하고 혼자 말하더니

『어째 일어나 안젓나 이리 와 누어서 이야기나 좀 하세』

하고 손을 잡어다리어서 녀자는 다시 그 여페 누엇다

『대체 이 산중에 혼자 와 잇는 것이 무슨 까닭긴가』

하고 대답을 기다리는 것 가치 한동안 잇다가

『이 여페 잇는 것이 당ㅅ집 가트니 당ㅅ집 지키는 무당인가』

하고 또 다시 한동안 잠자코 얼골만 드려다 보더니

『왜 대답이 업서 벙어린가』

하고 손가락으로 턱을 거덧다 모든 것이 점점 예사 사람 가터서 녀자는 대담 스럽게 마음을 먹고 말문을 열어서

『장군님 아니신』

하고 말끄치 모호하게 말을 물으니

『무어 장군님 내가 장군이냐 말이야 이 다음에는 장군이 될는지 모르나 아즉은 장군이 이

넌걸」
하고 웃고
「그래 귀신이 아니시요」
하고 이 번에는 말 끗까지 분명하게 다지어 물으니
「무어 귀신 죽어야 귀신이 되지 아즉은 산 사람이야」
하고 더욱 우섯다 녀자가 여페 누은 것이 사람인줄 안 뒤에는 일변 든든한 마음이 잇스면서도 일변 공연이 몸이 떨리어서 한동안 떨다가
「왜 이러케 떨어」
하고 뭇는 그 사람의 말을 듯고 이를 악물고 간신히 진정하엿다 무서운 마음이 가려 안즈며 훌쩨 붓그러운 생각이 나서 돌아 누으려고 몸을 트니 그 사람이
「이대루 누어서 이야기 좀 하세그려」
하고 돌아 눕지 못하게 하엿다 그 사람이 자긔는 평안도 사는 박가인데 무슨 일이 잇서서 이곳을 지내다가 길을 일코 밤중에 산속에서 휘매든 중에 불빗을 보고 차저 왓다고 말하고 다시 녀편네 혼자 산속에 잇는 까닭글 물어서 녀자가 장군 내려과 자긔의 신세를 대강 이야기한뒤 장군의 별역이 나려서 지금 두 사람의 목숨이 어떠케 될지 모른다고 말하니

「산 장군이 온대두 겁날 것이 업는데 그까지 죽은 장군이 오면 우리를 어찌할텐가 조금두 근심 말게」

하고 그 사람은 씩씩하게 말하엿다

「자내는 밤에 장군당에 오기만해도 급살 맛는 법이라는대 지금 그저 온 것과도 달르고 별을 안바들 수 잇슬라구요」

「그것 보지 장군당에 오기만해도 급살 맛는다는데 나는 와서 잠만 한숨 잘잣스니 장군두 사람 보아 가며 벌을 나리는게지」

그 사람의 말이 유리하야 녀자의 마음에도 그런것 가트나 그러타고 마음이 아주 노히지 아니하엿다 지새는 달빗이 업서지며 곳 동이 텃다 녀자는 뜬 눈으로 밤을 새고 무당이 올라와서 사내 잇는 것을 보면 어찌하나 걱정이 되어서

「해만 뜨면 무당이 올라 올터인데 어떠케 하나요」

하고 남자에게 의논하니 남자는

「무당이 와서 보면 소문이 날테지 그건 안되엇는데」

하고 한참 생각하다가

「내가 나제는 산 속에 가서 돌아 다니다가 밤에 다시 오지」

하고 일어서서 버서 노핫든 갓을 집어쓰고 갓과 가치 머리 마테 노하 두엇든 환도를 다시몸에 지니는데 녀자는 은근히 남자가 다시 오기를 바라는 맘이 잇서서

『무당이 해만 지면 저의 집으로 나려간대요』

하고 말하엿다

그 남자가 일어서면서

『시장 할것이 탈인데 무어 먹을것이 업슬가』

하고 방 구석에 가서 음식상을 드려다 보앗다 입에 마닐마닐 한것은 밤에 다먹고 남은 것으로 요긔될만한 것이 피밤 여남은개와 힌무리 부스러기 뿐이엿다

『이나마 가지고 갈까』

하고 그 남자는 수건을 끄내서 싸가지고

『해 진뒤에는 와두 조켓지』

하고 한번 다시 녀자를 돌아보고 박그로 나갓다 한동안 잇다가 녀자는 일어나서 이부자리를 개어 언고 방안을 치우고 빈상을 들고 부억으로 나려가서 상을 닥거 어피노코 그릇들을 부시어 모아노코 부억에서 마당ㅅ비를 차저 들고 나가서 널븐 마당을 정하게 쓸엇다 이 때는해뜬지가 발서 오래라 무당이 올라 오다가 쓰레질하는 것을 보고 가까이와서

「발서 닐어나서서 일하시네 사흘이나 지나거든 일을하시지 새 마누라님이 부지런 하서서 장군님 조와 하시겟군」

조롱도 아니요 칭찬도 아닌 말을 하고 갑작이 소리를 나치어 간능스럽게

「밤에 장군님 오섯습듸까」

하고 물엇다 녀자가 대답은 아니하니

「오섯지요」

하고 알고 뭇듯이 말하고 녀자가 빙그레 우스니

「그러치 오섯겟지 새 마누라님을 첫날밤에 혼자 주무시게 하시겟소」

하고 능글 능글하게 웃고

「식전 일을 만히 하서서 시장하시겟군 얼른 아침을 지어야지」

하고 무당이 부억으로 들어 가는데 녀자도 따러 들어 갓다

「방에 잇든 상도 치우섯네 음식은 다 어찌하섯소 떡이나 과실은 집어두서도 조치만 다른음식은 두면 상할 터인데」

「식전에 시장해서 먹엇소」

「네 잡수섯스면 조치요」

하고 무당은 입으로 말하면서도 속으로는 녀자가 결구 가티 먹엇다고 비우섯다 무당이 불을 피우고나서 녀자를 돌아보며

『소세하섯지요』

하고 물어서 녀자가

『네』

하고 대답하니

『그러면 손만 다시 씨스시요 분향하러 가십시다』

하고 말하엿다 장군당에 조석 분향하는 절차가 잇는데 그것은 장군 마누라의 소임이엇다

『분향은 어떠케 하나요』

『내가 가치가서 가르처 드리지요』

『혼자가서 하시구려』

『그것이 마누라님 일평생 하실소임이요 아침 저녁으로 하루 두번씩』

『이 다음에 내가 할께 오늘은 혼자 가서 하시요』

『천만 또섭스러운 말슴 다 하시요 마누라님이 성하신 때는 대신 못하는 법이요』

무당은 불을 부등가리에 떠서들고 아플서고 녀자는 그 뒤를 따러서 당ㅅ집으로 향하는데

당ㅅ집 지붕에서 참새들이 짹짹어리어서 지붕을 치어다보니 큰 구렁이가 꿈틀거리고 기어 갓다

『애구 저 구렁이좀 보오』

『당ㅅ집 지킴이요 일년에 몟 번씩 나오지요』

하고 무당은 예사롭게 말하나 녀자는 보기 징거럽고 마음이 송구하엿다 무당이 당ㅅ집문을 열고 들어 가서 향로에 불을 담어 노코 분향하는 법을 가르처 주어서 녀자가 향상 아페 꿀어안저 향을 피우는데 속이 떨리어서 장군의 신상은 처다보지도 못하엿다 분향하는 동안이 불과 열마 안되건만 녀자에게는 대단 오랜 것 가티 생각되어서 향을 불에 꼿고 일어서며 곳 무당을 돌아 보고

『인제 고만 나갑시다』

하고 말하니 무당이

『당ㅅ집 안을 쓸어 노코 나가야지요』

하고 구석에 걸리어 잇는 장목비를 떼어 나렷다

『나는 머리가 아퍼서 박게를 좀 나서겟스니 쓰레질 만은 대신 좀 해주시요』

하고 녀자가 빌 듯이 말하니 무당은

『아무리나 그리 하시요』

하고 큰 인심 쓰듯이 허락하엿다

녀자가 당ㅅ집 문박게 나와서 무당을 기다려 가치 오려다가 지붕에 잇든 구렁이 생각이 문뜩 나며 곳 그것이 근처에 서리고 잇는 것 가터서 뒤도 안 돌아 보고 침실로 달어 왓다 무당이 와서 아침 밥을 지을때 녀자가 가치 나서 하려고 하니 무당이

『고만두시요 더구나 머리가 아프시다며 방에 들어가 누어 기시오』

하고 일을 못하게 말리어서 못 이기는 체하고 방으로 들어와서 무당이 아침상을 드려 올 때까지 편하게 누어 잇섯다 무당이 상 머리에 안저서 이것 저것을 먹어 보라고 권하엿지만 녀자는 입맛이 업서서 한두술 물에 말어 시답지 안케 건지다가 수까락을 노핫다 녀자기 점심은 아침보다 좀 낫게 먹엇지만 역시 얼마 먹지 안이한 까달게 저녁 때는 시장ㅅ긔가 들엇스나 분향하러 가기가 실혀서 꾀피우느라고 저녁짓기 전에 미리 무당더러

『나는 골머리가 아퍼서 저녁을 먹지 안홀테요』

하고 말하엿다 저녁 분향은 마침내 무당에게 떠맛기게 되엇스나 그 대신에 저녁 밥은 수까락도 들어 보지 못하엿다 무당이 저녁 밥을 지어 노코 와서 체면 치례로

『종일 아모 것도 잡순 것이 업서 어떠케 하나 아침처럼 물에 노하서 한 술 잡수어 보시지

요』

하고 말하다가 녀자가 실타고 고개를 흔들으니 다시 두말 안코 저 혼자 가서 밥을 먹어 치웟다 해가 지자 무당이 방문 아페 와서

『나는 나려 갑니다 내가 잇서 보와 드리느니보담 장군님이 오서서 한번 만저드리면 머리아픈 것쯤 거뜬 나실께요』

하고 수다를 부리고 나려 갓다 녀자가 자긔도 시장하려니와 종일 굴믄 사내가 오면 먹이려고 생각하고 부억에 나려가서 둘러 보니 찬밥 한술도 남겨 둔 것이 업서서 새로 밥을 짓는중에 그 남자가 부억에 들어 섯다

『인제 저녁을 짓는 중인가』

하고 남자가 말을 뭇는데 녀자는 속으로 기다리든 사람이 와서 은근히 반갑고 든든하나 말이 업지 남자를 흘낏 돌아 보고 곳 고개를 숙이고 아궁지에 불을 너허서 밥을 재치엇다

『무당이 시중을 든다더니 조석두 지어 주지 안어』

『왜 안지어요』

『그럼 저녁은 발서 먹구 나 줄라구 따루 짓나』

하고 남자는 벙글벙글 우섯다 녀자가 갑작이 부끄러워서 한참 동안 입을 다물고 잇다가 특별

히 남자만 주려고 새로 짓는 것이 아니란 뜻을 보이려고

『무당만 먹고 갓세요』

하고 말하니 남자가 일부러 자긔 아프로 당기어 듯는지

『나하구 가치 먹을라구 무당만 먼저 먹여 보냇서』

하고 말하야 녀자는 더욱 부끄러워서 다시 입을 떼지 안코 재촉하고 잇다가 나종에 남자가 우두머니 섯는 것이 보기 딱하야

『먼저 방으로 들어 가시지요』

하고 남자를 보지 안코 말하엿다 남자가 방으로 들어 간뒤 녀자는 부지런히 밥을 퍼서 사발우에 사발을 덧 노흔 것만큼 수북히 담은 밥을 외상으로 차려다가 방문 안에 드려 노핫다

『왜 외 상이야 밥이 이 뿐인가』

『또 잇서요』

『그럼 가지구 와서 가치 먹지 어서 가지구 와』

『먼저 잡수세요』

『가치 먹구 얼른 치워 버리지 어서 이리 가지구 와서 가치 먹어 안가지구 오면 나두 안먹구 안젓슬 테야』

녀자가 남자의 억지를 못이겨서 부끄럼을 참고 누룽기 석거 떠 부친 밥사발을 수까락 한 매와 함께 들고 들어 왓다 상 여폐까지 와서도 방 바닥에 따로 노코 먹으려고 하는 것을 남자가 또 억지를 써서 겸상하야 가치 먹는데 남자가

『부끄러울 것이 무어 잇서 맘 노쿠 먹게』

하고 이르고

『수깔 좀 자주 놀리게』

하고 재촉까지 하엿건만 남자가 그 만흔 밥을 다 먹도록 녀자는 멧술 뜨지 아니하야 나종에 남자는 빈 사발우에 수까락을 가로 언저 노핫다

『수까락 지우시지요』

녀자가 말하야 남자가 수까락을 지운 뒤에 녀자는 상을 돌려 노코 잠ㅅ간 동안에 다 먹엇다 녀자가 상 가지고 부억에 나가서 설거지하야 무당이 해 노코 간대로 그릇들을 어퍼 노코 솟까지 말끔 부시어 노코 불씨를 가지고 들어 와서 초불을 달려 노코 등잔 접시에 기름까지 딸어 노핫다 녀자가 일을 다 한뒤 안지 안코 주제주제하고 섯는 것을 남자가 손을 잡아 끌어다가 초불 아래 안치고 마주 안저서 한동안 말이 업시 얼골을 바라보니 녀자는 눈을 아래로 나려깔고 치마 끈을 만적거리고 잇섯다 남자가 먼저 입을 열엇다

『나이 옴에 메친가』

하고 나이를 뭇다가 녀자가 대답을 아니하니

『스물이 아직 못되엇지 내가 일즉 장가만 들엇더면 자네만한 딸두 두엇슬걸』

하고 웃고

『내 나이는 올에 설흔 넷이야 장가두 한번 못 들어보구 조흔 때를 다 지냇네』

하고 손가락으로 머리 우를 가르치며

『이 상투는 로총각 노릇 하기가 실혀서 외자루 끌어 올린 것일세』

하고 말하는데 녀자는 말이 업시 들을만하고 잇슬 뿐이엇다

『그런데』

하고 남자는 말 머리를 고치엇다

『내가 살인하구 도망해서 숨어 다니는 사람일세』

『사람을 죽엿서요』

하고 녀자는 말 소리가 떨리어 나오는데

『그래 바루 아흐래 전에 내가 사람 하나를 죽엿서』

하고 남자는 말하는 것이 예사로웟다 녀자가 남자의 얼골을 보지 아니하려고 한동안 외면하

고 안젓다가

『내가 사람을 죽이게 된 내력을 이야기할 것이니 들어 보게』

하고 남자의 말하는 것을 듯고 비로소 고개를 돌리어서 남자의 입을 바라보앗다

『나는 박유복이란 사람인데』

하고 이야기를 시작하야 자긔 아버지가 로가의 모함에 죽은 것을 이야기하고 자긔 어머니가 남편 원수를 못 가퍼서 한을 품고 죽은 것을 이야기 하고 또 자긔가 안질뱅이로 세월을 허송한 까달게 부모의 원수를 일즉 갑지 못한 것을 이야기하는 동안에 아이쩍에 서울서지낸 일도 이야기 하고 또 그 외에 병고친 이야기와 표창질 이야기도 다하야 이야기 갈래가 만허서 초 한 자루가 다 달엇다 초ㅅ심지가 타느라고 부지지 소리가 날때 녀자가 일어나서 벽에 걸린 등잔에 불을 달려 노코 안젓든 자리에 다시 와서 안젓다 유복이가 이야기를 다시 계속하야 강령서 원수 갑고 배천 와서 성묘하고 벽란 나루를 건너 와서 양주로 가다가 못가고 덕적산으로 들어온 곡절을 일일이 이야기 하엿다 녀자는 정신 노코 이야기를 듯다가 이야기가 긋나며 곳

『부모의 원수 가픈 것도 죄가되나요』

하고 물으니 유복이는

『글세 모르지 더구나 다른 사람을 살해 노하서 잡히면 무사할 수 업슬 걸』

하고 대답한 뒤

『지금 내 사정이 이러하니 어떠케 햇스면 조켓나』

하고 도리켜 물엇다

『무어를 엇더케 해요』

『첫재 우리들이 나이가 너무 틀리구 둘째 내가 내 한몸을 주체 못하는 처지니 어떠케 햇스면 조켓느냐 말이야 내가 오늘 나제 곰곰 생각해 보아야 별수가 업데 그래서 오늘 밤에 오두안쿠 그대루 가 버리려다가 다시 오마구 말두 햇거니와 한번 사정을 이야기하구 사과나 할까 하구 왓네』

『남의 몸을 망처 노코』

『그러기에 사과하려 왓지』

『사과는 무슨 사과요』

『그러니 어떠케 햇스면 조켓느냐 말이야』

『나를 죽이고 가서요』

『무슨 원수가 잇다구 자네를 죽인단 말인가』

『어떠케 할 수 업스면 죽여라도 주서야지요』
『내가 자네 가튼 안해를 어드면 더 바랄 것이 업지만 신세가 하두 망칙하니까 잘 못되엇다구 사과할 외에는 다른 말을 할 나위가 업네』
하고 유복이는 말을 끈치고 안저서 녀자가 압니로 치마 끈을 물어 뜻는 것을 바라보다가
『내가 어듸 가서 숨어 잇다가 한 일년 후에 바람이 자거든 다시 차저 올것이니 그 대까지 기다리려나』
하고 다시 말하엿다
『여기 하루도 더 잇슬 수가 업서요』
『그러면 나따러서 도망하려나 무슨 고생을 하든지 원망이 업겟나』
『원망은 무슨 원망 모두가 팔ㅅ자지요』
『내 팔ㅅ자가 남의 칠ㅅ자만두 못하니까 자네 팔ㅅ자까지 망치기가 첩경 쉬워』
하고 유복이는 한숨을 한번 길게 쉬엇다
유복이가 우연히 관계된 녀자를 버리기도 아깝고 달고 가기도 어려워서 질정한 마음이 업든 끄테 녀자의 말에 끌리어서 가치 도망하기로 작정하고 곳 갈곳을 의논하엿다
『가서 의지할 성으루는 양주 임꺽정이가 맹산이종(姨從)버덤 도리어 든든하나 파 무처 잇

늘 자리두는 맹산이 양주버덤 훨신 나흔 편인데 나 혼자 가트면 형편을 보아 가며 이리 저리 올머 다니기가 어려울 것이 업지만 우리 둘이 한께 다니기는 어려우니까 아주 가서 잇슬 곳을정해야 겟네』

『양주는 조치 안허요』

『왜』

『우리 동네서 왕내가 잇서요 내 동무하나가 양주로 시집까지 갓서요』

『맹산 드매 속에 가서 조밥 먹구 살겟나』

『조밥은 누가 못 먹는다고 해요』

『잇다금이 아니구 끼니 마다 조 다짐이야』

『맹산이 얼마나 먼가요 이삼백리 되나요』

『이삼백리면 멀 것이 업게 칠팔백리나 되니까 갈 것두 걱정일세』

『여러 날 가겟서요』

『엿흘을 갈는지 한달을 갈는지 가 보아야 알지』

『거름을 못 걸어 보아서 가다가 발ㅅ병이 나면 어떠케하나요』

『내가 업구 가지』

「남부끄럽게」

「남이 볼 때는 나려 노치」

「설마 기어라도 가겟지요」

「양주를 제처 노호면 맹산 박게 갈데가 업스니까 걸어 가든 기어 가든 가 보새그려」

갈 곳을 맹산으로 작정한뒤 다음에 갈 준비를 의논하게 되엇다

「길 량식할 쌀은 잇겟지」

「량식이 만이 들까요」

「량식 말은 가저야 할걸」

「말쌀이야 잇겟지요」

「길 량식만 잇스면 되엇네」

「무명은 소용 업슬까요」

「왜 소용이 업서 웬 무명이 다 잇나」

「어머니가 나어서 나 준 것이 잇서요」

「멧 필이나 잇나 자ㅅ수 차는 것이겟지」

「자ㅅ수가 차다니요」

「설흔 대자 자ㅅ수가 차는 것이냐 말이야 집에서 나온것이면 두자짜리 상목은 아니겟지」

「두자 짜리 상목이 아니에요 옷 해입으라고 어머니가 나어 주신 것인데」

「그래 멧 필이야」

「아마 서너 필 되지요」

「그럼 그것두 가주구 가세 길에서 쓰지 안트라두 가서는 못 쓰겟나」

「의복은 입은대로 가도 조흘까요」

「글세 머리를 따허 나리구 남복을 햇스면 길에서 편할 터이지만」

「그러케 하지요」

「고의적삼 한벌은 잇서야지」

「무명 한필 조기지요」

「재루 짓는단 말이지 아무리나 하게 그러구 길에서는 부자간이라구 할까」

「부자간이란이요」

「자네를 내 아들이라구 하라 말이야」

「실여요」

「그럼 무어라구 할까」

『남남끼리라지요』

『남남끼리는 재미 업서 형제라구 하지 나이가 엄청나게 틀리는 형제두 잇스니까』

『아무리나 해요』

『그러면 고의적삼 다 되는 날 밤에 떠나기루 작정하구 한벌 다 짓자면 멧칠 걸리겟나』

『박지 말구 충충 호아 짓지요 입은 모양만 고의적삼이면 되지 안허요』

『그러치』

『그럼 오늘ㅅ밤에 말러서 짓다가 내일 나제 무당 몰래 틈틈이 지으면 내일 밤에 떠날 수 잇지요』

『그러면 내일 밤ㅅ중에 떠나기루 작정하세』

길준비와 떠날 날이 한께 다 작정된뒤 녀자는 곳 일어나서 궤 속에서 무명 한필을 끄내들고 바느질 제구 든 동고리를 가지고 와서 안젓다 녀자가 자질하고 가위질하고 또 바느질하는 동안 유복이는 안젓다 누엇다 하다가 나종에

『밤을 새려나』

하고 물으니 녀자가 바느질하면서

『졸리면 자지요』

하고 대답하엿다

「고만 자구 새벽 일어나 하게」

「조금 더 하다 잘터이예요」

「새벽에 못 일어나면 낭패 아닌가」

「걱정 말구 먼저 주무세요」

「인심이 혼자 잘수 잇나 가치 자세」

하고 유복이가 우겨서 녀자는 바느질 동고리를 한 여페 치우고 자리를 보게 하엿다 유복이는 최서방의 딸을 안해로 치고 최서방의 딸은 유복이를 남편으로 밋고서 하루ㅅ밤을 가치 지내고 이튼날 새벽에 내외 두사람이 일즉 한께 일어낫다 유복이가 전날과 가티 조세도 아니하고 곳 산 속으로 가려고

「잇다 해진 뒤에나 또맛나세」

하고 일어서는데 그절믄 안해가

「잠ㅅ간만 기세요 어제 밤에 밥을 나우 지어서 떠 둔 것이 한 그릇 잇스니 가지고 가세요」

하고 붓들엇다 유복이는 그 어머니를 여인지가 이십년에 알뜰살뜰이 위하야 주는 사람을 보지 못하다가 이 말 한마듸를 들을 때 곳 머리 속에

「어머니 살엇슬 때 이런말을 들어 보앗거니」

하고 생각하며 눈에 눈물이 핑 돌앗다 그 안해가 무명 끄내든 궤짝에서 박아지 한짝과 베 보재기 하나를 끄내 가지고 부억에 나려 가서 찬밥 한박아지를 보재기에 싸다가 줄 때까지 유복이는 우두머니 서 잇다가 안해가 한 손으로 주는 것을 두손으로 덥썩 바덧다 유복이가 나오다가 부억 안을 드려다 보니 뒤에 따러나온 안해는 자긔 맘을 미루어서 밥 지은 자최를 잘 피는 줄로 짐작하고

「무당이 해 노코 간대로 다시 다 해노핫스니 념녀 마세요」

하고 말하는데 유복이는

「아니야 집이 혹시 잇나 하구 살펴 보앗서」

하고 말하엿다

『집은 무어 하실라오』

『신을 삼을라구』

「그러면 부억 이편 구석에 집 묵금이 잇습듸다」

하고 안해가 들어 가서 집어 가지고나오는 집 묵금을 유복이가 보고

「마침 지피 잇것스니 그만하면 신 서너 켜레 넉넉히 삼겟네」

하고 말하면서 한 손으로 바덧다

「발 좀 보세」

「대종해서 삼으시구려」

「길 가는데는 첫재 신이 잘 마저야 하네」

「발 크지요」

하고 안해가 아프로 내어미는 발을 유복이가 굽어 보다가 허리를 굽으리고 발을 들고 뼘어 보려고 하니 안해는 실업슨 작란으로 알고 발을 다시 끌어 드렷다

「왜 그래 뼘어 보는 것이 눈대중버덤 확실하지 안어」

하고 유복이가 허리를 굽으린채 안해의 얼골을 치어다보니

「뼘어까지 볼것이 무어 잇세요 작란이지」

하고 안해는 방그레 우섯다

「어린 안해를 다리고 실업시 작란할 리가 잇나」

「점잔흔」

하고 안해가 말을 하다가 중등무이하고 혼자 우스니

「버릇 업시 굴지 말어」

하고 유복이는 나물하면서도 역시 빙그레 우섯다

『지금 신은 신이 발에 잘 마지니 뺌어 볼라거든 신이나 뺌어 보시지요』

하고 안해가 신 한짝을 벗어 내노핫다 유복이가 신을 뺌어 보고 박그로 나간 뒤에 그 안해는 다시 방에 들어 와서 바느질을 하다가 한동안 지나서 무당의 발ㅅ소리가 들릴때 바느질 동고리를 보이지 안케 치워 버렷다 그 날 나제 무당이 부억일 할때 유복이의 절문 안해는 방문을 닷고 안저서 바느질 동고리를 내노코 일하다가

『벌서 무슨 일을 하시요』

하고 드려다 보는 무당에게 들키엇다

『아니』

하고 한마듸외에 다른 말을 못하고 얼골이 붉어지니 무당이 수상하게 여기어서

『무슨 일인가요』

하고 캐어 물으며 방으로 들어왓다

『아니야』

『아니란이요 어듸 바느질 좀 봅시다』

『볼 것 업서』

「어듸 좀 보아요」

하고 무당이 동고리에 담긴 일하든 것을 들고 보더니 깜짝 놀나며

「이것이 남정네 고의 아닌가요」

하고 물엇다

춘색씨일망정 슬금한 녀자라 거짓말을 꾸밀 생각이 나서 잠ㅅ간 동안 고개를 숙이고 잇다

가

「알고 십소 궁금하오」

하고 고개를 다시치어들엇다

「대체 사내 고의는 무엇에 쓰실라오」

「밤에 입고 잘 터이요」

「밤에 왜 사내고의를 입으신단 말슴이요」

「내가 잠이 들면 오시고 내가 잠이 깨면 가시니까 한번 사내고의를 입고 아래 우를 꼭꼭동
여매고 자볼 테요」

「장군님이 노염 만흐신 량반이니 아예 조심하시요 노염내시면 큰일이요」

「내가 알어 할테니 념녀 마오」

그럴싸한 말에 무당이 속아서 다시 더 말을 못지 아니하야 녀자는 몰래 하든 일을 도리어펼처 노코 하게 되엿다

하루 해가 다 가서 저녁 분향할 때가 되엿다 녀자가 분향하러 가기가 죽기보다도 더 실치만 실튼 조튼 이번 한번이 마지막이거니 생각하며 부등가리에 마들가리불을 떠서 들고 당ㅅ집 안에 가서 분향을 건둥반둥하고 왓다 무당이 저녁 밥상을 갓다 줄때

『나는 고이를 다 지어 노쿠 먹을 테니 먼저 먹구 나려 가오』

말하고 저녁을 먹지 아니하엿다가 무당은 나려 가고 남편이 온뒤 밥을 더 지어서 내외 겸상하야 먹엇다 밥을 가치 먹는 동안에

『밥먹구 나서 상은 당신이 치우세요』

『왜』

『글세』

『가치 하지』

『실여요 나는 따로 할 일이 잇세요』

『바느질을 다 못한 것일세그려』

『무슨 일이든지 잇다보면 아시지요』

하고 내외가 수작하엿다 밥이 끗나서 유복이가 부엌으로 설거지하러 나려 갈때 그 안해는

『그러고 내가 들어 오시라고 말하기 전에는 방으로 들어 오지 마세요』

하고 당부하야 유복이가 별일이다 하고 생각하면서도

『그리 함세』

하고 대답하엿다 유복이가 밥 그릇들을 씻어서 둥상에 어퍼 노코 들어 오라기를 기다리다가 나종에는 갑갑하야

『고만 들어 갈까』

하고 소리를 질르니 안해는

『잠ㅅ간만 더 참으세요』

하고 대답한뒤 다시 얼마 동안 잇다가

『인제 들어 오세요』

하고 불럿다 유복이가 방문을 여니 방안에 섯는 것이 녀편네가 아니요 으젓한 머슴아이다 그 동안에 언진머리를 따어 나리고 사내 고의적삼을 갈어 입은 것이엇다

그 날 밤ㅅ중이 지나서 달이 뜬 뒤에 유복이는 길량식과 안해의 옷가지와 무명 온필을 한짐에 묵고 자투리 무명으로 걸방을 만들어 질머지고 남복한 안해를 다리고 길을 떠낫다

산에서 나려와서 무당의 집아플 살그머니 지난 뒤에 송도부중 들어 가는 길을 따러서 오다가 부중이 멀지 안커니 생각 들때부터 샛길로 뜰어 서서 방향만 대고 휘돌아서 부중을 비키고 지나 왓다 곳장 오면 이십리 남짓한 길을 샛길로 돌아 온까닭게 삼십리를 조히 걸엇다

이때 벌서 유복이의 안해는 발을 질질 끌기 시작하야 유복이가 이것을 보고

『발이 아픈가』

하고 물으니 안해는

『네』

하고 풀끼 업시 대답하엿다

『칠팔백리길을 갈사람이 겨우 이삼십리쯤 와서 발서 발ㅅ병이 나면 압길을 장차 엇더케 간단 말인가』

『글세요 몃칠 걸어 나면 좀 나흘까요』

『발이 정히 아프면 좀 업구 가 볼가』

『내가 업히겟다고 해도 걱정이겟소 짐은 엇더케 하실라오』

『짐은 자네가 지고 자네는 내가 업으면 되지 안켓나』

『나는 입히기도 실코 짐 지기도 실혀요』

『어듸 가서 지게 하나만 어드면 되겟네』

『어떠케』

『지게 우에 짐을 노쿠 짐 우에 자네를 안치구 그 지개를 내가 질머지면 될것 안닌가』

『그 꼴이 보기 조켓네』

『꼴이야 조튼 마든 편하게 가기만 하면 고만이지』

『나종에는 어찌하든지 지금 좀 붓들어나 주시구려』

『그리하게 이리 오게』

유복이가 안해의 손을 붓들고 길을 걸엇다

처음 얼마 동안은 서관대로로 오다가 동이 트고 날이 발가서 사람이 드문드문 눈에 뜨이니 유복이 내외는 대로를 버리고 소로를 잡어 들어서 북쪽을 향하고 올라 왓다

유복이 내외가 소로로 들어 선 뒤 오리ㅅ길을 채 못와서 안해가 발을 끌기커녕 다리를 절기 시작하엿다 그 소로가 그다지 험한 길이 아니건만 발이 아픈 사람에게는 편편한 대로를 것기 보담 더 힘이 들어서

『다시 큰 길로 나갑시다』

하고 안해가 졸르니

「우리 처지가 어듸 펼쳐 노쿠 큰 길루 갈수 잇나」

하고 유복이는 밀막엇다

「큰 길만 못해서 발이 더아픈걸 어떠케 해요」

「피나무 안반을 찻는 심인가」

「인정도 업소」

「여기 안저 좀 쉬어나 가세」

하고 유복이는 먼저 안해를 길가 정한 자리에 안치고 그 다음에 짐을 벗어 노코 안해여페안젓다

「나 때문에 고생일세」

「누가 할 말이요 나 때문에 고생이지」

「그러케 말하면 둘이 다 고생일세」

「고생 뒤에 낙이 잇겟지요」

「글세 갈수록 수미산이나 아닐른지 누가 아나」

「나 좀 다리를 뻣고 누웁시다」

「내 무릅팍을 비구 눕게」

하고 유복이는 무릅을 내밀어서 안해의 머리를 비어 주고 그 머리를 손으로 씨다듬엇다

「자네 이름을 하나 지어야겟네」

「나는 왜 이름이 업나요」

「무어야」

「그건 물어 무어 하세요」

「가르처 주게 어듸 보세」

「내 손우에 형님이 하나 잇섯든 까달게 내 이름이 자근년이에요」

「내 아우라구 하구 자근년이라구야 불를수 잇나 내 이름이 유복이니 자네를 자근복이라구 불르면 어떠켓나」

「아무러케나 불르시구려 자근복이도 조치요」

「그러면 이름은 자근복이라구하구 또 남 보는 데서는 해라 할터일세」

「형님 행세 하자면 해라 해야겟지요」

「그럴것 업시 지금부터는 남이 보거나 말거나 해라 하세」

「그건 왜 그래요」

『해라 햇다 하게 햇다 하자면 혹시 실수가 잇슬는지 몰으니까 아주 해라를 입에 익혀 두잔 말이야』

『맹산 간 뒤에는 해라 못합니다』

『어린 안해더러 해라 못할 것 무어 잇나』

『내가 나이 어리니까 해라를 밧기가 더 실혀요』

『맹산 간 뒤는 어쨋든지 지금부터 해라 하네 자근복아』

하고 유복이가 불러 보앗다

『대답을 해야지』

『네』

하고 안해가 대답하며 입을 막고 우섯다

『고만 일어나거라』

『조금만 더 누엇다 닐어나겟습니다』

하고 둘이 가치우스며 하나는 머리를 숙이고 나려다보고 하나는 고개를 저치고 치어다보다가

『웃는 눈매가 이쁘기두 하다』

『형님이 아우더러 그따위 소리를 하나』

『이쁜 것을 이쁘다구야 못할 것 무어 잇서』

하고 유복이는 참말로 눈이 가늘어지고

『그런 소리 할라거든 아우 형님 다 고만 둡시다 예 여보』

하고 안해는 거짓으로 입이 뾰족하야젓다 한동안 늘어지게 쉬인 뒤에 유복이 내외는 다시 길을 걸어서 미륵당이까지 나오는데 보리밥멧숫지기가 걸리엇다 그 곳에서 큰길을 건너 서서 소로로 올라 오다가 논ㅅ골이라는 적은 동네 농가에 들어 가서 아침겸 점심 한끼를 쌀을 주고 부치어 지어 먹엇다 가짜 아우가 시장한 끄테 밥을 먹고 긔운이 업서 늘어지는 까닭게 가짜 형도 할일업시 지체하엿다 가짜 형인 유복이가 그집 사내 주인과 수작하는 중에 결ㅅ방 짐이거북하다고 펑계하고 주인의 지개를 쌀되 주고 바꾸엇다 짐을 지개 우에 질머 노코 유복이가 봉당 한구석에 누어 잇는 가짜 아우를 향하야

『자근복아 고만 가자 청석골은 해 잇서 지나가자』

하고 재촉하엿다 인제는 촌보를 잘 떼어 노치 못하는 안해를 유복이가 손을 잡어 끌다 시피하고 간신히 동네 박게 나와서

『이애 짐우에 올라 안저라』

하고 지개를 벗어노흐니 안해가 얼마 사양하다가 나종에는 고개를 지수굿하고 잇섯다 짐을펴편하게 만들고 안해를 올려 안친 뒤에 유복이는 선뜻 지개를 지고 일어섯다

『이게 무슨 팔이야 무겁지나 안허요』

하고 안해는 두손으로 지개뿔을 붓잡고

『념려 마라 맹산은 고만 두구 의주 압록강까지라두 잘 가게 되엇다』

하고 유복이는 성큼성큼 거름을 떼어 노핫다

유복이가 발ㅅ병난 안해를 끌고 올때보다 길이 잘 붙엇다 삼거리로 나가는 원길을 비키느라고 자욱길도 변변치 안흔 초로(樵路)로 한동안 이리저리 휘매엿스나 곳 독골이란 동네아플지나고 청석골 개울물을 건너서 청석골 원길에 나왓다

청석골은 서편 탑고개까지 나가기에 시오리가 넘는 긴 산ㅅ골이다 성거산이 나려 와서 천마산이 되고 천마산이 나려 와서 송악이되니 송악은 송도의 진산(鎭山)이요 송악 한줄기가 서편으로 달어 와서 청석골이 생기엇다 천마산 줄기에서 소사난 만경대와 부아봉과 라월봉은 삼거리 동북편에 겹겹이 둘러 잇고 매봉만은 남으로 떨어저 삼거리 정동편에 와서 잇고 탑고개 북쪽에는 두석산이 잇고 남쪽에는 봉명산이 잇고 서남쪽에는 빙고산이 잇다 천엽 가튼 산속에 꼴작이를 따러 큰길이 노혀 잇스니 이 길이 비록 송도부중에서 이삼십리 박게 아니

되는 서관대로이나 도적이 대나제도 잘 나는곳 이라 왕내하는 행인들이 간을 조리고 다니엇다 이때 유복이는 도적을 만날가 겁이 나느니보다 도적 잡는 군사 부스러기를 만날까 준의가 나서 큰길을 쪼차 탑고개로 나가지 안코 큰길을 가로 건너 산ㅅ길로 들어 섯다 처음에는 초군들의 발자최가 잇든 것이 얼마 아니 가서 그나마 업서지고 길도 업는 첩첩한 산속으로 들어 왓다 유복이가 서쪽으로 기울어진 해를 바라보며 방향을 잡아서 산마루를 타기도 하고 잘룩이를 넘기도 하는데 거뜬한 혼자몸만 가트면 넉넉히 뛰기도 하고 기기도 할 곳에서 뛰지 안코 기지 안코 걸어갈곳을 달리 찻느라고 자연히 곱길을 것지 안흘 수가 업섯다 해는 얼마 남지 안코 산은 아즉도 긋이 업고 게다가 괴상한 산짐생 소리까지 들리엇다 유복이의 절믄 안해는 마음이 황황하야젓다

『여보 작구 산속으로 들어만 가니 웬 일이요 산에서 좀 나갑시다』

『지금 나가는 길이야』

『갈수록 산인데 어듸로 나간단 말이요』

『시오리가 넘는 청석골을 산으루 지나 오는 길이니까 얼마 더가야 사람 다니는 길이 나설 것이야』

이런 수작이 잇슨 뒤에도 얼마를 더 왓건만 길은 나서지 안코 고개만 나섯다 한고개를넘고두

고개를 넘고 고개고개를 넘는 중에 해가 너울너울 서산으로 넘어 갓다 유복이도 마음이 조금 조급하야젓다

『잘못하다가는 산 속에서 밤을 지내게 될모양이다』

『아이구 무서워라』

『어둡기 전에 드러눕기 조흔 자리나 하나 보아둘까』

『어둡도록 가 봅시다』

『아무리나 그래 보지』

이러케 수작하며 한고개에 올라 서니 고개 아래 편편한 땅이 잇고 편편한 땅에 과히 적지안흔 집이 한 채 잇섯다

『이 산 속에 사람의 집이 잇다』

『글세 말이요』

『저 집에 가서 하루ㅅ 밤 자구 갈박게』

『수상한 집이나 아닐까요』

『수상한 집이라니 도독놈의 집 갓단 말이지』

『그런 집이면 갓다가 어떠케 해요』

「외딴집에 도독놈이 잇기루 백명이 잇슬까 천명이 잇슬까 념려 말구 가 보자」

고개 미테 나려 와서 유복이는 안해를 지게에서 나려 노핫다 여기까지 오는 동안에 유복이의 안해는 여러번 졸라 한번식 나려서 조금조금 걸엇스나 유복이가 길이 늣는다고 잘 나려 주지 아니하야 오래 동안 내리지 못하든 끄치라 오금이 부터서 거름을 잘 걷지 못하야 유복이가 한동안 주물러 준뒤에 손을 잡고 끌면서 그 집을 차저 왓다 돌담 치고 대문단 품이 제법 모양 내고 사는 집 가텃다 유복이가 대문ㅅ간에 와서 주인을 차즈니 나이 오십이 너머 보이는 뼈대 굴근 중늘그니 하나가 대답도 업시 나와서 불량스러운 눈으로 유복이 내외의 행색을한번 살펴 보고난뒤 비로소 온 뜻을 물엇다 유복이가 형제 동행하야 평안도가는 길에 길을 잘못 들어 산속에서 허매다가 집을 보고 하루ㅅ밤 자고 가려고 차저 왓노라 말하니 늘그니가 두말 안코 선뜻 허락하고 안으로 들어 오라고 하야 아래ㅅ 방을 치워주엇다 유복이 내외가 신발을 끌르고 방에 들어 안즌 뒤에 따러 들어 온 그 사람과 서로 인사하엿다 그 사람이 그 집 주인인데 성은 오가요 자녀는 업고 식구는 마누라 외에 부리는 게집아이가 하나 잇슬 뿐이엇다 유복이가 인사 끄테 주인에게 산ㅅ속에서 사는 곡절을 물은즉 세상이 귀치 안허서 숨어 산다고 간단히 대답하고 또 산ㅅ속에서 하는 업을 물은즉 그럭저럭 굶지 안코 산다고 모호하게 대답하엿다 저녁 주비가 지난 뒤라 유복이가 딴저녁 시킬 것을 걱정하고 길 량식이 잇스니 쌀을 갓다가 저녁 아침 두끼를 지어 달라고 청하야 주인이 그릇을 가지고 와서 쌀을 바더 들고 나간뒤에 유복이 내외는 느런히 누어서 귀ㅅ말로 속살거리엇다

『주인의 눈이 곱지 못하지요』

『목자가 좀 불량하군』

『어째 수상해요』

『수상한들 상관 잇느냐 걱정 말구 나만 미더라』

『밋기야 밋지요만 그래도 걱정이 되는구먼요』

짓거리든끄테 유복이는 눈을 감고 잇다가 슬그머니 잠이 들엇다

『밥 가저 온대요』

하고 안해가 흔드는 바람에 눈을 뜨고 보니 발서 방안은 깜깜하엿다 주인이 와서 기름ㅅ등잔에 불을 켜주고 게집아이가 저녁상을 가저 왓는데 그 밥상이 양반들의 바더 먹는 다리 노픈 칠소반이라 유복이는 주인이 외람스러운 짓 하는 사람인줄을 짐작하엿다 키가 작달막하고 얼골이 얄쌍스러운 정갈한 녀편네가 방문 아페 와서 드려다 보는데 유복이가 안주인 인 줄을 알고 인사할 생각으로

「들어 오시지요」

하고 가짜 아우와 가치 일어섯다 박갓주인이

「왜 일어나오 어서 밥들 자시지」

하고 손들에게 말하고 나서

「자네는 왜 나려 왓서 올라 가게」

하고 그 마누라를 올려 쪼치려고 하니 마누라는

「사람도 하도 못보고 사니 사람 구경 좀 합시다」

하고 그 영감 말을 방색하고 곳 손들을 향하야

「손님들 어서 안저 자시요 찬은 업스나마 만히들 자시요」

하고 다정하게 말하엿다 그 마누라가 한동안 방문 박게 서서 손들 밥먹는 것을 보는 중에 자근복이 행세하는 유복이 안해의 얼골을 유심히 바라보며

「그 도령 잘도 낫네 이뿐 색씨 가테」

하고 칭찬하야 가짜 머슴아이는 얼골이 불거젓다 안주인이 안ㅅ방으로 올라간 뒤에 박갓주인이 유복이를 보고

「재작년에 다큰 딸자식을 죽이구 나서 마누라가 일시 상성이 되엇섯소 지금은 다 나은 모

양인데 종시 전과 달려서 무슨 말을 일러두 잘 듯지 안소그려」

하고 그 마누라에게 말을 일르다 고만 둔것을 발명하엿다 밥ㅅ상이 끗난 뒤에도 박갓주인은 한동안 안저서 한담하다가

「곤한데 그만 주무시요」

「도령 잘 자게」

인사하고 안ㅅ방으로 올라 갓다 유복이가 안해를 아래목편에 눕히고 그 여페 누어서 한동안 속은속은 이야기하다가 잠이 막 들려고 할때

「어느 새 주무시요」

하고 안해가 몸을 건드렷다

「공연이 넘녀말구 어서 자」

「나 좀 바래 주실라오」

「어듸 가게」

「뒤ㅅ간에 좀 갓다 왓스면 조켓서요」

「진작 갓다 오지」

「배래 주기 실소」

「왜 실키는 어린애처럼 안구 가서 누여라도 주지」

유복이가 안해를 다리고 부억 뒤에 떨어저 잇는 뒤ㅅ간에 왓슬 때 안ㅅ방에서 나즉나즉한 말소리가 나더니 말소리가 차차 커지며 말다툼 소리로 변하야 똑똑히 들리엇다

「물건이나 빼아스면 고만이지 사람을 왜 죽인단 말이요」

「죽이지 안흐면 물건을 빼아슬수 잇나」

「저러니까 자식을 못 길러요」

「그러치 안흐면 당장 먹구 살 수가 잇서야지」

「뚝심 밋고 저러다가 혼 나리다 그 형이란 사람이 호락호락해 보이지 안습듸다」

「념려 말어 칼까지 가지구 맨손 든놈을 못당할까」

「여보 그 동생 아이까지 죽일 작정이요」

「그럼 남겨 두면 후환이야」

「제발 마오 불상하지도 안소」

「죽은 뒤에 극락으루 가라지」

「여보 내가 가서 그 무명을 달래 보리다」

「이 사람 정신 업는 소리 작작하게」

유복이의 안해는 뒤ㅅ간에 주저물러안저서 일어나지도 못하는 것을 유복이가 붓들고 방으로 들어 와서

『우리두 죽지안쿠 무명두 빼앗기지 안흘 테니 걱정 말구 가만이 누어 잇서』

하고 벌벌 떠는 안해를 억지로 눕힌 뒤에 보따리 속에서 표창 두어개를 끄내서 손에 쥐고 안해 여페 누엇다

유복이의 안해가 겁 나는 마음을 조금 가러안친 뒤에

『어떠케 해요』

하고 얼골을 남편의 가슴에 다이니 유복이는

『쪼곰두 걱정 마러』

하고 안해의 머리를 씨다듬어 주엇다

『뚝심이 잇다는데』

『그까진놈이 뚝심이 잇스면 얼마나 잇슬라구』

『환도나 손에 가지고 기세요』

『환도버덤 표창이 나으니 아무 소리 말구 가만이 잇서』

『이 집에 올때부터 맘이 뜨아햇서요』

『잘하면 우리가 맹산까지 갈 것두 업시 여기서 살게 된다』

『어째서』

『도독놈을 요정 내면 이집이 우리집 되지』

『사람 죽이지 말라고 말리든 마누라쟁이까지 죽이구요』

『놈팽이 원수를 가프러 대어들면 마저 요정 냇지 별수 잇나』

이때 마당에서 신발 소리가 낫다

『인제 오는군 가만이 누어서 보구만 잇서』

하고 안해에게 당부하고 유복이는 방문 마즌편에 가 누어서 방문을 바라보고 잇섯다 신발소리가 다친 방문 아페 와서 그치더니

『손님 주무시요』

하고 말 뭇는 것이 안주인의 목소리다 유복이가 일어 안즈며

『안 잡니다』

하고 대답하니 안주인이 방문도 열어 보지 안코

『동생 깨워 가지고 얼른 도망하시요 대문 비짱을 따 노핫소 탑고개로 나가려거든 서남방을 향하고 가시요 어서 동생을 깨우시요 조금 지체하다간 큰일 나리다』

하고 숩히 말하고 곳 돌아서 가는 신발 소리가 낫다

「마누라쟁이가 아까두 여러 가지루 놈팽이를 말리더니 일부러 우리게 와서 귀뜨임까지 해 주네그려」

유복이의 안해도 일어나서 쪼구리고 안젓다

「도망합시다」

「캄캄한데 도망이 다 무어야」

「산에 가서 숨읍시다」

「짐생이 나오면 어떠케 할 테야」

「그러니 어떠케 해요」

「어떠케 하긴 무얼 엇더케 해 가만이 잇지 그러치만 맹산 안 가기는 틀렷는걸」

「또 어째서」

「마누라쟁이 사정 보아서 놈팽이를 아주 요정 낼 수가 업스니까 말이지」

「여기서 무사히 나가서 맹산만 가게 되면 고만 더 바랄것이 업지요」

유복이 내외가 한동안 안저 잇섯스나 아무 긔척이 업서서 나중에 유복이가

「이러케 안젓슬 것 업시 드러눕지」

하고 말한 뒤 먼저 안해를 눕히고 다음에 자긔도 누엇다 유복이가 누으며 곳 눈을 감으니 안해가

「자지 마세요」

하고 엽구리를 쑤시엇다 등잔의 기름이 다 달어서 심지에서 빠지지 소리가 날때 방문 박게서 인ㅅ긔척이 낫다 유복이의 안해는 사지를 오그리고 누어 잇고 유복이는 아주 일어 안저서 방문을 바라보고 잇는데 방문이 버썩 열리며 칼빗이 번쩍하엿다 유복이가 손에 들고 잇든 꼬창을 얼른 내칫다 칼이 쨍그랑하고 떠러젓다 유복이가 일러서는 결로 발ㅅ길을 날리어서 그자의 가슴을 내질르고 쿵하고 마당에 나가 잣바지는 것을 뒤쪼차 뛰어 나가 한발로 가슴을 밟고 서서

「이눔 네가 죽구 시퍼 성화냐」

하고 호령하니 그자는 셈평 조케 활개를 벌리고 누어서

「에라 발 치어라 가슴이 답답하다」

하고 펀둥펀둥 말하야서 유복이는 도리어 어이가 업서젓다 이때 안ㅅ방에서 주인 마누라가 뛰어 나려 오고 아래ㅅ방에서 유복이 안해가 쪼차 나왓다 히미한 별빛 아래 주인 마누라가 한번 살펴 보고 영감의 가슴을 밟고 섯는 유복이에게로 가까히 오더니 대번에 꿇어 안저서

손이 발이 되도록 빌엇다 유복이의 안해가 남편 여페 와서 가만히 손을 잡아 다리니 유복이는 그자를 나려다 보며

『네 마누라의 인정이 갸륵하기에 십분 참구 용서한다』

하고 발을 나려 노흐니 그 마누라가 황망히 영감자를 붓들어 이르켯다 유복이가 그 자의 바른 손에 박힌 표창을 뽑아 낼때 그 자는

『그게 무엇이냐 꽤 아프다』

하고 왼손바닥으로 피 나오는 것을 눌럿다 그 자가

『일수 불길해서 봉변이로군』

하고 두덜거리며 그 마누라의 부축을 밧고 안ㅅ방으로 올라 간뒤 유복이는 아래ㅅ방 방문턱에 떨어진 칼을 집어서 담 넘어로 팽개치고 안해와 가치 방안으로 들어 왓다

유복이가 표창을 씨서 너코 바로 들어눕는데 안해는 뒤가 념려되어서

『여보 안저 샙시다 그리고 내일 아침 새벽 떠납시다』

하고 잡어 이르키려고 하엿다 남편은 안해더러 누으라거니 안해는 남편더러 이러나라거니 내외가 실랭이하는 중에 안ㅅ방 지게문을 여닷는 소리가 나고 찍찍 끄는 신발 소리가 아래로 나려 왓다

「손님 누으셧소」

하고 주인 마누라가 방문 박게와서 말을 물엇다 유복이가 누어서

「네」

하고 대답하니

「좀 일어나시요」

하고 마누라쟁이가 방문을 열엇다

「안ㅅ방으로 좀 올라 가십시다 영감자가 화해술을 드린답니다」

유복이가 말 대답하기 전에 안해는 가만이 옷을 잡아달리어 가지말란뜻을 보이엇다

「술을 먹구 십지 안소이다」

「형제분 다 잠ㅅ간만 올라 가십시다 도령 자실 떡도 잇습니다」

「동생은 속탈이 나서 밤뒤까지 보앗는데요」

「그러지 말고 잠ㅅ간만 올라 갑시다 수상한 음식이 아닙니다 그런 음식이면 내가 올라 가시자지 안습니다」

하고 마누리쟁이가 간절히 청할때 영감자까지 마저 쪼차 나려 와서 유복이를 보고

「사내자식이 싸우면 적수요 사괴면 친구지 잔말말구 올라갑시다」

하고 너스래를 노코 방안으로 들어 오더니

『술을 이리 가저 오랄까 이왕이면 널직한 안ㅅ방으루 올라 갑시다그려』

하고 곳 유복ㅇ의 가짜 아우에게로 가까이 와서

『도령부터 일어서게』

하고 동여 맨 바른 손을 아끼느라고 왼손으로 등을 툭툭 두들겻다 유복이 내외가 졸리다 못하야 주인 내외를 따러 안ㅅ방에 올라 와서 자리 잡고 안즌 뒤에 주인 마누라가 계집아이를 다리고 크고 작은 상 둘을 차려다 놋는데 큰 상에는 탁백이 한 방구리와 육포 대여섯쪽이 노히고 자근 상에는 백설기 그릇과 꿀 종지가 노히엇섯다

『도독놈의 술이라구 의심내지 마시우 내가 먼저 맛보리다』

하고 주인이 너털우슴을 웃고 탁주를 한 사발 떠서 드리키고 육포쪽을 뜨드면서

『떡두 자네가 먼저 맛보구 도령을 권하게』

하고 그 마누라에게 말을 일럿다 유복이는 주인과 술사발을 주고 밧고하고 유복이 안해는 주인마누라의 권에 못 이겨서 떡을 입에 넛는중에 주인이 신세 타령을 내노핫다 오가는 본태 강음(江陰) 사람으로 서울 가서 노름ㅅ군으로 떠 돌다가 부평 계양산으로 불려 가서 화적 괴수의 사위가 되고 장인이 죽은 뒤에 안해와 딸을 다리고 고향으로 나려 와서 가진 재물로 전지

를 작만하고 농사짓고 살려든 것이 전지를 토호(土豪)에게 먹히고 분껌에 남은 재물을 거두어 가지고 이 산속에 들어와서 자리를 잡은지가 십년이 넘엇는데 나ㅅ살이 만하지니 자연 심산한 생각도 나려니와 슬하의 일점혈육인 딸자식이 죽은뒤에 상성한 마누라가 적악한 탓이라고 사설하는것이 듯기 실혀서 몃몃번 버리ㅅ길을 고치려고 까지 생각 하엿스나 입에 맛는 떡은 엇기가 어렵고 배운 도적질은 하기가 쉬워서 인해 길을 못고치고 지내는 터이엇다 주인의 신세 타령을 듯고 나서 유복이도 자긔의 신세를 이야기하는데 자긔가 유복자로 난것부터 부모의 원수 가픈것까지 소김 업시 이야기하엿더니 주인은 다만

『효자요 하늘이 아는 사람이요』

하고 칭찬할 뿐이고 주인 마누라는 고개를 살내살내 흔들면서

『유복자라면 이 도령이 누구요』

하고 물엇다 유복이가 대답을 못하고 한동안 우물거리다가 마침내

『실상은 내 안해인데 녀자 복색이 먼길가는데 비편해서 남복을 시켜서 동생이라구 햇소이다』

하고 토설하니 주인이 듯고 대번에

『남의 처자를 빼 가지구 도망하는구려』

하고 말하야 유복이는 고개 숙이고 안젓는 안해를 돌아 보며 덕적산 장군당 에서 내외 만난 일판을 죄다 이야기하엿다

유복이 내외가 닥 울녁에 아래ㅅ방으로 내려 왓다 안해가

『당신이 술 취하면 수다스럽구려 우리의 본색을 왜 토설한단 말이요』

하고 나물하니 유복이는

『낫 간지럽게 거짓말 할 수가 잇서야지』

하고 발명하엿다

『거짓말 하기 실커든 잠자코나 잇지요』

『잠자쿠 잇게 되지 못햇스니까 말을 햇지』

『아무래두 본 정신이 아니에요』

『술 멧사발에 설마 본정신을 일흘라구』

『그러면 남의 생각도 좀 해 주어야지요 내 꼴이 무엇이요 당신이 본색을 토설한 뒤에 나는 내처 얼골을 못들 엇소』

『잘못 되엇네 이 아프루 다시는 본색을 들어내지 아니함세』

남편이 납고하야 안해의 말ㅅ성이 끗난 뒤에 내외는 누어서 눈을 부치는체 만체 하엿다 이튼

날 석전에 유복이 내외가 길을 떠나려고 하다가 주인 내외가 다 진심으로 묵어 가라고 붓들어서못 떠나고 묵게 되엇다 아침 밥을 먹은 뒤에 유복이의 안해는 주인 마누라를 따라서 안ㅅ방으로 올라 가고 유복이는 아래ㅅ방에서 주인과 가치 한담하는데 이야기는 주인의 버리ㅅ길로부터 시작되엇다

『아무리 배운 재주라두 험한 버리라 의외의 고생이 만흐시겟소』

『고생 뿐이겟소 죽을 곡경을 당할 때가 만치 그러치만 우리 상ㅅ사람으로서 양반에게 먹히지 안쿠 아전에게 발리지 안는 버리가 달리 또 어듸잇소』

『버리는 여일이 어듸서 나오』

『담을 넘구 지붕에 올르는 것은 이왕 배운 재주니까 전에는 송도부중에 까지 들어 가서 집뒤짐을 다녓지만 지금은 나ㅅ살두 먹구 마누라가 하두 성화를 해서 집뒤짐은 고만 두구 장내기나 뜨내기를 가지구 지내 가우』

『장내기는 무어구 뜨내기는 무어요』

『장내기는 장ㅅ군을 차는 것이구 뜨내기는 예사 행인을 떠는 것이구 또 집뒤짐이란것은 남의 집에가서 재물을 뒤지는 것인데 주인 시켜 뒤저 내는 것이 원뒤짐이구 주인 몰래 뒤저 오는 것이 까막뒤짐이요』

변푸리 끄테 재조 자랑이 나오고 재조 자랑이 표창질 이야기를 자어내어서 유복이는 주인의 청으로 표창을 끄내서 구경까지 시키엇다 이때 안ㅅ방 에서는 주인 마누라가 유복이 안해를 다리고 이말 저말 뭇다가 맹산 갈것 업시 여기서 자긔들과 가치 살자고 달래기 시작하엿다

『단지 피신하기로 말하면 여기 잇는 것이 맹산가는 것보담 더 든든하고 맹산은 간다고 해야 별로 시원할 것이 업는 모양이니 여기서 우리와 가치 지냅시다 우리도 고적한 사람이니 가치 지내면 서로 다 조치 안쏘 여기서는 산상ㅅ골이 가까우니 부모도 수히 만나 볼 수 잇지 안쏘』

다른 말도 유리하려니와 부모를 수히 만나 볼수 잇단 말에 유복이의 안해는 마음이 솔깃 하야 젓다

『내가 수양딸 노릇이나 하고 지낼까요』

『그러면 작히 조켓소 내딸이 살엇스면 당신 년갑세요 말이 난길에 우리 아주 작정합시다』

『영감님께 말슴을 하서야지 나도 말을 해 보아야겟세요』

『아래ㅅ방에서들 올라 오대서 한 자리에서 이야기합시다』

주인 마누라가 소리를 자시 아래ㅅ방에서들 이야기를 끈치고 안ㅅ방으로 올라온뒤 주인 마누라가 둘이 지금 공론한 것을 말하고 의향들을 물으니 주인은 손벽을 치며

『그것 참 조흔 공론이 낫네』

하고 싱글벙글 조하하고 유복이는 한동안 말이 업시 안젓다가

『글세요』

하고 두동싸게 말하엿다 주인 내외가 번갈러 가며 쾌히 허락하라고 졸라서 나중에 유복이가

『수양딸 노릇할 당자가 조타면 고만이지요』

하고 말하야 수양딸 공론이 작정이 되엇다 주인 내외가 수양딸인 유복이 안해의 절을 밧고 나이를 따저 보니 그 마누라보다 두살 아래 마흔 여덜빈 주인 오가가 유복이에게 십사년 장이라 주인이

『우리 내외가 나이 장인 장모 노릇하기 넉넉하군』

하고 유복이를 보고 우섯다

유복이는 도적놈의 사위 명색 노릇 하기를 탐탁히 생각하지 아니하나 거름 못것는 안해를 다리고 맹산 갈것이 한 걱정이든 차에 먼길 아니가고 안돈하게 되어서 다행히 녀기는 맘도

업지 아니하엿다 유복이 안해는 곳 녀복을 갈어 입고 하루 이틀 지난 뒤부터 주인 마누라의 살님사리를 거드러 주고 유복이는 흔히 산양질하러 다니고 간간이 오가의 버리하는 것을 구경따러 다니고 틈틈이 쇠 끄틀 가지고 자작으로 쇠 표창도 만들고 또 그전 나무 표창이 던지든 것을 생각하고 왕대를 쪼개서 대ㅅ가지 표창을 여러 죽을 깍거 만들엇다 노인이 준 표창 스무 개는 보물로 여기는 까닭게 일어 버려도 조흘 마구쓸 것을 만든 것이엇다 밤 저녁 가튼 때 유복이 내외가 단둘이 아래ㅅ방에 들어 안즈면 안해가 하루 바삐 부모에게 통긔하야 달라고 남편을 졸랏다 유복이가 처음에는 차차 긔별하자고 미루다가 나종에 졸리다 못하야 오가를 보고 의논하니 오가 말이

『나두 펌처 노코 나다니기가 재미 업지마는 자네버덤은 외려 나흔 형편이니 내가 한번 산상ㅅ골을 갓다 옴세』

하고 유복이 처가에 소식 통할 것을 오가가 담당하엿다 몃칠 뒤에 오가가 이른 새벽에 떠나서 산상ㅅ골을 갓다가 그 날로 돌아 오는데 소식만 전하고 올뿐 아니라 최서방 내외를 다리고 왓섯다 최서방은 딸을 보고 눈자위만 붉것지만 최서방의 안해는 딸을 얼싸안고 방성통곡하야 여테 사람도 말리려니와 그 딸까지 비오듯하는 눈물을 억지로 거두고

『어머니 고만 두시요 고만 그치시고 인사들이나 하시요』

하고 말리엇다 최서방은 나이 갓마흔이고 그 안해는 남편보다 삼 년 우인 마흔 셋이라 유복이가 사위라도 나이 만허서 사위로 대접하기 빽빽하고 게다가 더욱이 초면이라 내외가 다 말이 서름서름한데 주인 내외는 그 동안 발서 정숙하야저서 여보게 저보게 하고 말하야 유복이에게는 가짜 장인 장모가 도리어 정말 장인 장모인 것 가텃다 최서방 내외가 그날 밤에 아래ㅅ방에서 딸 내외와 가치 자며 장군당에서 도망한 전후 곡절을 자세히 물은 뒤에 도망한 뒤 장군당 일을 들리어 주엇다 장군 마누라에게 시중 드는 무당이 장군 마누라 업서진 것을 급히 선생 무당에게 알리어서 먼저 무당들끼리 공론하고 다음에 각동 동임들에게 긔별하야 곳 장군당에서 적은 굿을 차리고 장군 마누라 업서진 사정을 장군에게 취품하게 되엇는데 장군의 신이 무당에게 나리어서 무당이 펄펄 뛰며

『고년이 맨망스러운 년이다 고년의 얼골이 맘에 들기에 다려 왓더니 고년이 조석 분향하기도 죽기보담 실혀하고 더욱이 내 말이 업시 남복을 지어 입엇더라 내가 노염이 나서 고년을 하인놈 내 주엇다 산상ㅅ골 최가는 딸의 죄로 벌역을 바듬직하지마는 아무라도 자식을 것나치 속 낫는 것이 아니니까 특별히 생각해서 용서하야 줄 터이다 내가 마누라 업시는 하루를 지나기가 어려우니 저기 안즌 마월동 임좌의 셋재 딸을 하루 바삐 재 마누라로 드며세워라 너의들 다 알엇느냐』

하고 공수를 주엇섯다 최서방의 안해는 그 때 자긔 귀로 들은 무당의 공수 주든 말을 흉내까지 내어 딸에게 들려 주고

『그래 우리는 네가 호환에 간 줄로만 알엇지 이 세상에 살어 잇는 줄은 꿈에도 생각 못햇섯다』

하고 다시 눈물을 흘리엇다 최서방 내외가 죽은 줄 알엇든 딸을 차저서 마음에 공생스러웟스나 그래도 혹시 뒤에 최장군의 벌역이 잇슬까 겁이 나서 내외가 다 가치 념려하는 것을 유복이가

『념려들 마시요 벌역이 잇스면 벌서 나렷지 이 때까지 잇겟소』

하고 말할 뿐 아니라 그 딸까지

『념려 마세요 장군도 사람 보아 가며 벌역을 나리시는가 보아요 그러치 안흐면 우리가 살어 잇겟세요』

하고 말하야 적이 안심들 하엿다 최서방 내외가 하루 묵고 떠날 때에 딸이 차차 보아 가며 집에도 다니러 갈수 잇겟느냐고 물으니 그 아버지 최서방이

『천만의 말이다 너의 내외 다 올생각 마라 장군의 벌역이 업더라두 동네 사람이 알면 큰일이다 우리가 너를 보구 시프면 남 몰래 슬그머니 와서 다녀 가마』

하고 말하엿다 이 까달게 유복이 내외가 청석골에 살면서 자십 리 남짓한 산상ㅅ골에는 끗끗내 발을 드려 노치 아니하엿다

곽오주 (一)

금교역말은 강음현(江陰縣) 땅이니 금교역말서 우봉현(牛峰縣) 흥의(興義) 역말로 가려면 반드시 탈미골을 지나 가고 탑거리로 나오면 청석골을 오게 된다 탈미골도 도적의 소굴이요 청석골도 도적의 소굴이라 말하자면 금교역말은 도적 소굴 두틈에 끼어 잇는 셈이엇다

금교역말 장날 장ㅅ군들이 탈미골이나 청석골을 지나 갈 사람이면 다다 일즉이들 나가는 까닭게 금교역말 장은 어느 때든지 중장만 지나면 달른 장터 파장머리와 가티 허터저 가는 장ㅅ군이 만헛다

금교역말 장날이다 발서 중장이 지나서 장ㅅ군이 만히 풀렷슬 때 우락부락하게 생긴 거무무트름한 총각 하나가 쌀 자루를 걸머지고 탑거리 편에서 장으로 들어 와서 바로 시게전을 차저왓다 말강구가 쌀을 보고

『이거 산따다기로군 액미가 너무 만흔걸』

하고 쌀을 타박하니 그 총각은 대번에 눈방울을 굴리며

『당신이 살 테요』

하고 말강구에게 대들엇다

『액미 만흔 것을 만타는데 무슨 잔소리야』

「어떤 놈이 잔소리하우」

「쌀 내러 오지 안쿠 시비하러 왓나」

「내가 미첫소 시비허러 다니게」

「그러커든 말씨나 좀 곱게하게」

「사내 말이 고아서 무어 하우」

이 때 마침 상목을 가지고 쌀을 바꾸어 가려고 온 사람이 잇서서 강구는 말시비를 끈치고 쌀ㅅ금을 노코 말질을 하는데 심사로 말질에 농간을 하고 나종에 한 되가 넉넉히 되는것을 되수리로 치고 차지하려고 하엿다 그 총각은 뿌르퉁하야 가지고

「고만 두우 쌀을 도루 가지구 갈테요」

하고 쌀을 자루에 쏟어 담어서 결머지고 돌아 섯다 그 총각이 시계전에서 얼마 아니 오다가 아는 장ㅅ군 하나를 만낫다

「총각 늣게 왓네그려」

「절믄 주인이 가치 오자구 식전부터 마추드니 해가 한나절이나 되어서 날더러 혼자 가라겟지 지금 온지 얼마 안되우」

「결머진 것이 쌀인가」

「내쌀 팔러 왓소」

「자네 쌀은 팔러 왓서」

「내 사경 바든 벼를 조금 찌어 봣소」

「그럼 어서 시계전에 가서 내구 가게」

「닷 말이 넘는 쌀을 강구 도독놈이 너 말루 되는구먼 그래 안팔구 도루 가지구 가우」

「청석골 지나 가는 장ㅅ군들은 발서 다 나갓슬걸」

「나올 때 벌서들 나갑듸다 당신 지금 집으루 나갈라우」

그 장ㅅ군이 불근 산자 힌 산자를 지푸래기로 동여서 한 손에 들엇는데 그 손을 내밀어서 흥각을 보이면서 말하엿다

「오늘이 우리 아버지 제ㅅ날이라 제사 흥정하러 들어 왓네」

「그럼 탑거리꺼지 동행햇소」

「우리게까지는 오밤중에 나가두 관게 업지만 청석골은 지나 가기가 좀 느젓서」

「청석골도 관게 업소」

「놋게 가다간 오가를 만나기 쉬우니까 말이지」

「나두 청석골울 만히 다녓지만 이때것 오가는 낫빠닥이두 구경 못햇소」

『탈미골 강가나 청석골 오가는 만나기만 하면 탈일세』

『내가 그 놈들 만나면 버릇을 가르처 놀 테요』

『여보게 힌소리 말게 봉변한 사람들이 모두 자네만 못해서 봉변한 줄 아나』

『제기 다 우습강스럽소』

『저러다가 자네가 언제든지 한번 큰코 다치네』

『그럴 때까지 사우』

탑거리까지 나와서 그 장ㅅ군이 자긔 집으로 들어 가며

『조심해 가게』

하고 당부하니 총각이

『오가 보거던 안부해 주리까』

하고 픽 웃고 곳 탑고개 편으로 나려 왓다

이 때는 기픈 가을이라 저녁때 바람이 제법 차건마는 아즉까지 겹것도 입지 안코 무명 홋고의 적삼을 입은 그 총각이 으스스한 모양도 업시 거름을 성큼성큼 떼 노하서 길에 깔린 낙엽을 버석버석 밟바 가며 탑고개를 올라 왓다 그 총각은 고개 마루턱에 서서 무엇을 찾는 것가티 한동안 이편 저편을 휘휘 둘라 보다가 등에 진 쌀자루를 한두번 추썩거리고 고개를 나려 가려고 하는데 왼손편 언덕 우에 사람 하나가 쑥 나섯다 손에 칼 들고 잇는 것을 보고 그 사람이 예사 사람이 아니고 도적인 것은 대번에 알 수 잇섯다

『네가 오가냐』

총각은 도적을 치어다보고

『걸머진 것이 무엇이냐』

도적은 총각을 나려다 보앗다

『내 말 먼저 대답해라 네가 오가지』

『그러타』

『내가 걸머진 것 쌀 닷말이다』

『닷 말이구 너말이구 거기 버서놔라』

『네가 이리 나려 오너라』

『내 선성까지 들어 아는 놈이 무슨 잔소리냐 얼른 버서 노쿠 가거라』

『못 버서 노켓다』

『이눔 봐라』

도적이 언덕 우에서 우루루 쪼처 나려 오며 칼등으로 총각의 골통을 나려 첫다 다른 사람 가

트면 고만 아프로 고끄라질 것인데 총각은 듸식은 하게도 여기지 안코 꿋꿋이 서 잇섯다 도적이 피 무든 칼을 다시 둘러 메라고 할때 총각이 와락 아프로 대들어서 바른손으로 칼쥐인 팔을 치겨 들엇다 도적이 놀리는 손으로 총각의 바른손을 잡어 뿌리치려고 하니 총각이 왼손으로 그 팔마저 붓들엇다 총각은 도적의 두팔을 잡어서 우으로 치켜 들고 머리로 그 가슴을 떠바더서 터진 머리에서 나온 피가 도적의 겹저고리 압섭을 칠갑하야 노핫다 도적이 두팔을 치어들린 채 한동안 뺑뺑이를 돌다가 나종에는 꼼짝 못하고 뒤로 밀리기 시작 하엿는데 뺑뺑이 도는 틈에 총각은 언덕편으로 서고 도적은 언덕 업는 편으로 서서 밀려 나가기 더욱 조핫다 한거름 밀리고 두거름 밀려서 길ㅅ가 낭떨어지기 가까이 밀려 나려왓다

『에라 이놈아 팔 노쿠 밀지 마라』

총각은 뜸배질하는 황소처럼 식식하기만 하고 말이 업섯다

『짤두 뺏지 안을 테니 어서 놔라 잘못하면 낭에서 떨어진다』

도적이 고개를 도리켜서 치어들린 팔 미트로 뒤를 돌아 볼때 밤서 낭떠러지기까지 다 밀려 나왓섯다

『떨어진다 이놈아 놔라』

도적은 아즉까지 말을 뻿뻿이 하고 뒤로 더 나가지 아니 하려고 용을 쓰다가 용이 소용 업스

니까 갑작이 고븐고븐하게
『여게 총각 고만 노케 내가 칼두 내던짐세』
하고 곳 칼 쥐인 손을 펴서 칼을 땅에 떨어트리엇다 총각이 더 내밀지 아니하고 머리를 들고 두 팔을 빼치고 서니 도적은 총각이 말을 듯는 줄로 지레 짐작하고
『내가 자네 골통을 한번 친대신에 자네가 내 팔을 치켜듣구 학춤을 추인 셈 아닌가 잔채질을 못해서 부족한가 늘근 사람을 대접한 셈 잡게그려 옴니암니 따질 것이 업시 피장파장해 버리세 지 고만 팔을 노케』
잠ㅅ간 동안 기다리다가 도적은 다시 말을 이어서
『자네가 힘 센줄을 잘 알엇네 힘센 사람이 잔뜩 쥐엇스니 나ㅅ살 먹은 사람의 팔이 아프지 안켓나 팔 뿐이 아닐세 억개까지 빼근해 못 견듸겟네 어서 팔을 노쿠 이야기하세』
하고 너스래를 놋는데 총각은 두눈만 끄먹끄먹하고 듯고 잇다가 잡은 팔을 놋는ㅅ결로 도적을 뒤로 벌컥 떠다밀엇다 도적은 입에서 나오는
『쳐색기』
소리 한 마듸를 뒤에 남기고 낭떨어지기 미테 나려 가 떨어젓다 그대로 곱게 떨어지면 어퍼지지 안코 자빠질 것이건만 떨어지는 동안에 곤두를 첫든지 죽은 개구리 가티 사지를 펴고

어퍼젓다 총각이 우에 서서 굽어 보다가 퉤하고 침을 한번 뱃고 돌아 서서 그제야 머리 허진 자리를 손바닥으로 부비엇다 그총각은 탑고개서 나려 와서 한참동안 큰길로 오다가 남쪽으로 뚤린 샛길로 들어 갓다

이 날 해 질때 오가의 집에서는 오가의 마누라가 영감이 늣게까지 아니 온다고 혼자 고시랑거리다가 수양딸 사위 유복이를 보고 사정하려고 안ㅅ방에서 아래ㅅ방으로 나려 왓다

『장내긴지 무어하러 가서는 이러케 느진 적이 전에 업섯는데 이 때까지 아니 오니 필연 무슨 연고가 잇는게야』

『글세 좀 늣구먼이요 그러치만 무슨 일이야 잇겟소』

『생화가 생화인것만치 조금만 느저도 집에 잇는 사람이 맘이 조여 살 수가 잇서야지 박서방 어렵지만 좀 가서 차저 보려나』

『그래 보지요 어듸루 가섯슬가요』

『오늘이 금교역말 장날이니까 탑고개 가서 목을 직혓겟지』

『탑고개까지 나가 보구 오리다』

유복이가 집에서 나서서 탑고개로 나오는데 거의 탑고개를 다 나와서 십리에 한거름 오리에 한 거름식 그나마 비쓸비쓸 걸어 오는 오가를 만낫다

「이거 웬 일이요」

「박서방인가 사람 죽겟네」

「어듸를 다첫소」

「말할 근력두 업서 날좀 붓들어 주게」

유복이가 처음에 오가를 부축하고 오는데 오가가 발을 잘 드듸지 못하고 몸을 유복이에게 실리어서 유복이까지 거름을 것기가 거북하야 나종에는

「이럴 것 업시 내게 업히시우」

하고 엄장 큰 오가를 둘처 업고 집으로 돌아 왓다 오가의 얼골 꼴이 사람 갓지 안코 귀신 가텃다 이마에는 큰 혹이 도치엇고 두 눈자위는 흉악하게 검푸르고 코는 으스러지다시피 깨어젓고 입살은 도야지 주두리 가티 되엇고 뺨과 턱은 갈리고 벗겨젓섯다 오가의 마누라가 놀란 마음이 갈어안즌 뒤에 물초 되고 게다가 피투성이 된 영감의 의복을 새로 갈어 입히고 영감을업고 오느라고 옷이 젓고 피 무든 유복이게까지 재옷을 한벌 주엇다 오가가 얼골에 밀타승을 루접하다시피 바르고 뜨뜻한 안방 아래ㅅ목에 들어누은 뒤부터 팔이 아프다 억개가 쑤신다 가슴이 결린다 또 발목이 시다 가진 소리를 다 하야 가며 문질러라 주물러라 하고 어린아이 보채 듯하야 그 마누라와 부리는 기집애는 말할것 업고 유복이 안해까지 밤중까지 잠을

자지 못하엿다

그 뒤 몃칠 동안 지나서 오가가 일어 안저 수저를 들게 된때 안ㅅ방 식구와 아래ㅅ방 식구가 한데 모이어 아침 밥을 먹는데 오가가 총각에게 당한 일을 자세히 이야기하고

『내가 죽을 곡경을 당한 일두 한두 번이 아니지만 이번 가치 얼뜨게 죽을뻔 하기는 생외 처음일세』

하고 수ㅅ가락을 내 흔들면서

『처음 떨어저서 긔절한채 깨어나지 못햇드면 이것하구 영작별인데 아직두 연분이 남어 잇서』

하고 너털거리다가 부은 입살이 아프든지 갑작이 손바닥으로 입을 눌럿다

『그 놈의 총각이 어듸 산답듸까』

하고 그 마누라가 영감을 바라보니 영감이 손바닥을 입에서 떼고

『내들 아나 탑고개를 지나서 금교장 보러 다닐제는 이 근방에 잇는 놈이겟지 그 쇠색기가 힘이 장사야 다시 만날가보아 지레 겁이 나네』

하고 마누라 말을 대답하고

『자네 내 원수 좀 가펴 줄라나』

하고 유복이를 바라보앗다 유복이는 희한한 차력약을 드제나 어더 먹고 대차군 소리를 들은 사람이라 힘센 사람을 만나서 힘겨름 해 보고 시픈 생각이 업지 아니한 까닭게

『그래 보까요』

하고 반허락하엿다

그뒤 한보름 넘어 지나서 오가의 상처 딱정이가 만히 떨어진 때부터 금교역말 장날은 오가와 유복이가 그 총각을 만나려고 탑고개 가서 목을 직혓는데 서너장채 허행하고 돌아 와서 유복이가 오가를 보고

『그 총각이 근방 사람이 아닌게요』

하고 더 가지 아니할 의향을 보이니 오가가

『여게 내말 듯게 우리 장인이 게양산 괴수루 유명짜하든 것은 자네두 들어 알지 그가 심심하면 우리더러 거미를 배워라 왕거미 떡거미가 너의 선생이다 맔슴하시더니 거미가 첫재 탐심이 만쿠 둘ㅅ재 줄을 잘 느리구 셋재 흉물스럽두룩 참을성 만흔 것이 우리네 배울 것이란말슴이라네 자네두 거미를 좀 배우게 요담 장날 또 가치 가세』

하고 우섯다

닷재가 언뜻 지나서 금교역말 장날이 또 왓다 오가와 유복이가 점심까지 싸 가지고 탑고개를

나와서 언덕우구석진 곳에 몸들을 숨기고 안저서 장으로 들어가는 장ㅅ군부터 내다 보고 잇섯다 육장 청석골 가튼 도적 나는 곳을 다녀 보아서 미립이 난 장ㅅ군들은 도적이 뒤에 오는 사람을 끄리어서 압서 가는 사람을 치지 못하고 또 압서 간 사람을 끄리어서 뒤에 오는사람을 치지 못하도록 작반하는 사람들이 각각 멀직멀직이 떨어저서 지나 가고 아주 그런 미립이 나지 못한 장ㅅ군들은 작반하는 대로 한데 몰리어서 공연히 떠들석하게 짓거리며 지나 갓다 오가와 유복이가 장ㅅ군의 수를 헤어서 스물이 넘고 그 중에 총각도 대여섯 지나 갓건마는 정작 기다리는 총각은 오지 아니하엿다 장ㅅ군 가는 것이 뜸하야젓슬때

『오늘두 또 헛거름이요』

하고 유복이가 오가를 돌아 보니

『글세』

하고 오가도 고개를 끄덕이엇다 유복이가 무슨 다른 말을 하려고 막 입을 벌리다가 멀리 장ㅅ군 하나가 올라 오는 것을 보고

『저기 오는 것두 총각이요』

하고 손으로 가르쳣다 그 장ㅅ군이 머리를 수건으로 동여서 머리공지 잇는 것도 보이지 안코 귀밋 머리 따은 것도 보이지 아니하나 정술이 우에 삐죽하게 일어선 것 업는 것이 총각이 분

명하엿다

『가만 잇게 허우대하며 거름거리가 그 쇠색기 가터 보이네』

하고 오가가 눈이 뚤어지게 바라보다가

『왓네 왓네』

하고 유복이를 돌아 보앗다 과연 거므무트름한 총각이 몸에 무명 겹바지 저고리를 입고 등에 무명 뎃필을 걸머지고 오는데 압뒤에는 장ㅅ군이 끈허젓다

『이 아페 오거든 먼저 나서서 말을 부치시요』

『장에 가는 놈이 돌아 오지 안흘 리 업스니 잇다 장보구 올 때 거더 치우면 어떨까』

『지금 마침 좃소 잇다 여러 장ㅅ군들과 가치 오면 도리어 성가시지 안쏘』

『그것두 그래』

그 총각이 언덕 아래까지 왓슬 때 오가가 먼저 나서서

『이놈의 쇠색기야』

하고 큰 소리를 질르니 총각이 우뚝 서서 몸을 반쯤 틀고 물끄럼이 언덕 우를 치어다보다가 코방구를 한번 뀌고 그대로 지나 가려고 하엿다

『무명ㅅ 짐을 게 벗어 놔라』

총각이 그제는 바로 서서 치어다보며

『이놈아 나려 오너라 이번에는 아주 목아지를 빼 놀 테다』

하고 눈알을 부라리엇다 이 때 유복이가 뒤에서 썩 나서며

『이놈아 되지 못하게 거센 체 마라』

하고 꾸지즈니 총각이

『저 놈은 또 웬놈이야』

하고 아래 넙잘을 삐죽이 빼 물다가

『너는 탈미골 강가냐』

하고 물엇다

『어째 하필 강가냐 강가가 무서우냐』

『오가녀석이 혼이 나구 너를 불러 왓지』

총각은 저의 마음 대로 유복이를 탈미골 강가로 잡고

『너의 두놈 한데서 잘 맛낫다 두놈 다 나려 와서 버릇을 배워라』

하고 소리를 치고

『강아지색기 깨갱깨갱하는 것을 구경 좀 하자』

하고 가장 재미 잇는 말을 한 것처럼 코방울을 벌름거리며 우섯다 유복이가 오가와 가치 총각의 말하는 꼴을 가만이 내려다 보고 잇다가 우스면서 말하엿다

『이놈아 내성은 박가다』

『강가가 아이냐』

총각이 강아지 소리 흉내 내든 홍이 빠저서 고개를 흔들며

『그래 네가 탈미골서 온 놈이 아니냐』

유복이에게 말을 뭇는데

『탈미골서 오기커녕 네 할미골서두 오지 안헛다』

오가가 유복이 대신 말대답하엿다 총각이 오가의 욕은 탄하지도 아니하고 유복이더러

『강아지 아니구 박아지라두 조타 박아지는 개울 물에 어퍼 노쿠 박장구 치지 걱정이냐』

말하고 다시 홍이 나서 우섯다 유복이가 오가를 돌아 보며

『여기서 구경만 하시요』

말하고 혼자 나려 오니 총각이

『두눔 다 한꺼번에 나려 와두 조타』

하고 흰목을 썻다

유복이가 언덕 우에서 나려 와서 총각과 마주 섯다.

『네가 떼밀기를 잘한다지 나두 떼밀겟느냐』

『너는 별 놈이냐 막이 도독눔이지』

『아무더러나 함부루 도독눔이라구 그래 이눔아』

『도독눔의 앙가품 해 주러 온눔두 도독눔이겟지』

『도독놈이건 말건 그건 고만 두구 한번 나하구 떼밀기 내기 하자』

『어떠케 하잔 말이여』

『요전에 두 팔를 치켜 들구 떼밀엇다지 그 시늉을 내 보잣구나 너하구 나하구 번갈러 가며 떼밀어서 만이 밀려 가는 사람이 지기루 하자』

『그래 내기는 뭐야』

유복이는 다르내재서 드적놈들이 무명을 빼앗으려고 할때 무명 가지고 내기하든 생각이 머리 속에 떠 올라서

『너는 무명을 날 주구』

말하고 총각이

『너는 무엇을 날 주구』

뭇는데

「나는 줄 것이 업스니 네 무명ㅅ짐을 장까지 저다 주마」

하고 말하니 총각이 머리를 흔들면서

「내가 등창이 낫드냐 너더러 저다 달라게 그건 실타 너두 저기 안젓는 오가처럼 골탕이나 먹어 주마」

「아무리나 네 맘대루 해」

「대가리루 떠 바더두 조흐냐」

「떼밀기만 하자」

「내가 먼저 떼밀 테다」

「자 떼밀어라」

유복이가 두 팔을 우로 치어들엇다 총각이 유복이를 우숩게 보고 한번만 힘써 떠다밀면 곳 뒤로 잣바지려니 생각하엿든 모양이라 등에 걸머진 무명도 나려 노치 안코 두 손으로 유복이의 팔을 잡으며 곳 왈칵 떠다밀고 얼른 손을 노핫다 그 자리에 그대로 서서 잇는 유복이를 바라보고는

「제법이다」

하고 총각이 그제야 무명ㅅ짐을 벗어서 길ㅅ가에 갓다 노코 대어들어서 유복이의 량편 견대팝을 붓잡고 머리를 숙이고 떼밀기 시작하엿다 떠미는 총각은 눈이 부릅떠지고 떠밀리는 유복이는 입이 악물리엇다 한동안 지난 뒤에도 처음과 다른 것이 업고 총각은 연해 씨근거리고 또 유복이는 간간이 안ㅅ가님을 쓸 뿐이엇다 다시 한동안 지난 뒤에 유복이가

『네까지 긔운으루 떼릴릴 내가 아닌 줄을 알엇지』

『제기 누구는 떼밀릴줄 아나 자 떼밀어 봐』

하고 총각이 유복이의 팔을 노코 물러서서 두팔을 우로 쭉 뻐치고 가슴을 딱 벌리엇다 유복이가 총각 하든 대로 견대팔을 쥐고 떠미는데 총각의 팔이 돌덩이 가텃다 총각이 동안빽쓰더니 그 니마에 진땀이 소삿다 총각의 몸이 뒤로 저치어지는 듯하며 발이 뜨기 시작하야 뒤로 멧거름 밀려 나갓슬 때 총각의 입에서 『애개개』 소리가 나왓다 그 소리가 우수워서 유복이가 머리를 들고 볼 즈음에 총각이 펄석 주저 안저서 유복이는 아프로 고끄리질뻔 하엿다

『이눔아 왜 주저안늬 너 젓지』

『지기는 왜 저』

『이눔 념체 봐라 앙탈두 못하두룩 떠다박질러 줄 테니 어서 일어서라』

『내가 똥이 마려우니 똥 좀 누구』

총각이 두 팔을 뒤로 잡고 얼골을 제처 들고 두눈을 찌긋째긋하며 유복이를 치어다보니 유복이는 빙그레 우스면서 말하엿다

『그럼 어서 가서 누구 오너라』

『가기는 어듸루 가 여기서 누지』

총각이 그 자리에 쭈구리고 안즈며 곳 바지를 까문졋다

『이놈아 사람 아페서 무슨 짓이냐』

『개 아페서나 누는 법인가 여기 개가 잇서야지』

『무명 노흔 저 길ㅅ가에 가서 못 누어』

『패니 낭떠러지기루 떠다밀게』

『그러케 겁이 나거든 언덕 미테 가서 누렴으나』

『저기 안진 오가가 나려 와서 덥치기 조흐라구』

『그 자식 의심은 되우 만헤』

총각이 공공 소리를 지르느라고 말ㅅ대구가 업섯다

『어 구리다』

하고 유복이가 뒤로 물러 나서니 총각은 예사로

『누는 사람두 잇슬라구』

하고 한자리 여프로 옴겨 안젓다

『쇠색기 쇠똥 누는 것 구경하구 잇지 말구 이리 올라 오게』

하고 오가가 소리 처서 유복이가 언덕 우로 가려고 할제 총각이

『나는 내기 고만 두구 갈 테다』

하고 낙엽을 집어 밋을 닥고 일어섯다

유복이가 돌처서며

『이놈아 어듸를 가 네 맘대루 가』

하고 총각의 아프로 나왓다

『우리 주인이 무명 주구 소를 바꿔 오랫서 장 늣기 전에 얼른 가야지』

『저 무명은 내게다 네가 못 가지구 간다』

『애개개』

『애개개가 네 단골 소리로구나』

『내일 내가 사경 바든 베 한 섬을 지구 와서 정말 내기하지』

「어떤 것은 거짓말 내기드냐」

「주인의 무명을 가지구 어떠케 정말 내기를 해 거짓말 내기나 하지」

「그럼 내기 못하겟다구 진작 말하지」

「내가 이길줄 알엇지 보기엔 그러치 안흔데 오가버덤 빡빡하구먼」

「네 성명이 무어냐」

「그건 알어 무어하게」

「그럼 네 주인은 누구냐」

「정첨지여」

「어듸 사는 정첨지냐」

「개래동 정첨지여」

「개래동 정첨지 집을 차저 가서 물어 보면 네 성명을 알겟구나」

「공연이 주인을 가르처 주엇네」

「주인의 것이든지 네 것이든지 그 무명은 못 가지구 가다」

「참말」

「그럼 너 가티 거짓말 할까」

『제기 막 주먹다짐으루 욱여 줄까부다』

『조치 어듸 한번 주먹다짐 해 보자』

『그럴 것 업시 우리 한번 씨름을 해 볼까』

『나는 씨름할줄 모른다』

『떼밀기는 내가 재미 업서 못하겟서 씨름 가트면 해 주지만』

『그럼 어듸 네소원대루 씨름을 한번 해보자』

유복이는 아이ㅅ적에 초군 아이들과 작란 씨름을 더러 해 보앗지만 정작 씨름판은 구경도 못한 사람이라 힘만 밋고 해 보자고 한것이다 유복이와 촛각이 고개길 편편한 곳을 골라와서 네굽 씨름을 하게 되엇는데 언덕 우에 잇든 오가도 아래로 나려 왓다 촛각이 오가를 바라보며

『씨름하는 동안에 무명 가지구 내뺄라구』

하고 무명을 가질러 가려고 하니

『념녀 마라』

하고 유복이는 촛각을 붓들고

『무명이 욕심나면 이 때까지 가만 잇서 그 자식이 정말 쇠색길세』

하고 오가는 길ㅅ가 한 여페 와서 안젓다 유복이와 총각이 마주 꾸브리고 안젓다가 일어서서 한편 손은 서로 허리 뒤를 잡고 또 한편 손은 각각 놀니면서 얼르는 중에 총각은 유복이의 몸이 저만큼 국지 못한 것을 넘보아서 대번에 안지기로 안고 넘기려고 하니 유복이도 그러케 만만이 넘어 박힐 사람이 아니라 총각을 찍어 눌러서 허리를 펴지 못하게 하엿다 안지기가 안된뒤에 총각은 처음에 덧가래를 감으려다가 유복이가 총각을 끌고 뒤로 물너서서 덧가래를 잘 감지 못하고 다시 속가래를 너흐려고 하다가 유복이가 총각을 떠밀고 아프로 나가서 속가래도 잘 너치 못하엿다 총각은 연해 칠 방법을 궁리하고 유복이는 오즉 막을 생각 박게 못하는데 총각이 유복이를 한참 얼르다가 유복이가 잠ㅅ간 마음을 놋는 틈에 눈ㅅ결에 몸을 여프로 돌리며 슬쩍 모둠가래를 싸서 유복이는 쿵 하고 넘어젓다 유복이가 미처 일어나기도 전에 오가가 나오면서

『나하구 한번 하자』

하고 곳 총각에게 대어드니 총각이

『늘근 놈이 씨름은 다 뭐야』

하고 코방구를 뀌다가 일어나는 유복이를 보고 말하엿다

『얼른 저리 가 이놈은 한번 단단이 메꼬질 테야』

유복이는 한 여페 비켜 서고 오가와 총각이 씨름을 시작하였다 오가는 샅씨름군으로 씨름판에 만히 나가 본 사람이라 총각이 대번에 박살을 뜨려고 덥비는것을 총각의 샅곡두를 지프려고 하고 총각이 다리거리를 하려는 것을 뒤쪽으로 팔거리를 하려고 하였다 총각이

『이놈은 씨름 좀 해 보왓군』

하고 얼르다가 얼른 허리를 펴고 일어서서 씨름 수단과 배의 힘 반반으로 반드림을 하야 오가를 잣바 트리엿다 오가가 일어 안저서

『너 총각마구리 새앙장사 노릇 만이 해 보왓구나』

하고 말하니 총각이 오가의 말은 대ㅅ구 아니하고

『인제는 무명 가지고 가겟다』

하고 무명 잇는 데로 우루루 갓다 오가가 유복이를 돌아 보며

『저놈 놔 보내지 말게』

하고 말하는데 유복이는

『내버려 둡시다』

하고 총각이 무명짐 지고 가는 것을 서서 보고 잇섯다

그 총각이 간 뒤에 오가가 우두머니 섯는 유복이를 보고

『이 사람아 그래 그 자식을 잇견 만나 가지구 그러케 싯겁게 보내단 말인가 내 분풀이 해 준다는 것이 헛말 된건 고사하구 자네까지 봉변한 셈 아닌가 자네가 힘으로 못 당할 것 가트면 표창으루 행실 낼수 잇지 안흔가 재주를 두엇다 무엇에 쓰나』

하고 걸게 사설하니 유복이가 발명 가티

『힘으로 당치 못할 듯하면 발서 표창을 끄냇지요』

하고 말하엿다

『그러기 말이지 그런 재주두 부릴 것까지 업는데 왜 그대루 놔보냇나』

오가가 말끄틀 잡아 가지고 다시 사설하니 유복이는 한동안 말이 업시 잠자코 잇다가

『그 총각이 밉지가 안쿠먼요』

하고 총각의 똥 무더기를 바라보며 재삼스럽게 우섯다

『인제 어떠케 할라나 들어 갈라나』

『글세 어떠케 하실라우』

『나는 이왕 나온 길이니 버리나 하구 갈라네』

유복이는 본래 오가의 분푸리보다 총각과 힘 겨룸해 볼 생각이 만햇든 터에 총각의 힘이 아무리 똥뜨다고 하야도 자긔보다 못한 것을 짐작하엿고 또 총각의 말하는 것과 짓하는 것이

밉지 안하서 총각을 그대로 곱게 보냇는데 오가에게 사설을 듯고 보니 자긔가 오가를 속이것도 가터 속으로 미안한 마음이 업지 아니하엿다 미안한 마음에 버리를 도아 줄 생각이 나서

『나두 가치 잇서 보지요』

하고 유복이가 말하니 오가는 조하하며

『그럼 언덕 우루 올라 가세』

하고 말하야 오가와 유복이가 먼저 은신하엿든 곳에 와서 부터 안젓다 총각이 온 뒤에는 장에 들어 가는 장ㅅ군도 인해 끈허지고 닭은 행인도 별로 업섯다 그럭저럭 해가 한낫이 지난 뒤에 오가와 유복이가 싸 가지고 온 찬밥으로 점심을 먹는 중에 고개ㅅ길에서 말 원앙소리가 들리엇다

『이크 조흔 뜨내기가 생기는가베』

오가가 수깔을 던지고 일어서니 유복이도 밥 그릇들을 치워 노코 일어섯다 어떤 양반 하나가 부담말을 타고 탑거리 쪽에서 오는데 아페 선 견마잡이는 수저집이 거테 달린 찬합과 병 하나를 한께 동여 걸머젓고 뒤에 말호는 하인 하나는 큼직한 궤 우에 요강망태를 매어 달어 걸머젓다

「이놈들 게 섯거라」

오가의 큰 소리가 언덕 우에서 나려 가니 견마잡이는 대번에 아이구머니하고 고삐 쥔채 주저안고 양반은 무엇아 무엇아 하고 하인의 이름을 불르면서 뒤를 돌아 보고 그 하인은 언덕우를 치어다보며 일변 양반에게 네네 대답하엿다

「이놈들 부담 나려 노코 짐들 버서 노코 가거라」

오가가 다시 고성을 질르며 멧 거름 아래로 나려 가니 그 하인이 견마잡이에게 가서 귀를 끄들러 이르켜 세우며

「이 사람 정신 차려 압서 뫼시구 가게 뒤는 다 내가 담당할께」

큰 소리로 말하고 등에 진 궤를 길여페 벗어 노코 광무니에서 자그만 쇠몽치를 끄내어 손에 들고 나서서

「이놈들 나려오너라」

하고 고함을 첫다 오가가 하인의 긔세에 긔운이 눌리든지 거름을 멈추고 유복이를 돌아 보니 유복이가 대ㅅ가지로 만든 표창 네댓개를 주머니에서 끄내 들고 내치기 시작하엿다 첫번에 하인의 몽치 든 손을 마치고 바로 뒤 미처 하인의 미간을 마치어서 하인은 몽치를 떨어트리며 곳 뒤로 벌렁 잣바지고 그 다음의 한 개는 걸어 가는 견마잡이 관자노리에 드러가 마치

서 견마잡이가 또 다시 주저 안젓다 오가가 유복이에게 손짓하야 가치 나려 와서 하인은 유복이게 맛기고 오가는 말 탄 양반게게로 갓다 오가가 우선 견마잡이 짐을 벗기고 나서 발ㅅ길로 내질러 고꾸라트리고 그 다음에 양반을 말께서 잡아 나리니 양반이 떨리어 나오는 목소리로

『물건은 다 드리겟스니 목숨만 살려 주시요』

하고 비는 것을 역시 발ㅅ길로 차서 고꾸라트린 뒤에 북두 끈을 끌르고 부담을 떼어 나렷다 오가가 유복이를 불러 가지고 다련과 부담 상자와 짐들을 가치 들어 날러서 언덕 우에 갓다 노코 나종에 다시 살펴 보는 중에 양반이 몸에 조흔 옷 입은 것을 보고 오가가 대들어 옷까지 벗기어서 알몸을 만들엇는데 유복이가 소매 달린 옷은 소용 업는 것이니 주어 두라고 권하야 웃옷 한가지로 그 알몸을 가리게 하엿다

『이눔들 인제 가거라』

오가의 호령 한번에 일행이 총도ㅅ길로 나려 가는데 웃옷으로 몸을 휩싼 양반이 맨 아페 서고 손바닥으로 미간을 부비는 하인이 양반 뒤를 따르고 견마잡이는 한 손으로 꽉잣노리를 눌르고 또 한 손으로 말 고삐를 쥐고 하인 뒤에 따라 가며 뒤를 돌아 보느라고 고개를 비틀어서 흡사 목비뚜리 병신 가텃다 오가와 유복이는 양반 입엇든 옷까지와 하인 가젓든 쇠몽

치와 말의 북두끈과 짐의 결방들을 모다 거두어 가지고 언덕 우로 올라왔다

『오늘은 버리가 조왓네』

『부담에 무엇이 들엇슬까요』

『궁굼하거든 끌러 보세그려』

오가와 유복이가 부담 상자의 농삼장을 가치 끌럿다 한 상자를 열고 보니 옷가지와 필육이 차곡차곡 담겨 잇고 또 한상자를 열고 보니 민어 광어 상어 전복 홍합 등속 마른 어물이 가득히 담겨 잇섯다 다련에는 누비니불이 들엇고 궤에는 육촌가 들엇섯다 병은 마개 빼고마터 보니 술인데 반병이 착실하고 찬합은 층층이 들어 보니 장산적 천리찬 북어무침 고초장북기가 아즉 만히 남아 잇섯다 수저는 광칠쇠요 요강은 마침 물건이엇다

『어느 골에 가서 어더 가지구 오는 것일세』

『어물 보면 해변 골인가보오』

『전북 한개 쓸어 먹세』

『전북은 단단하니 집에 가서 불려 먹구 홍합이나 먹읍시다』

『홍합 조치』

하고 오가가 껄껄 우스니

『왜 웃소』

하고 유복이가 물엇다

『자네 홍합 가지구 과거 보러 간 이야기 못 들엇나』

『못 들엇소 이야기 좀 하오』

『녯날 어느 시굴에 한 선비가 잇섯는데 그 선비가 안해를 못 이저서 과거를 못 보러 가니까 그 안해가 꾀를 내서 몸에서 한 가지를 떼어 줄께 가지구 갓다 도루 가지구 오라구 말하구 홍합 한개를 주엇더라네 그 선비가 그것을 바더 주머니에 너쿠 과거ㅅ길을 떠낫는데 서울오구 과거 보구 하는 동안 틈틈이 남 몰래 주머니에서 끄내 보구 싱글벙글 웃는 것을 다른 선비가 한번눈ㅅ결에 보구 수상이 여겨서 그 선비 자는 틈에 주머니 세간을 뒤지다가 홍합이 한개 나오니까 넝큼 먹어 버렷드라네 이튼날 방이 나서 그 선비는 급재가 되엇는데 재 급재가 주머니를 삿삿이 뒤지더니 급제는 햇서두 안해는 병신을 만드럿다구 낙심하더라네 이야기는 고만일세 그것좀 끄내노케 가치먹세』

하고 오가는 유복이와 가치 우섯다 오가와 유복이가 찬합 반찬으로 먹다 둔 밥을 마저 먹고 물 대신 병의 술을 조금식 따라 마시고 짐을 묵는데 부담 상자는 유복이가 지려고 돌을 포개서 한께 묵고 그 남아지 물건은 오가가 지려고 모다 모아서 한께 묵것다 짐들을 묵거노코 돌

아 오는 장ㅅ군을 내다 보는 중에 총각이 암소 한 마리를 압세우고 고개로 나려 왓다

「여게 총각 인제 가나」

유복이가 나서서 말을 부치니

「이 때꺼지 날 기다리구 잇섯서 소 가지구두 내기 못해」

총각이 걸어 가며 대답하엿다

「여게 자네 술 먹을줄 아나」

「사내자식이 술못 먹을까」

「그럼 한잔 먹으려나」

「주면 먹지」

총각은 쇠고삐를 쥐고 거름을 멈추고 유복이는 술병과 홍합을 손에 들고 나려 왓다 총각이 남은 술을 병으로 드리키고 홍합 서너 개를 한꺼번에 입에 너코 꺼귀꺼귀 먹엇다 유복이는 총각이 무식하게 먹는 것을 서서 보다가 홀쩨 오가의 이야기가 생각나서 혼자 우섯다

「왜 웃소」

「그까지 웃는 곡절은 말할 것 업구 인사나 하세 나는 박서방이란 사람일세」

「나는 곽도령이란 사람이요」

「이름은 무엇인가」

「당신의 이름은 무엇이요」

「내 이름은 유복읽세」

「내 이름은 오주요」

「고향이 어딘가」

「황해두 강령이요」

「나두 고향이강령읽세」

「거짓말 마우 말이 틀리우」

「나는 유복자루 타향에서 나서 자랏지만 우리 부모는 강령 사람이야」

이때 뒤에 오는 장ㅅ군이 보이엇다

「내일 점심때 이리 올라나」

「왜」

「한 고향 사람이 만나 이야기나 좀 하세그려」

「그럽시다」

「그럼 내일 점심때 만나세」

유복이는 총총히 총각을 작별하고 언덕 우으로 올라 갓다
이튿날 유복이가 곽오주를 만나서 가치 먹으려고 탁주 한병과 마른 어물 몃쪽을 가지고 탑고개를 나왓다 이때 해가 한낫이 못 되어서 오주는 아즉 오지 아니하엿는데 난데업는 금도군관(禁盜軍官)하나가 군사 칠팔명을 거느리고 고개ㅅ길에 나타낫다
『어제 양반자가 송도들어 가서 말한 것이구나 이런 일이 잇슬 줄은 생각 못하구 오주를 이리 만나자구 햇스니 지금 어떠케 하면 조흘까』
유복이는 생각하는 중에 압잡이 군사가 발서 언덕 아래까지 왓다 일이 다급하야 유복이가 곳 안젓든 자리에서 일어서니 언덕 우를 살펴 보든 군사가 이것을 보고
『너 웬 눔이냐 이리 나려 오너라』
하고 호령하엿다 유복이가 뒤도 돌아 보지 안코 산으로 도망하니 그 군사가
『도독눔 여기 잇다』
하고 외친 뒤에 언덕 우로 올라 와서 유복이의 뒤를 쪼찻다 그 군관이
『너의들은 이리 가서 뒤를 쪼차라』
『너의들은 저리 가서 아플 질러라』
하고손가락질하며 지휘하야 군사들이 이리저리 갈리어 뒤쫓고 압질럿다 유복이가 뒤에서 나

는 아우성에 쫓기어서 뛸수 잇는대로 뛰는데 술병이 주체구저서 내버릴까 하는 중에 아플 질른 군사 하나가

『이놈아 어딜 가』

하고 몽치를 둘르며 달려 들엇다 유복이는 딱 서서 그 군사가 대어들기를 기다리다가 그 군사의 면상을 노리고 술병을 내쳣다 술병이 깨어지며 군사는 탁주를 뒤어쓰고 뒤로 나가 잣바젓다 유복이가 군사의 나잣바지는 것을 보고 얼른 주머니에서 대ㅅ가지들을 끄내서 손에들엇다 이 동안에 뒤에 쫓는 아우성이 차차 가까이 들리는데 유복이는 멧거름을 아프로 나가다가 곳 돌처서서 뛰어온 길을 천천히 돌우 걸어왓다 뒤쫓든 군사들이 이것을 바라보고 서로 돌아 보며 수군거리다가 사오명 군사 중에 한 군사가 아프로 나서며

『이놈 항거할 생각 말구 곱게 줄 바더라』

하고 소리를 질럿다 유복이가 잠ㅅ간 발을 멈추고

『날 잡으려면 너의들 백명 이백명이 와두 소용 업다 애초 잡을 생각 말구 곱게들 가거라 만일 내 말을 듯지 아니하면 너의들을 낫낫이 병신 맨드러 보낼 테다』

하고 통통히 호령하고 여전히 아프로 걸어 나왓다

『이놈 큰 소리 마라』

『본보기를 내야 너의들이 내말을 미들께다 너의들 다 보아라 지금 소리 질르는 놈 바른편 눈을 멀려 줄테다』

유복이의 손에서 대ㅅ가지 하나가 날려 나가더니 그 대ㅅ가지가 우로 올라 가지도 안코 아래로 처지지도 안코 꼭 소리 질르든 군사의 바른편 눈에 들어 가 박히엿다

『아이구』

그 군사가 눈을 부등켜 쥐려다가 대ㅅ가지가 손에 가로 거치니 입을 악물고 대ㅅ가지를 뽑아 버렷다 다른 군사들이 이것을 보고는 당황한 긔색으로 서로 얼골을 바라보다가

『이놈들 모주리 병신이 되구야 갈테냐』

유복이 호령 한마듸에 모두 돌아서 뛰어 가는데 액구된 군사는 아픈 눈을 손으로 눌르며 여러군사 뒤에 뛰어 갓다

유복이가 아프로 걸어 오는 중에 뒤에서 발자욱 소리가 나는 것을 듯고 얼른 돌처 섯다 군사 이삼명이 살금살금 뒤를 발바 오다가 유복이가 돌아 서는 것을 보고 일시에 악 소리를질르며 뛰어 들어 왓다 유복이가 압서 들어 오는 군사 하나를 발ㅅ길로 차서 잣바트리고 그몽치를 빼앗어 들고 이놈 치고 저놈 치고 하엿다 이 통에 유복이도 머리를 몽치에 마저서 머리가 터지고 허리를 발ㅅ길에 차여서 허리가 아펏다 유복이가 머리를 만지고 허리를주물르고 주머니

속에서 쇠끄틀을 두어개 끄내서 댓가지들과 한께 손에 쥔 뒤 어제 은신하엿든 자리에 와서 아래를 나려다 보니 길 중간에 군관이 서고 그 아페 군사들이 늘어서서 무엇들을 한참 짓거리는 중이엇다

『이놈들 그저 안 갓구나 이 산우에 쓸어진놈들이 잇스니 너의들이 가서 끌구 가거라』

군관이 군사를 헤치고 아프로 나서서 칼을 빼어 들고 언덕 우로 올라 오려고 하니

『네놈은 칼을 밋구 올라 오느냐 칼을 쓰지 못할 테니 자 보아라』

유복이가 쇠표창 한개로 군관의 칼든 손을 마치어서 군관은 손에서 칼을 떨어트리고 발을멈추엇다

『너의들 인제는 내 재주를 알엇겟지 쇠긋 한개루 목숨 하나를 끈을 수 잇다 너의들을 구태어 죽이기까지 할것이 업기에 지금 내 재주만 보인 것이니 이 담에 너의가 혹시 날 만나드라두 아여 덤빌 생각 마라 그러면 나두 너의를 건드리지 안을 테다』

유복이는 재주를 자랑하고

『큰 소리 하는 네 아가리를 찌저 노을 날이 잇슬 테니 두구 봐라』

군관은 이를 갈엇다 그 군관이 쫏겨 나려 온 군사들을 세워 노코 도적놈 하나에게 여럿이 쪼겨 왓다고 개 꾸짓 듯하든 끄치라 도적을 눈 아페 보면서 잡지 못하고 가기는 우선 군사들

보기에도 끌이 사납고 도적이 재주를 가저서 서뿔리 잡으려다가는 도적의 말과 가티 목숨까지도 위태할 모양이라 잡으러 올라 가지는 못하고 면무료하느라고 손ㅅ등에서 뽑은 쇠끄틀 들고 군사을 돌아 보며

『별놈의 재주가 다 만타』

하고 쇠끗 박히엿든 손을 폇다 쥐엇다 하엿다 영리한 군사 하나가 군관 가까이 와서

『칼 쓰시기가 거북하시겟습니다』

나직이 말하고 나서 동무 군사들을 돌아 보며

『저 도독눔을 잡자면 조흔 수가 잇겟네 우리가 부중에 들어 가서 갑옷 입구 투구 쓰구 나오면 념려 업지 안켓나』

하고 말하엿다 군관이

『미친놈 미친소리 말구 저 칼이나 이리 집어 다우』

하고 말하야 그 군사가 언덕 우를 치어다보며 아프로 나와서 땅에 떠러진 칼을 군관에게 집어다 바치면서 넌짓이

『삼십륙계를 생각해 봅시요』

하고 달아나자고까지 말하는데 군관은 달다 쓰단 말이 업섯다 이 때 술병 맛고 잣바젓든 군

자와 몽치 맛고 쓸어젓든 군사들이 서로 붓들고 산에서 고개 미트로 나려 왓다 군사 하나가 이것을 바라보고

『저것들 저기 나려 오네』

하고 말하니 군관이

『저런 병신의 자식들 그 자식들의 끌악선이가 어떤가 우리 가서 보자』

하고 고개 미를 향하고 서다가 다시 몸을 도리켜서 언덕 우에 섯는 유복이를 치어다보며

『네눔의 목숨이 얼마나 오래 가나 어듸 두고 보자』

악증푸리하듯 말하고 곳 군사들을 다리고 고개 미트로 나려 갓다 유복이가 그제야 안저서 두 다리를 뻣고 머리를 지치어 들고 해를 치어다보니 발서 한낫이 훨신 기울엇다

『오주가 올때가 지낫는데 혹시 오다가 군사들 섯는 것을 멀리서 바라보구 의심이 나서 도루 갓나 허허 실수루 조금만 더 기다려 볼까』

유복이는 혼자 말하고 조금조금 기다리는 중에 곽오주가 터덜거리고 고개 우로 올라왓다

『자네 인제 오나』

유복이가 언덕 우에 일어서니

『많이 기달렷소』

오주가 언덕 아래서 치어다보앗다

『어서 이리 올라 오게』

유복이는 오주가 올라 오기를 기다려서 가치 느런이 안젓다

『자네 오다가 포두군사들을 만낫나』

『군산지 깨묵인지 복색 다른 것들이 만이 갑듸다 그눔들 어떤 놈한테 가서 경을 흠씬 치구 가는거야 그러키에 골통이 터진 눔두 잇구 얼굴 빠닥이 깨진 눔두 잇구 한짝눈이 깨뭉어진 눔까지잇지』

『그눔들이 자네 보구 실랭이 안튼가』

『어듸 사느냐구 뭇구 어듸 가느냐구 뭇습듸다』

『그래 어듸 간다구 대답햇나』

『뭇는 것이 수상하기에 금교 뒤ㅅ장 보러 간다구 햇소』

『자네두 거짓말 할줄 아네그려』

『나를 거짓말두 못하는 밥 병신으루 알엇소』

『자네 가튼 사람은 거짓말 아니하려니 생각햇네』

『거짓말 할줄 아는 사람이 어듸 따루 잇소』

『그래 뒤ㅅ장 보러 간다니까 달은 말 업시 놔 보내든가』

『대ㅅ가지 가진 도독놈이 잇다구 가지 말랍듸다 나는 도독눔이 무섭지 안타구 그대루 와 버렷소』

『그눔들 말하는 도독눔이 날세』

하고 유복이가 군사들과 싸오든 것을 일장 다 이야기하니 오주가 듯고 나서

『그런 줄 몰랏더니 흉악한 대적놈이구려』

하고 껄껄 우섯다

유복이가 오주의 말을 듯고 역시 우스면서

『좀도독도 채 되기 전에 벌서 흉악한 대적이 된 모양일세 내가 오늘날 이러케 된 일생 경력을 이야기할께 들어 보려나』

하고 오주의 말을 기다리니

『사내 자식이 도독질 한다면 대적눔이 되지 좀도독눔이 되어서 쓰겟소』

오주가 먼저 도독에 대한 소견부터 말하고 그다음에

『왜 도독눔이 되엇나 이야기 좀 하우 들읍시다』

유복이의 이야기를 들으려고 하엿다

「자초지종 이야기를 하자면 이야기가 길에」

「듯다가 듯기 실흐면 고만두라구 말하리다」

유복이가 오주의 솔직한 말을 듯고 한번 우슨 뒤에 자긔 아버지가 남의 모함에 죽은 일부터 이야기하기 시작하야 자긔가 서울 행랑에서 나서 자라든 일과 맹산드메서 병으로 고생하든 일과 강령 큰골서 원수 갑든 일을 모두 이야기하고 또 덕물산 장군당에서 장군 마누라를가로 차지하고 맹산으로 가는 길에 우연히 오가의 집에 들어 가서 가치 잇게 된 곡절까지 소짐 업시 다 이야기하엿다 유복이의 이야기를 듯는 동안에 오주는 줄곳 유복이의 입을 바라보고 잇섯는데 부모의 원수를 못갑고 안질뱅이로 고생하는 토막에는 달기똥 가튼 눈물을 떨어트리고 원수의 목을 잘너 가지고 부모 무덤에 오는 토막에는 곤대짓을 하며 싱글거리고 또 귀신의 마누라를 가로 채는 토막에는 너털우슴을 내 노핫다

「군사 년석들 때문에 막걸리 한 사발을 못 먹게 되어서 분하구려」

「배가 고픈가 안주루 가지구 온 것은 여기 잇스니 먹으려나」

유복이가 품에서 어물쪽을 내 노흐니

「속 시원한 이야기를 들은 끄테 술 한사발을 드리키엇스면 조켓단 말이요」

오주는 그 어물쪽을 도라다도 보지 아니하엿다

「인제 자네 이야기 좀 듯세」

「나는 이야기할 것업소 그럭저럭 나이만 스물네살 먹엇소」

「자네 나이 한 삼십 된줄 알엇더니 겨우 스물넷 밧게 안 되엇서」

「박서방은 멧 살 먹엇소」

「설흔 넷일세」

「설흔 넷이면 내게 십년맛 아니요」

「그러치」

「우리 둘째 형하구 한 나이구려」

이말 저말 뭇는 중에 유복이는 오주의 신세 이야기를 대강 듯게 되엿다

오주는 강령 향나무ㅅ골 농민의 아들인데 오형제중 망내 아들로 부모의 귀염을 바더서 어렷슬 때는 별로 고생을 몰랏고 여섯살에 어머니를 여이고 아홉살에 아버지를 마저 여인뒤로 맛형수에게 눈치ㅅ밥을 어더 먹게 되어 고생 맛을 알기 시작하엿섯다 맛형수가 위인이 조치 못하야 업는말 잇는말을 맛형에게 짓거리면 안해 말을 잘듯는 맛형이 오주를 못 살게굴엇섯다 오주는 맛형도 밉거니와 맛형수가 더욱 패씸하야 버릇을 가르치고 시픈 생각이 잇는 터에 어느날 형수가 부엌에서 불을 때면서 나무 아니해 온다고 잔소리하는 것을 오주가

뺌을 치고 머릿채를 끄둘르고 그날 저녁때 맛형 내외에게 죽도록 어더 맛고 따루 살림 나서 사는 둘재 형에게로 갓더니 간지 멧칠 못되어서 발서 둘째 형수도 눈치가 조치 못하야 그래서 아버지 죽든 이듬해 부터 남의 집살이 하는 것이 오늘날까지인데 열다섯살에 해주로 나와서 한 집에서 한 삼년 살고 그 뒤에 연안으로 나와서 이집 저집 올머 다니며 대여섯해 살고 연안 잇슬때 자라울 사람 하나를 친하야 그 연분으로 자라울에 들어 와서 일년 지내고 개래동 정첨지 집에 와서 머슴 살이 한지는 일년이 채 못되엇섯다 오주의 맛형 일주는 향나무ㅅ골 눌러 안저서 농사 짓고 둘째형 이주는 등산곳으로 이사 가서 어부 노릇 하고 셋재형 삼주와 넷재형 사주는 다 장가도 들지 못하고 죽엇섯다 맛형 둘재형이 살어 잇지만 서로 연신을 끈코 지내는 까달게 지금 오주에게는 형제가 업는이나 진배 업는 터이엇다

유복이와 오주가 서로 사귄 뒤에 유복이가 오주를 사랑할 뿐 아니라 오주도 유복이를 조하하야 한 장도막에 한두번식 자리를 마추고 만나게 되엇다 처음 만난 뒤로부터 두어장 지난때다 유복이가 오주를 만나서

「나는 아우 업는 사람이구 자네는 형들이 잇지만 실상 업느니나 다름 업다니 우리 둘이 의형제를 모으구 지내 보려나」

하고 오주의 의향을 물으니 오주는 대번에 일어서서

「형님 절바드시우」

하고 너푼 절을 하엿다

「우리가 인제부터는 각성바지 형제다」

「각성바지 할것 업소 내성을 박가루 고치든지 형님 성을 곽가로 고치든지 맘대루 고치구서 참말 형제루 합시다그려」

「성이야 고칠수 잇나 지내기만 우애 잇는 참말 형제 가티 지내지」

「아무러나 형님 말대루 합시다 그러치만 그까지 성은 아주 떼 버려두 아깝지 안흔데 다른 성으루 고치지 못할것 무어 잇소」

「성이 뗀다구 떨어지구 고친다고 고처지나 또 우리 부모가 각각 다른 바에 한성을 가진다구 피차간 피가 가타지나」

「피가 다른거야 누가 모른다우 성이나 가티 하잔 말이지」

「피가 달러서 성이 다른 것을 억지루 어떠케 하나」

「성이 피에 부튼 것이요」

「부튼 셈이지」

「그럼 우리가 아버지 어머니 피를 다 바덧스니까 성을 둘식 가저야 하지 안소 하필 아버지 성만 가질것 무어 잇소」

「아버지 성 갖는 것은 녯날부터 나려 오는 법이야」

「도독질은 하라는 법 어듸 잇소 하라는 법이 업서두 하면 되는 것 아니요 잇다 이러쿠저러쿠 그까지 성은 박가 곽가루 내버려 둡시다」

유복이와 오주는 형제의를 매진뒤 오주가 새로 생긴 형수인 유복이의 안해를 가치 가서 상면하겟다고 말하야 유복이는 오주를 다리고 산 속에 잇는 오가 집으로 들어 오게 되엇다 유복이가 오주를 대문 박게 세우고 먼저 집에 들어 와서 오가 내외와 자긔 안해를 보고 오주 다리고 온 사연을 말하니 오가는

「자네가 처음부터 그 총각을 사랑하더니 그예 아우를 만드럿내그려 이왕 다리구까지 왓스니 불너 드리게」

하고 선선히 말하나 오가의 마누라는 자긔 남편을 골탕 먹인 것이 종시 마음에 매처서

「쇠색기 갖다는 위인을 맛나러 다니는 것도 부지러운 일인데 형제의를 매진 것은 생각 들한짓일세」

미타하게 말하고 유복이 안해는 자긔가 도망군이라 외인을 맛나는 것이 마음에 조치 아니하

야

「요전에 내 말햇다는 것도 시원치 못한 일인데 가치 오잔다고 쭈루루 끌고 온단 말이요 다음날로 미루고 집에 와서 공론한 뒤에 다리고 오든지 마든지 하지」

사리로 나물하엿다 오가가

「그 총각이 하두 우악스럽구 무식스러워서 내가 쇠색기라구 별명까지 지엇지만 위인이 취할점이 만허 우리 사위가 일을 어듸 지망지망히 하는 사람인가 어련히 생각하구 혓제의를 매젓슬까」

하고 그 마누라를 눌르고

「네 말은 유리한 말이다 그러치만 활발한 사내 생각과 좀스러운 녀자 생각이 어듸 가튼가 녀자들은 사내 하는 일을 소홀한것 처럼 말하지만 녀자가티 좀스럽다구 조밀한 것이 아녀야 녀자들은 소견이 빽빽해서 일을 분간할 줄 모르거든 우선 녀자들이 장기루 생각하는 조밀한것 하나만 가지구 말하드라두 조밀한 것이 일하기 전에 소용 잇지 일한 뒤에는 소용업는 것인데 녀자들은 흔히 성복후 약방문으루 잔소리를 퍼부어서 사내를 골치만 뗑하게 만들지 그려 네가 지금 문박게 온 사람을 두구 공론한 뒤에 다리구 오지 아넛다구 사살하니 그것두 역시 쓸데 업는 잔소리 아니냐 너는 녀자루 소견이 제법이건만 종시 녀자라 할 수

엽구나』

하고 그 수양딸의 말문을 막앗다 오가가 이와 가치 만판 너스레로 유복이를 거드는 중ㅣ 서문 박게서

『형님 나 들어 갈나우』

하고 무뚝뚝한 말소리가 들리며 곳 오주가 안마당으로 들어 왓다 유복이가 마루 아페 서 잇다가 들어 오는 오주에게로 마주 나가서

「저기 잇는 내 방으루 가자」

하고 아래ㅅ방으로 다리고 왓다 오가가 먼저 안ㅅ방에서 나려 와서

「뜻박게 손님일세 잘 왓네」

인사하고 방안에 들어 안즌 뒤에 유복이가 안해를 나려 오라고 불르는데 오가의 마누라가 총각을 가까이 구경하려고 수양딸과 가치 나려 왓다 유복이의 안해가 방안에 들어 서니 오주가

「아주머니 보입시다」

하고 절하고 인사하고 그트로 방문 박게 섯는 오가의 마누라를 유복이가

「들어 오시지요」

말하야 방안으로 들어 온뒤 오주더러 인사하라는 눈치로

「저 어른이 우리 장모다」

하고 가르처 주엇건만 오주는 한번 머리를 끄덕어리고 씁씁하니 안저 잇섯다 오가의 마누라는 계면적어서 얼골이 불거지고 유복이의 안해는 미안스러워서 역시 얼골이 불거지는데 오주는 대연스러웟다 오가가 네 사람의 눈치를 보다가 한번 허허 웃고

「여게 총각」

하고 오주를 불럿다

「왜 그러우」

「내가 자네에게 골탕을 먹은 뒤에 자네를 쇠색기라구 별명 지엇네」

「낭에서 떨어질때 쇠색기라구 하는 소리 나두 들엇소」

「지금 인사할줄 모르는 것만 보더라두 자네가 그 별명을 들어 싸지」

「무슨 인사를 할줄 모른단 말이요」

「딸에게는 절하구 어머니에게는 절 안는 것이 인사할줄 모르는 것 아닌가 수양어머니두 어머니는 어머니거든」

「딸은 내게 아주머니니까 절하지만 어머니야 내게 무엇 되우 절하게」

「형수의 어머니가 사돈 어른 아니겟나 사돈 어른 보구 어째 절을 아니하나」

「절을 해야 하우」
「해야 하구말구」
「그럼 사돈 어른 절바드시우」
하고 오주가 일어나서 오가의 마누라에게 절하고 다시 안즈려고 할 때 오가가 점잔을 때면서
「사돈 어른으루 말하면 밧사돈 어른이 더 소중한 법이야 느젓지만 내게까지 절하구 안께」
말하고 우스니 오주는
「나를 뼈여서 절 바들라구」
하고 유복이의 눈치를 보앗다
「이왕 하는 길이니 한번 더하렴으나」
「형님두 나를 절 시키구 우슬라구 그러지」
오가가 유복이 대신
「아우를 우슬리가 잇나 해야 하는 것이지」
하고 말하니 오주는
「해야 하더라두 이담버텀 하구 이번은 고만 둡시다」

하고 펄석 주저안젓다

「그리하게 이번은 고만 두게 그려치만 단단이 잇지 말게 절 한번 마텃느니」

「절을 마터 두면 이담 할때 한꺼번에 두번 하란 말이요」

「그러치」

「성가시어 안 맛겟소 자 바더 가우」

하고 오주가 또 다시 일어나서 오가에게 절을 하니 방안 사람이 모두 웃고 오주는 염적어서

「제기」

하고 자리에 주저 물러안젓다 오가가

「우리 사위는 아우 어든 턱이 잇구 우리 딸은 시동생 어든 턱이 잇구 또 우리는 사돈 총각에게 억지 절 바든 턱이 잇스니 술 한상 잘차려 내게」

하고 마누라를 돌아 보니 그 마누라가 우스면서

「술상을 잘 차려 낼께 이 다음에는 사돈 어른을 낭떠러지기에 떠다박질르지나 마오」

오주 보고 말하고 수양딸과 가치 안ㅅ방으로 올라 갓다

아래ㅅ방에 세 사람이 남어 안저서 이런 이야기 저런 이야기하며 한동안 지난 뒤에 유복이의 안해가 나려 와서 술상이 다 되엿다고 나려 올까 물으니 오가가

「술을 만이 먹을 터인데 이루 날러 오기 귀찬으니 우리들이 안ㅅ방으루 올라 가세」

하고 유복이를 돌아 보앗다 유복이는

「아무리나 합시다」

오가더러 말하고 오주는

「형님 방에서 먹읍시다」

유복이더러 말하는데 오가가 오주더러

「사돈 어른들 기신 방이 널브니 그리루 올라 가세」

말하고 곳 뒤를 니어

「절에 간 색씨는 중 하자는 대루 하는 것이야」

말하며 우섯다

오가의 집 안ㅅ방에 술판이 벌어젓다 오가와 유복이도 술을 잘 먹지만 오주는 사발이 도라오기무섭게 한숨에 죽죽 드리키엇다 처음 한동의 술이 다 곳나고 새 동의가 들어 왓슬때 오주가 한 사발을 떠서 오가 마누라에게로 불쑥 내밀면서

「사돈 어른 한 사발 잡수시우」

하고 별미적게 권하니 오가의 마누라는 웃고 바더서 지우고 마시고 또 오주가 새로 한 사발

울며서 들고

『아주머니두 좀 잡수시우』

하고 유복이 안해에게 내어미니

『나는 술 먹을줄 몰라요』

하고 유복이의 안해는 사밤을 밧지 아니하엿다 오주가 아프로 나 안저서

『재루 생긴 시동생이 드리니 바드시우』

하고 사발을 턱밋까지 드려 밀어서 유복이의 안해는 여프로 비켜 안즈며

『먹을 줄 모르는 걸 어떠케 먹어요』

하고 눈ㅅ살을 찌푸리다가

『너무 사양 말구 장모처럼 지우구 먹게그려』

하고 유복이가 말을 일른 뒤에 오주의 주는 사발을 바더서

『당신이나 내 대신 잡수시우』

하고 유복이를 주엇다 안해의술 대신 먹는 유복이를 오주가 바라보며

『아주머니가 기생 갓소』

하고 어둔 밤의 홍두깨 가튼 말을 내 노하서 다른 사람은 고사하고 유복이까지 대답할 말을

몰라서 잠자코 잇스나 오주가 다시

『내가 기생구경 못한 줄 아우 전에 해주 잇슬때 감사가 영해루에서 잔치할때 기생들이 영해루두 가는 것을 길ㅅ가에서 가까이 본일이 잇소 아주머니 얼골이 그 때 보든 기생들버덤 더고웁소』

하고 전에 본 기생과 비교하야 의형수의 자색을 칭찬하엿다 다른 사람들은 그저 우슬 따름이요 유복이의 안해는 술 한사발 먹은 이나 진배 업시 얼골이 불거젓다

『여보 형님 이번 최장군 마누라는 내가 가서 빼서 올까』

오주의 하는 말이 점점 더 듯기 괴란하야 유복이의 안해가 자리에서 일어나려고 몸을 움직일때 오가가 일부러 지어 하는 말 갓지 안케 얼업시 술상에 노힌 말은 어물쪽을 가르치며

『나는 이가 아퍼 이대루 못 먹겟스니 따루 멧쪽만 머루마치루 팡팡 뚜들겨서 갓다 다우』

하고 말하야

『네』

대답하고 박그로 나갓다 오가가 술ㅅ상에서 홍합을 집어서 오주를 주며

『총각 홍합 조하하나』

하고 의미 잇게 웃어서 오주가

『왜 웃소』

하고 웃는 까닭을 물으니 오가는 우슴을 거두고 시침 떼고 안저서

『총각 장가 들고 시픈가 장가는 마구 들것 아닐세 하루화근은 식전취한 술이요 일년화근은 발에 끼는 갓신이오 일생 화근은 성품 고약한 안해란 말이 잇지 안흔가 장군당에갈 공론 고만 두구 술이나 먹세』

하고 술ㅅ사발을 돌리엇다 어느듯 한 동의가 다 들나서 또 새동의를 가저 오게 되엇슬때 오가의 마누라가 오주를 바라보며

『총각 가튼 손님이 날마다 오면 하루 술한독식 들나겟네』

하고 면박 주듯 말하는데 오주는

『난생 처음으루 오늘 술을 잘먹소』

하고 치사하 듯 대답하엿다

나종 들어 온 한 동의는 오가와 유복이가 번갈너 가며 오주와 대작하야 오주는 오가와 유복이보다 멧 사발을 더먹고 해질 물에 도라 가려고 일어섯다 유복이가 오주를 큰길까지 다려다 주려고 오주와 가치 나오면서 길업는 산속에 목표들을 모두 가르처 주고

『틈이 잇거든 자주 놀러 오너라』

하고 일르니

「형님이 보구 시퍼두 오구 술이 먹구 시퍼두 올테이니 렴려 마우」

하고 오주는 대답하엿다

곽 오 주 (二)

금교역이 아프로 나가고 그 뒤에 청석진(靑石鎭)이 생기고 청석진에 첨사(僉使)가 잇다가 업서지고 그 자리에 대흥산성(大興山城) 중군(中軍)이 나와 안젓든 것은 모두 후세 일이 지만 탈미ㅅ골에 금도군영(禁盜軍營)이 설치되엇든 것은 오가가 청석골 자리를 잡기 전 일이다 탈미ㅅ골에는 일시 도적이 둔치고 잇서서 행인이 통이 내왕하지 못한 까닭게 군영이 설치되고 금도군관들이 군사들을 거느리고 나와 잇게 된 것이엇다 탈미ㅅ골 강가는 절믄 사람이라 도적질 나선 것이 오가보다 뒤진 까닭게 청석골 가튼 거침새 업는 조흔 자리를 오가에게 먼저 빼앗기엇슬 뿐아니라 강가의 아비가 탈미ㅅ골에 둔치고 잇든 적당한사람으로 적당이 허터질 때 갈려울로 들어 와서 과무처 사는 중에 나은 아들이라 그 늘근 아비의 지난 자최에 마음이 끌리어서 탈미ㅅ골에서 도적질하게 되엇섯다 강가가 사람이 표독하고 민첩하야 도적으로 나선지 불과 수년에 십년 구덕다리 청석골 오가와 이름이 아울러 노팟스나 군영이 탈미레 잇서서 일에 방해가 적지 아니한 까달게 살상 버리속은 오가를 탈흐지 못하엿다 송도 군관이 대ㅅ가지 도적에게 봉변한데 불집이 나서 송도 군관들은 오가를 잡으려고하고 탈미골군관들은 강가를 잡으려고 하는데 정작 불난 자리 청석골에는 송도 군관들이 나오는 번수는 자지나 전정으로 휘돌아 다니다가 들어 갈 뿐이지만 불똥이 뛰어 온 탈미ㅅ골에는 군관들의 긔찰이 전보담 버쩍 심하야 강가의 여간 버리는 내통하야 주는 군사입씻기기에 다 들어 갓다 어느 날 강가가 버리하려고 큰고개 근처에 나가서 돌아 다니다가 군사들이 개 싸다니듯하야 군사들의 눈을 피하느라고 정작 버리는 하지도 못하고 다 저녁때 빈손으로 갈려울 집에 돌아 와서 그 늘근 아비를 보고 자리 옴길 것을 의논하니 그 아비 말이 조선 공사 사흘이라구 멧칠만 지나면 긔찰이 누어질 터이니 기다려 보는 것이 조타고 말하엿다 멧칠 지난뒤 그 아비의 말이 뒤쪽으로 마젓다 해주 감영에서 수단 잇는 군관이 감사의 분부를 물어가지고 재로 왓는데 감사의 분부가 서슬이 푸르럿다 강가란 도적을 그예 잡어서 감영으로 올려되 만일 잡지 못하면 전부터 잇는 군관이나 재로온 군관이나 일체로 중책을 면치 못한다는 것이엿다 군관들이 머리를 모으고 공론들 하는 말이 재어 나와서 강가의 귀에 들어 왓다 강가가 박게 나와서 소문을 듯고 집에 돌아 오니

「군영 동정이 어떠트냐 차차 누어지는 모양이더냐」

하고 그 아비가 물엇다

『눅어지는게 다 무어요 잘못하면 우리 집은 고사하고 우리 동네가 쑥밧이 될 모양이요』

『어째서』

『해주 감영에서 새루 군관이 왓는데 그 예 날 잡어야지 잡지 못하면 큰 탈을 당한다구 그전 잇든 군관과 쑥덕공론하더라우 아무래두 얼른 자리를 옴기는것이 우물고누 첫수일가보우』

『그러면 집안 식구까지 다 옴겨야 할모양이니 갑작이 어듸루 가나』

『탐 나는 자리가 가까이 한 군데 잇는데 먼저 차지하구 잇는 놈을 집어 치워야 해요』

『청석골 말이냐 청석골 오가의 집이 두석산 속에 잇다지만 누가 길을 알어야지』

『두석산 동편날가지 속이랍듸다 년전에 매부가 산양 갓다 들어가 보구 와서 이야기 아니합듸까』

『그랫든가 내가 정신이 사나우니까 들엇서두 이젓지 이애 그 사람을 집어 치울 생각 말구 가치 잇자구 그 사람하구 의논해 보면 어떠켓늬』

『면분두 업시 지내든 터에 가치 잇자고 의논하면 되겟소 그러구 내가 가서 그 늙은 것의 수하 노릇을 한단 말이요 집어 치우는 것이 제일이지』

『집어 치우기가 어듸 용이한가』

『오가 하나만 가르면 우리 남매만 가두 넉넉하지만 대ㅅ가지 도적이라구 떠드는 놈이 혹시 오가하구 한께 잇스면 단단이 차리는 것이 조흐니까 외사촌 형제까지 다 데리구 가 볼까 생각하우』

『가자면 나제 가야지 밤에 가면 길두 모르는데 헛고생 한다』

『새벽에 산양 가는체하구 가지요 산 속에 들어선 뒤에야 대나지면 상관 잇소』

『오가가 어듸 나가지 말란 법이 잇나』

『오가가 나갓스면 더 조치요 식구버텀 요정내구 기다리구 잇다가 들어 오는걸 해 내지요』

강가 부자의 공론이 끗난 뒤에 강가는 곳 매부와 외사촌들을 차저 보러 나갓다

이튼날 새벽에 산양군 복색한 절문 사람 넷이 갈려울서 두석산편으로 나려 오는데 활을 팔에 걸고 전동은 억개에 언메이고 아페 오는 사람은 강가의 매부요 허리에 환도를 차고 손에 창을 가지고 중간에 오는 사람은 강가요 뒤에 오는 두사람은 강가의 외종들이니 창들만 들엇섯다 네 사람이 금교역말 못 미처서 큰길을 건너 소로로 나려 오다가 두석산 뒤를 돌아 동편 날가지 속에 들어 설때 해는 발서 한낫이 다 되엇섯다

이 때 오가의 집에서는 오가의 마누라가 몸살로 알어서 안ㅅ방에 누어 잇고 오가와 유복이는 안ㅅ방에 잇다가 마침 오주가 놀러 와서 아래ㅅ방으로들 나려 가고 유복이의 안해는 부리는

기집아이를 다리고 마루에서 술을 걸르고 잇섯다 한눈 파는 버릇이 잇는 기집아이가 술 걸르는 시중을 들다가 흘쩨 깜짝 놀라며

『아이구 저기 사람 좀 보세요』

하고 마루에서 마주 보이는 산 우를 가르첫다 유복이의 안해가 손에 체를 쥐인 채 기집아이 손가락 가는 곳을 바라보니 과연 산우에 사람이 섯는데 하나도 아니요 여럿이다 체를 내던지다시피 노코 일어서서 발에 신을 꾀며 말며 아래ㅅ방으로 쪼차 나려 와서 사람들이 압산우에 나섯다고 말하엿다 오가는

『사람이야』

하고 먼저 일어나 나오고 유복이는 오주를 향하야

『잠ㅅ간 혼자 안저 잇거라』

하고 그 뒤를 따러 나왓다

『사람이 셋이지』

『셋 갓지 안소 넷인가보우』

『손에 무엇들을 든 사람이 셋 아니야』

『산양군들인가보우』

『요즈막 송도 군관이 자주 나오더니 냄새를 맛구 발니 들어 온겔세』

『수상하우』

『큰일 낫네』

『어떠케 할라우』

『도망질 치지 별수 잇나』

오가와 유복이가 마루에 서서 서로 수작하며 바라보는 중에 산우에 잇는 사람들이 아래로 나려섯다

『저것 보게 이리 나려오네 참말 넷일세 넷뿐이로군』

『압선 놈은 활가졋소』

『이번 오는 것들을 쪼차 버리든지 죽여 버리든지 하구 서서히 도망질할 준비를 차렷스면 조켓는데 우리 둘이 될수 잇슬까』

『오주더러 집에 좀 잇스라구 하구 우리 둘이 나갑시다』

『이 사람아 어듸를 나가잔 말인가 활 가진 놈까지 잇는데 나갓다간 봉패하네 대문닷구 집안에 들어 안저서 막어 낼 도리를 생각하세』

『그럼 오주는 보냅시다』

『자네 맘대루 하게』

유복이는 아래ㅅ방으로 나려가고 오가는 안ㅅ방에 들어 와 보니 알아 누엇든 사람이 어느틈에 일어나고 수양딸과 기집아이가 그 여페 부터 안젓는데 세얼골이 다가티 새파라케 질리엇섯다

『미리 질겁들 내지 말구 정신 차려 범에게 물려 가두 정신을 차려야 사는 법이야』

오가가 꾸지람하듯 큰소리로 말하니

『어떠케 하기로 작정햇소』

오가의 마누라가 입안 소리로 말을 물으며 섯는 오가를 치어다보앗다

『박갓은 내다 볼생각두 말구 방안에들 가만이 안젓서』

『가만이 안젓다가 죽으란 말이요』

『방안에 잇는 사람이 죽으면 박게 잇는 사람은 사나』

『그러니 얼른 한께들 도망하는게 조치 안소』

『지금 도망하다가는 멀러 가두 못하구 화살 마져 꺼구러지네』

『그러면 어떠케 해야 좃소』

『가만이 방안에들 안젓서 잔소리 말구』

오가가 벽장에서 칼을 끄내 가지고 나가려고 할때 유복이가 방문을 열엇다

『오주 갓나』

『아니 간다우』

『왜』

『이런 일이 잇는줄 알면 일부러라두 올텐데 가는게 다 무어냐구 내가 저더러 가란다구 곳 시비를 할라구 하는구려』

『오주까지 잇스면 되엇네 네놈쯤은 당할 수 잇겟지』

『당해 내기두 말하면 나 혼자두 념녀 업소』

『만사가 튼튼한 것이 조치 안흔가』

오가는 다시 안식구들을 돌아 보며

『박갓은 내다 불생각두 말두 가만이들 잇서』

하고 말을 일르고 유복이와 가치 나왓다

오가는 대문을 다더 걸러 문ㅅ간으로 나가고 유복이는 아래ㅅ방으로 나려 와서 오주와 가치 봉당에 걸터안젓다

『조처 나가 보지 안쿠 대문닷구 들어 안젓는 모양이요』

오주가 두덜거리는 것을

『늘근이 하는 대루 두구 보자』

유복이가 타일른 뒤에

『너는 맨주먹으루 잇슬 데냐 짜른 환두 하나를 내다 줄께 손에 들나느냐』

하고 유복이가 뭇고

『나는 맨주먹두 좃소 잘 쓰지두 못하는 환두 손에 들면 거추장만 스럽소 고만 두우』

하고 오주가 대답할때 오가가 와서 말 긋만 듯고

『무얼 고만 두란 말인가』

하고 역시 걸터안즈며 손에 들엇든 칼을 여페 노핫다

『형님이 환두 하나 내다 주랴구 뭇기에 고만 두랫소』

『왜』

『이것이 잇스니까』

오주가 주먹을 불끈 쥐어서 오가의 눈 압페 내밀엇다

『철퇴 가튼 주먹으루 강정 가튼 대가리를 아싹아싹 부시려나 그러치만 맨주먹으루 연장을 당하겟나 무엇이든지 손에 들어야지』

하고 오가가 일어나서 부억으로 가더니 재 치는 넙가래와 나무 패는 독기와 다타 모지라진부지깽이를 주어 들고 와서 오주의 발아페에 벌려 노흐며

『환두는 고만 두더라두 이 중에서 하나 골라 잡아 보게나』

하고 우스니

『에 여보』

하고 오주는 아래 입살을 빼물고

『작란할 경황이 잇스니 무던하우』

하고 유복이는 빙글거리엇다

기와장 깨어지는 소리가 나며 안채 집웅에 화살 한개가 떨어젓다

『이크 설진이 왓군』

오가가 봉당에 노힌 칼을 집어 들엇다 한동안 지난 뒤에 담박게서 사람의 발자죽 소리가나는 듯하더니 얼마 아니 잇다가 대문을 박차는 소리가 들리엇다 오가가 유복이와 오주를 돌아보며

『내가 먼저 말을 좀 물어 보구 올 것이니 잠ㅅ간들 기다리게』

하고 곳 대문ㅅ간으로 나왓다 환도 차고 창든 사람 하나와 창만 든 사람 하나는 바로 대문

아페 잇고 활든 사람 하나와 창든 사람 하나는 망 보는 것 가티 멀직이 떨어저 잇다 오가가 문 틈으로 내다 보며

『남의 집에 와서 문을 박차는 놈들이 누냐』

하고 소리 지르니 환도 찬 사람이

『네가 오가냐 잔말 말구 대문 열어라』

하고 맛소리 질럿다

『너눔들이 대채 어듸서 왓느냐』

『어듸서 온걸 알어야 문을 열테냐 탈미ㅅ골서 왓다』

『탈미ㅅ골』

『내가 탈미ㅅ골 강서방이다 너두 내 선성은 들어 뫼섯겟지』

오가는 어이가 업서 말이 안 나왓다

『이런 조흔 자리를 너 가튼눔 주어 두는 것이 아까워서 자리를 차지하러 왓다 네가 고분고분이 집을 내 노쿠 다른 데루 간다면 너까지두 죽이지 안켓다만』

하고 창자루 끄트로 대문짝을 팡 치구

『우리가 이 대문을 깨치구 들어 가게 되는 때는 네 집의 개색기 하나두 살려 두지 안흘 테

너 알어 해라』

강가가 통통이 호령하엿다

『조런 발칙한 놈이 잇나 요놈아 입에서 아즉 젓비린내 나는 놈이 무엇이 어째 조놈을 어떠케 하면 조탄 말이』

오가는 입가에 궤밥을 지으면서 하늘이 얏다고 뛰다가 안으로 들어와서 유복이와 오주에게 분통 터지는 사연을 대강 말하엿다 유복이와 오주가 대문 열고 쪼차 나가자고 말들 하는것을 오가는

『아니』

하고 머리를 가로 흔든뒤 먼저 유복이를 향하야

『활 가진 놈만 조처하면 뒤는 걱정이 업스니 자네가 담에 사다리를 기대 노코 올라 서서 표창으로 활가진 놈은 해 내겟나』

하고 물으니

『활 가진 놈이 가까이만 오면 어려울 것 업지요』

유복이는 선듯 대답하고 다음에 오주를 향하야

『자네는 마당 한중간에 서서 두루두루 살펴 보다가 압뒤담 넘어 오는 놈이 잇거든 주먹으

루 때려 누이겟나』

하고 물으니

『당신은 어떠케 할라우』

오주는 오가더러 되물엇다

『나는 칼을 들구 대문 뒤에 가서 부터 서 잇다가 문을 깨트리구 들어 오는 놈을 처 죽일 작정일세』

오가의 말에

『아무리나 합시다』

오주가 대답하야 약속이 정하야젓다

오가의 집 대문ㅅ간 바른편에는 아래ㅅ방이 잇고 왼편에는 광이 잇다 유복이는 사다리 노혀 잇는 곳에서 가까운 광 엽담에 사다리를 기대 노코 올라 서서 담박글 내다 보고 오주는 유복이의 표창질 하는 것을 구경하려고 담넘어 오는 놈은 살필 생각 아니하고 유복이를 바라 보고 잇고 오가는 대문 뒤에 서서 대문짝에 발ㅅ길질 하는 놈들을 꾸짓고 잇슬 때 강가가 아래ㅅ방 엽담을 넘어 들어 왓다 마당에 섯는 오주가 가로 막을 사이도 업시 강가는 칼을 들고 손살 가티 대문ㅅ간으로 들어 갓다 오가의 칼과 강가의 칼이 대번 서로 어울어젓다 그

며나 대문ㅅ간이 자리가 좁아서 두 칼이 다 잘놀지 못하엿다 오가는 한편 벽에 등을 다이
고 슬금슬금 엽거름을 처서 마당편으로 나오는데 강가는 이리 뛰고 저리 뛰고 하며 오가와
뒤쪽으로 대문 뒤로 더 들어 갓다 강가가 대문 뒤에까지 들어 가서는 여프로 서서 한 손으
로 칼을 내 둘르며 다른 손으로 대문 비짱을 더듬엇다 오가가 이것을 보고야 강가의 의사가
대문 열고 동무들을 끌어 드리려는 것인 줄을 알고 마당편으로 나오지 안코 도루 들어 가며
비짱을 빼지 못하도록 희방하엿다 강가가 희방을 바드면서 비짱을 빼고 고리까지 벗기려고
할 때 오가의 칼에 바른편 허벅지를 찔리엇다 강가가 독살이 나서 돌처 서며 곳 오가의 아래
ㅅ배를 향하고 칼을 내질럿다 그 긔세가 매서워서 오가는 일변 칼로 막으며 일변 뒤로 뛰어
나가니 강가가 이를 악물고 쪼처 나오며 연거퍼 내질럿다 오가가 강가의 칼을 피하느라고
쩔쩔 매면서 마당까지 쫏겨 나와서 몸을 여프로 비키어 팡을 뒤에 지고 칼을 휘휘 둘럿다 강
가의 칼이 점점 오가를 핍박하야 오가의 몸에 진땀이 나게 되엿슬때 두 도적이 싸우는 것을
보고 섯든 오주가 아래ㅅ방 아프로 달어 가서 독기를 들고 슬금슬금 강가의 뒤로 걸어 왓다
독기 잡이가 뒤에 오는 것을 강가가 짐작하고 번개 가티 몸을 빼어 다시 대문ㅅ간으로 뛰어
가서 고리를 벗기는데 고리가 빽빽하든지 얼른 벗겨지지 아니하야 배목 박힌 문짝을 발길로
내지르며 벗기어서 대문을 여자 마자 이놈 소리가 뒤에서 나며 무거운 독기가 뒤통수에 떨어

젓다 대가리 하나가 두쪽에 빠개지니 강가가 죽기 실흔들 할수 잇스랴 한번 고끄라진채 다시일어나지 못하엿다 인제 대문이 열리엇스니 박게 잇는 사람들이 몰려 들어 움직하건만 의외에 대문 안에 발드려 놋는 사람이 하나도 업섯다 이 동안에 오가도 오고 유복이도 왓다

『세 놈은 어대루 갓슬까』

오가가 먼저 입을 열고

『괴수가 죽엇으니까 도망들 한게요』

유복이가 오가의 뒤를 잇고

『나가 봅시다』

오주가 또 유복이의 뒤를 이어서 차례로 한 마듸식 말한 뒤에 오주 다음에 오가 오가 다음에 유복이로 세 사람이 줄로 서서 대문 박그로 나왓다 아래ㅅ방 모퉁이 담 엽페 세 사람이 몰려 가 잇는데 한 사람은 눈을 부둥키고 주저안젓고 두 사람은 각각 손목들을 주물르며 서 잇섯다 여기 세 사람이 대문 박게 나서는 것을 보고 섯든 사람들은 압서 달아나고 안젓든 사람은 뒤에 달아낫다 뒤의 한 사람은 얼마 못가서 오가의 칼에 꺼꾸러지고 아페 두 사람은 유복이와 오주에게 쫏겻다

유복이가 얼마 쪼차 가다가

『너의 두놈은 살어 가거라』

하고 거름을 멈치고 오주는

『저 두놈두 살려 보내지 맙시다』

하고 더 쪼차 가려고 하는 것을 유복이가 붓들고

『그까지놈들 내빼게 내버려 두자』

하고 곳 오주와 가치 돌아 섯다

유복이가 표창 세개를 던저서 활 가진 사람은 한편 눈을 멀리고 창 가진 사람들은 손목만 상해 노핫는데 눈먼 사람은 칼 마저 꺼꾸러젓고 손목 상한 사람들은 살어 내뺀 것이엇다 유복이가 오주와 오가에게 이야기하며 들어 와서 셋이 버서부치고 일을 하야 두 송장을 한 구덩이에 끌어 뭇고 대문ㅅ간의 피 자최까지 업시한 뒤에 오가는 안식구들을 다리고 적은 잔치 준비를 차리엇다 이날 저녁때부터 오가의 집 안ㅅ방에 술판이 벌어젓는데 벽에는 환도 한자루와 활 한채가 걸려 잇고 마루 구석에는 창 세자루가 서 잇섯다

강가 처남 매부 두 사람은 이 세상을 영결하고 강가의 외사촌 두 사람은 오곰아 살려라 하는 격으로 장다름을 처서 오가의 집에서 멀리 나왓스나 길을 몰라서 이리저리 휘매다가 두석

산 속에서 해를 거의 다 보내고 무진 애를 쓴 끄테 간신이 산 속에서 나오게 되엇다 날은어둡고 길은 험하고 배는 고프니 업친데 덥친 셈이라 죽을 고생 다하고 한밤중이 지난 뒤에갈려울로 돌아 왓다

「형님 바루 집으로 갑시다」

「그럼 집으로 가지 어듸루 가」

「고모부 아저씨 집에 들어 가지 말잔 말이요」

「네나 내나 이야기할 기운이나 잇서야지 들려 가지」

「그러키에 말이요」

「지금쯤 다 자겟지」

형제가 다 가치 드문드문 풀긔 업는 말을 주고 바드며 동네 안으로 들어 오는데 동네 개가 컹컹 짓더니 들려 가지 말자고 공론하든 강가의 집 삽작 박게 녀편네들이 나와 섯다 하나는 강가의 안해요 또 하나는 강가의 누의다 그누의가 먼저

「누구야」

하고 아프로 내닷고 강가의 안해가

「어째 형제분만 오시요」

하고 뒤쪼차 나왓다 형제가 다 대답이 업는 것을 보고 강가의 누의가

『우선 집으로 들어 가지』

하고 말하야 형제는 잠ㅅ간 동안 주제주제하다가 두 내편네와 가치 들어 왓다 강가의 늘근아비가 방문을 열고 내다 보다가 아들과 사위는 돌아 오지 안코 돌아온 처족하 형제는 죽을상이 다 된것을 보고 말도 뭇지 안코 눈만 휘둥그러케 뜨고 잇섯다

『우리를 어듸 좀 눕게 해 주우』

그 형이 내종 사촌 누의에게 청하야 형제가 가치 사랑방으로 나오는데 강가의 누의와 강가의 안해가 이야기나 들을까 하고 뒤을 따러 나왓다 사랑방은 곳 머슴방이라 머슴아이가 아래ㅅ목에 누어 자는 것을 강가의 누이가 끄들어 이르키고 외사촌 형제를 눕게 하엿다 형제가 각기 냉수를 달래서 한 그릇식 드리키고 자리에 쓸어지려고 할때 늘근 강가가 쪼차 나왓다 방에 들어 와서 펄썩 주저안즈며 곳 딸과 며느리를 향하야 나가라고 손짓하니 딸이 아비의 의사를 알려고

『왜 그러세요』

하고 물엇다

『너의들은 안ㅅ방에 가 잇거라』

늘근 강가가 소리를 꽥 질러서 딸과 며느리가 방에서 나간 뒤에 비로소 처족하 형제를 바라보며 말을 물엇다

『대관절 죽엇늬 살엇늬』

『죽엇기에 오지 아니햇지』

대답을 기다리고 처족하들을 물그럼이 바라보다가 다시

『말 좀 해라 남매가 다 죽엇늬』

하고 물으니 형제가 다 가치 말은 업시 고개들을 끄덕이엇다 늘근 강가는 한동안 넉일흔사람가티 안저 잇다가 방ㅅ고래가 꺼지도록 한숨을 쉬고 일어서서 비쓸거리며 안으로 들어갓다

이 날ㅅ밤 동트기 전에 강가의 집에 불이 낫다 동네 사람들이

『불이야 불이야』

하고 소리를 질르며 불 잡으러 모혀드럿슬때 불ㅅ길은 발서 안팍채를 휩싸고 용소슴을 처서 사람이 가까이 갈수 업는 까달게 걸낫 가튼 연장은 쓰지 못하고 멀리서 물들만 끼어언젓다 물ㅅ길이 가깝고 또 바람이 잔 덕으로 불이 이웃에 번지지는 못하엿스나 강가의 집은 안팍채가 통히 다 타고 말엇다 강가의 집에서 살어 나온 사람은 머슴아이 하나 뿐이라 동녯사람들이 불 잡은 뒤에 그 아이를 둘러 싸고 이사람 한마듸 저사람 한마듸 말들을 물어서

강가가 매부와 외사촌 형제를 다리고 재벽 산양 나간 이야기와 외사촌 형제만 밤ㅅ중에 돌아 왓는데 강가의 아비가 아들과 사위는 죽엇느냐고 다저뭇고 락심하든 이야기를 들엇고 또 안채에 불이 부터서 한참 활활 탈때 늘근 강가가 딸과 며느리를 불 속에 떠다박질르고 미친 사람 가티 뛰어 다닌 것과 강가의 외사촌 형제가 죽은 사람 가티 곤히 자다가 그대로 타죽은 것을 알게 되엇다

「산양 갓다가 어째서 죽엇슬까」

「큰 짐생에게 물려 죽은게지」

「급살을 마젓는지 누가 아나」

「강첨지가 실성해서 집에 불을 질른게군」

「타 죽을 작정으로 불을 노흔게지」

「아무리 눈이 뒤집혓기루 어떠케 딸이나 며누리를 불속에 떠다박질를까」

동네 사람들이 짓거리며 허터저 가기 시작할때 강가의 외가 식구들이 뒤늣게 알고 근두박질하야 쪼차 왓다

강가의 외가는 성이 변가니 갈려울의 대성이라 일가는 만호나 강가 외삼촌대까지 사오대 독자로 나려 와서 강근지친은 업고 죽은 사람 형제 중에 형만은 아들 들이 잇스나 아측 다 어

리고 아우는 통히 소생이 업는 까닭게 집에 남어 잇는 형제의 식구가 두 녀편네와 두 어린애뿐이엇다 두 녀편네는 사내들이 예사 산양질하러 간 줄로만 여기고 해질 물에부터 도라 오기를 기다리기 시작하엿다 해가 저 땅금이되고 땅금이 지나 밤이 된때 골ㅅ집 사나운 큰 동서가

『나는 잘라네 자네도 고만 기다리고 가서 자게』

하고 볼메인 소리로 말하는데 자근 동서가 새촘하고 잇스니 다시

『무슨 놈의 산양을 밤ㅅ중까지 하겟나 발서들 왓지 노루마리나 잡어 가지고 아래ㅅ말 와서 술들 먹는게지』

하고 얼골을 휘번덕거리며 말하엿다

『그럴까요 그러기나하면 조켓서요』

『조키는 무에 조흔가 사람이 기다리느라고 눈이 빠지는건 생각 안코 배가 맹꽁이 가티 되도록 처먹고 잇는 꼴을 생각해 보게』

『우리는 어듸 술이나 먹어요』

『아래ㅅ말 아재에게 쥐어 지내는 위인들이니까 술 먹는 사람이나 술안먹는 사람이나 다가치 붓잡힌 게지』

「다른 일이나 업슬까요」

「무슨 다른일 호랑이에게 깨물려들 갓슬까」

「아래ㅅ말좀 안가 보실라오」

「떡 찍기 어더 먹으러」

「참말 왓나 가 보잔 말이지요」

「자네나 가보고 오게」

「캄캄한데 나 혼자 어떠케 가요」

「그럼 이 밤ㅅ중에 애들을 치켜 업고 가잔 말인가 나는 못 가겟네」

이 때 젓먹이 어린 아이가 울엇다

「자네도 고만 두게 잇다들 오거든 한바탕 해낼 생각이나 하게 사람이 너무 고아도 못 써」

큰 동서는 자근 동서를 가르치 듯이 말하고 곳 우는 아이를 끼고 눕고 자근 동서는 한참이나 그대로 안저 잇다가 말 업시 일어나서 딴 채에 잇는 자긔 방으로 나려 왓다 전날ㅅ밤에 사내가 자긔를 보고

「내일 새벽에는 우리 형제가 아ㅅ래말 형님 남매하구 가치 산양을 나갈 텐데」

하고 말을 하다가 갑작이

『고만 두어라』

하고 말을 끈혓다 자긔가

『무어요』

하고 물은즉

『애를 좀 택워 주려다가 불상해서 고만 두어』

하고 실업슨 작란으로 자긔의 말을 막아서 다시 채처 뭇지 못하고 고만 둔 일이 잇섯다 사내가『나갈 텐데』하고 그 끄테 무슨 말을 하려다가 말엇든가 채처 뭇지 못한 것이 못내 분하엿다 약한 녀편네가 끗 업시 나오는 념려스러운 생각을 억제하지 못하고 골치를 알키 시작하야 옷 입은채 자리에 쓸어저서 알는 것도 아니고 자는 것도 아닌 모양으로 밤을 지낸 끄테

『여보게 신배ㅅ골댁』

큰 동서의 불르는 소리를 귀ㅅ결에 듯고 깜짝 놀라 일어나서 방문을 열어 보니 큰 동서가 마당에 나와 서 잇섯다

『아래ㅅ말에 불이 낫네 내가 가보고 올테니 자네 안방에 좀 올라 와 잇게』

전 가트면 선뜻 네하고 대답할 것인데 어채 혼자 남어 잇기가 마음에 실혀서 자근 동서는

『형님 나도 가 볼테요』

하고 마당으로 쪼차 나왓다

『어린 것들만 내버려 두고 가치 가잔 말인가』

『형님 집에 기시요』

『자네 가튼 약한 사람은 불 잡는데 가루 거치기만 해 잔말 말고 집에 잇게』

『실여요』

큰 동서가 골이 나서 방으로 쭈루루 들어 갓다 자근 동서는 아래ㅅ말에도 나려 가지 안코 또 아래ㅅ방에도 들어 가지 안코 큰 동서가 늦거라 하고 꾸짖는 뒷말을 귀 박그로 들으면서 마당에서 서성거리엇다 멀리 보이든 환한 불빗이 업서진뒤 일가ㅅ집 절믄 사람하나가 숨이 턱에 닷게 뛰어와서 남편 형제가 고모부 집에서 자다가 불에 타죽은 사연을 말하야 주엇다 큰 동서가 이 말을 듯고

『애구 그게 무슨 소리야』

『애구 이걸 엇더케 하나』

하고 곳 아래ㅅ말로 뛰어 나려 오는데 자근 동서는 정신 업시 그뒤를 따러서 업드러지며 고끄라지며 쪼차 왓다 큰 동서는 여러 사람들 잇는 데 와서 펄썩 땅에 주저안저서 손ㅅ바닥으로 땅ㅅ바닥을 치면서

『애구 지구』

하고 통곡하는데 자근 동서는 쓸어지는 몸을 가누려고 애를 쓰다가 쓸어지며 곳 긔함하야 화재 뒤치닥거리를 지휘하든 동네 소임이 남어 잇든 녀편네들을 시켜서 긔함한 사람을 구호하게 하엿다 치운 새벽 찬 땅에 쓸어진 긔질 약한 녀편네가 잘 펴나지 못하는 것을 보고 여러 녀편네들이 의논하고 가까운 집으로 들어다가 따뜻한 방에 눕힌 뒤에 손발도 주물르고 백비탕도 입에 흘려 너헛다

『사람이 워낙 약하게 생겻서』

『살이 이러케 히고 보드라우니 약하지 안켓소』

『조개 속에 궤 가티 생겻다는 것이 이런 사람 말인거야』

『사내들은 약한 녀편네를 조와한다네』

『사내 나름이겟지 설마 세상 사내가 다 약한 녀편네만 조와할라구』

『아래웃말 사내 코빼기 치구는 신배ㅅ골 댁을 칭찬 안는 사람이 업든걸』

『칭찬을 하면 여간들 하나 입에 침이 업시 하지』

『한 사내 사랑이 제일이지 열 사내 칭찬이 소용 잇소』

『남의 일이라도 가엽고 불상하오』

「혼자 되어서 불상하단 말이지 얼마나 혼자 살라구 긔껏해야 삼년이지」

「이댁네 나이 올에 스물 멧친가요」

「스물댓 되엇슬께요」

「스물 댓이 무어요 스물 닐곱인가 여덜이요」

「그러케 나이를 먹엇나」

「그런데 이 때까지 애 하나를 못낫서」

「애를 두어번 지웟지 우선 작년에도 애 지운 끄테 죽네 사네 하지안엇서」

「참 그랫든가」

「녀편네가 사내를 너무 발키면 애를 잘못낫는답듸다」

「별소리가 다만소」

「이집 주인도 남 부럽지 안케 내외 의초가 조치만 돌 지나기가 무섭게 아이가 쟁기니 어떠케해」

「약한 사람은 애도 잘못 나요」

「팔자에 탠 자식이면 약하다고 못 나켓소」

종작 업는 녀편네들이 수다스럽게 짓거리는 동안에 긔함하엿든 사람이 막힌 긔운이 트이어서 감엇든 눈을 뜨게 되고 다시 한 동안 지난 뒤에는 완구히 생긔가 돌아서 일어 안게까지 되엇다 일어 안즈며 곳 다시 불탄 자리로 나가려고 하는 것을 능청스러운 녀편네 하나가

『거기는 다시 가서 무엇 할라우 시체들은 발서 다 차저 내서 옴겨 갓는데 바로 집으로나 가보오』

하고 거짓말로 속이어서 얼마 뒤에 웃말로 올라 오게 되엇는데 인정 잇는 녀편네 두어 사람이 붓들어 주며 다리고왓다 집에 와서 보니 그동안에 큰 동서는 먼저 와서 동네 사내들잇는 아페 두다리를 뻣고 안저서 넉두리하며 울고 잇섯다 자근 동서가 안ㅅ방에 들어 서는것을 보더니 큰 동서는

『아이구 이 사람아 그 망한놈의 늘근이가 일부러 불을 노앗다네 아이구 그놈의 늘근이가 우리와 무슨 원수가 젓나 죽을라면 제나 죽지 왜 남을 태죽이나 아이구 이 사람 우리가 인제 어떠케사나 저까진 어린 것들 잇서야 귀찬키나 하지 아이구 아이구』

하고 두 다리를 문질르며 통곡하는데 자근 동서는 남이 괴상히 보도록 눈물 한방울 아니 내고 입살만 깨물고 서 잇섯다 그 얼골빗이 곳 다시 긔색될 사람 가티 보이어서 가치 온 녀편네들이

『아래ㅅ방에 가서 좀 눕시다』

하고 붓들고 안ㅅ방 문밧글 나서자

『아이』

하고 상을 찡그리며 곳 입으로 피를 토하는데 봉당 바닥이 벌거케 되도록 토하엿다

자근 변가의 안해가 몸저 누어 잇는 동안에 동네 공의로 여러 송장을 한날 파뭇는데 변가 형제의 장사만은 일가의 덕으로 그 중에 가장 장사 가티 지내엿다 장사ㅅ날 두 동서의 친정에서 사람들이 왓는데 신배ㅅ골 자근 동서의 친정에서는 그 어머니 되는 이가 아들 아이를 데리고 왓다 그의 아버지는 이미 죽엇고 그의 동긔는 손 아래 사내 동생 하나 뿐이라 모자 온 것이 곳 전 식구가 온 것이엇다 장사ㅅ날까지 온 사흘 동안 곡긔를 끈헛든 자근 변가의 안해가 그 어머니의 강권으로 미음을 멧 모금식 마시기 시작하야 긔운을 조금조금 차리게 되엿스나 그 뒤로는 자리에 떠러지는 눈물이 말을 사이가 업섯다 그 어머니가 딸이 불상해서 얼른 가지 못하고 삼사일 묵는 동안에 발서 그 동서의 토심과 구박이 조금식 보이엇다 그 어머니는 딸을 두고 가는 것이 마음에 걸려서 집으로 가치 가자고 말하나 그 딸은 남편의 상청을 버리고 가기가 실혀서 어머니의 말을 듯지 아니하엿다 그 어머니가 떠나기 작정한날 재벽에 모녀가 다 일직 잠이 깨서 어머니는 가치 가자고 다시 타일르고 딸은 안 간다고 여전히 고집 세우는중에 동네가 홀제 요란 스러워젓다

이 날 첫재벽에 탈미ㅅ골 군영에 잇는 금도 군사들이 갈려울을 드리첫다 강가의 집이 폭망하야 식구 하나 남지 안흔 것을 알고도 강가의 결찌와 동류를 잡는다고 집 뒤짐을 시작하야 산수펄 벙거지가 아래 웃말에 허터졋다 아우성ㅅ소리 호령ㅅ소리 아이가 놀라서 우는소리 개가 지지러저 가며 짓는소리 문짝이 부서지는소리 독개그릇이 깨어지는소리 모든 소란스러운 소리가 재벽 동네에 가득하엿다 변가집 아래ㅅ방에 누어 이야기하든 모녀는 다 가치 벌떡일어 안젓다

『어머니 난리가 낫는가보오』

『무슨 난리가 소문도 업시 날나구』

『여름에 전라도에 난리가 낫다더니 그 난린게지』

『그 난리는 발서 평정되엇단다』

『그럼 이게 무슨 야단일까』

『글세 모르겟다 내가 잠ㅅ간 박게 나가 보고 오마』

하고 그 어머니가 일어서서 치마를 몸에 둘르니

『나가지 마오 어머니』

하고 딸이 치마 자락을 붓들엇다

『삽작 밧게까지만 나가 보고 올테니 노아라』
하고 어머니가 치마ㅅ자락을 흔들때 마침 안방 문을 여다치는 소리가 들리엇다
『동서가 박게 나오는가보오 고만 두고 안지시요』
하고 딸이 말하야 어머니는 도루 안젓다 바삐 끄는 신발 소리가 삽작문 편으로 나가더니 열마 아니 잇다가
『아이구머니』
큰 동서의 놀라는 소리가 들리고 뒤미처
『이년 게 섯거라』
어떤 사내의 호령ㅅ소리가 들리엇다
『아무 죄 업는 과부들만 사는 집이올시다』
『이년 도독놈의 기집년이 죄가 업서』
『죽은 사내가 도독놈이라도 과부된 기집사람이 무슨 죄가 잇습니까 더구나 사내가 살어서 도독질한 일이 업습니다』
『도독놈 강가의 사촌인 줄 다 알엇다 이년 잔말 마라』
큰 동서가 징징 우는 소리로 무어라고 하소연하더니 두서너 차례 빰 치는 소리가 나고서는

하소연이 들어 가고 우는 소리만 남어 들리엇다

『어머니』

하고 딸이 발발 떨면서 어머니의 손을 쥐니 어머니는

『하눌이 문허저도 소사나는 구녁이 잇단다 너무 겁 내지 마라』

하고 딸의 손을 맛쥐엇다

두서너 사람이 집 안으로 들어 오는 모양이더니 그 중에 하나가 저벅저벅 아래ㅅ방을 향하고 와서 방문을 왈칵 열어 젓첫다 이때까지 곤히 잠든 아이까지 놀라서 벌떡 일어낫다

『너의가 다 누구나 이리들 나오너라』

산수털 벙거지의 호령이 떨어지자 어머니가 선듯 일어서서 딸을 가르치며

『이 딸자식이 지금 알어 죽게 되어서 거름도 잘 것지 못합니다』

하고 사정하야 보앗다

이때 날이 이미 환하게 밝가서 방 안에 잇는 얼골들이 방 박게서도 보이엿다 고개를 푹숙이고 안젓든 딸이 그 어머니 말 끄테 고개를 들고 박글 바라보는데 해쓱한 얼골이 소복에 열마저 보이기도 하고 더 돗보이기도 하엿다 겁을 먹고 떠는 양이 흡사 배꼿 한가지가 몹쓸 비바람에 부댁겨 떠는 것과 가터서 누가 보든지 아처러운 생각이 날만하엿다 그 군사가 한

동안 바라보다가 그 어머니를 향하야 말을 뭇기 시작하엿다

『네 딸이 자근 변가의 기집이냐』

『그럿습니다』

『저 아이놈는 누구냐』

『자식이올시다』

『너의 모자가 다 이 집에서 가치 사느냐』

『아니올시다 딸이 죽는다고 해서 병 구원 왓습니다』

『너의 집은 어듸냐』

『신배ㅅ골이올시다』

『남편의 성이 무어냐』

『조가올시다』

마당에 섯든 군사 하나가 동무 군사의 지체하는 것을 보고

『이 사람 무어 하나 얼른 잡어 내 세우게』

하고 재촉하니 아래ㅅ방 아페 섯든 군사가

『지금 알어 죽을 지경이라네』

하고 마당 편을 돌아다 보앗다
『앙탈일세 어서 끌어 내개』
『얼골에 병색이 좀 잇서』
『이 사람 인정 쓸나나 어듸 좀 보세』
하고 그 군사가 큰 변가의 기집을 묵거 안치고 우루루 쪼차 와서 방안을 드려다 보더니
『아 이거 웬일이요』
하고 신배ㅅ골 마누라를 보고 물엇다
그 금도 군사는 해주 감영에서 도적 잡기로 이름이 나서 군관이 새로 올때 다리고 온 사람인데 신배ㅅ골 마누라의 친정 외사촌 동생의 남편이다 그 안해의 안부를 전하야 주려고 전위하야 신배ㅅ골을 차저 나와 본일이 잇는까닭게 마누라를 알어 보고 먼저 알은체 한것이엇다
『아이구 이게 누구요』
마누라는 지옥에서 부처나 만난듯이 반겨하엿다 마누라가 딸을 돌아다 보며
『저 어른이 네게 아저씨벌 되는 어른이시다 해주 아주머니 말을 너 전에 들엇지 그 아주머니의 남편이시다』

하고 가르처 주어서 딸이 일어서려는 듯이 몸을 움직이니 그 어머니가

『네가 어떠케 일어서려고 그러늬 이 담에나 아저씨께 뵈입지』

하고 딸에게 말하고 곳 그 군사를 향하야 자긔 딸이 병으로 운신을 잘 못한다고 하소연하엿다

『병 잇는 사람이 왜 일어 안젓소』

『지금 억지로 끄들어 이르켯서요』

『무슨 병인가요』

『피를 자꾸 토한답니다』

『그거 안 되엇군 그래서 얼골이 저러케 핼쑥하구먼요』

하고 그 군사는 고개를 길게 내밀고 젊은 과부의 얼골을 드려다 보앗다

『자네하구 어떠케 얼큼하게 되는모양 잇세그려』

하고 동무 군사가 억개를 치니 그 군사가 돌아다 보며

『우리 마누라의 족하 벌이 되는가베』

하고 말하엿다

『도독놈의 외사촌 안해가 무슨 큰 죄 잇나 인정 쓸라거든 쓰구 가세』

『대관절 병이 잇서 운신을 못한다니 할 수 잇나』

그 군사는 고개를 도리켜서 마누라를 보고

『알는 사람은 이불 씨워서 눕혀노쿠 방안에 가만이 들어 안저 기시요 서뿔리 다른 사람에 게들리면 탈이요』

하고 방문까지 다처 주엇다

군사들이 안방에 올라 가서 세간 나부랭이를 들뒤지고 나와서 묵거 안친 큰 변가의 과부를 끌고 가는 동안 아래ㅅ방에서는 기침 한번 아니하고 쥐죽은듯이 잇섯다 군사들이 나간 것을 안뒤에 마누라가 안방에 가서 우는 아이들을 아래ㅅ방으로 날러 나려다가 큰 아이는 말로 달래고 자근 아이는 안어서 달래엇다 군사들은 아래ㅅ말 군관 잇는 곳으로 나려 가는 길에 어느집 아페 와서 압선 군사가 발을 멈추고 그 집을 가르치며 뒤에 오는 군사를 돌아 보고 눈을 끔적이엇다 그 집이 거트로 보기에도 포실하게 사는 집 가텃다 끌고 오든 변가의 과부는 삽작 박게 안처 노코 두군사가 함께 삽작 안으로 들어 갓다 그집 주인은 동네 풍파에 겁이 나서 온 집안 식구를 한방에 모아 노코 숨들도 크게 쉬지 못하게 하는 중인데 뜻박게 군사가 방문을 열어 젓치고

『주인이 누구냐』

하고 소리를 질르니 주인이 초풍하야 벌덕 일어섯다

『네가 주인이냐』

『네』

『네 성이 무어냐』

『강가올시다』

『네가 아래ㅅ말 강가의 일가로구나』

『아니올시다 강가라두 그 강가와 일가는 아니올시다』

『이놈아 가튼 강가루 일가가 아니면 무어냐』

하고 군사들은 곳 그 주인을 끌어 내서 방망이 찜질로 초다듬하야 노코 그 집에 분탕질을 노흔 뒤에 그 주인을 아래ㅅ말 군관 잇는 곳까지 끌고 갓다

처음에 군관 아페까지 잡혀 온 사람은 오륙십 명이나 되엇스나 그 중에서 탈미ㅅ골 군영에까지 잡혀가게된 사람은 십여명 박게 안되엇는데 그 사람들은 대개 강가와 무슨 친척 관계가 잇거나 그러치 아니하면 강가와친분이 자별하든 사람이엇다 갈려울이 거의 패동이 되고 갈려울 사람이 두서넛 귀양 가게 된뒤에 강가의 동티가 끗이 낫다 큰 변가의 과부는 군영까지 잡혀 갓섯는데 사내더면 적어도 멧달 가처 잇슬 것을 기집 사람인 덕을 보아서 십여 일만에 무사히 돌아 왓다 그동안 자근 동서 모녀가 집안을 그나마 잘 수습하고 어린 아이들도 알뜰

히 거두어 주엇건만 고맙단말 한마듸 업고 사돈 마누라가 자긔까지 빼노하주지 안헛다고 원망을 내 노핫다 큰동서가 갈려울서 살기 실타고 자근동서에게 의논 한마듸 업시 파산하기로 작정하고 자긔는 어린 것들을 다리고 친정으로 갈터이니 자근동서도 가서 친정살이를 하든지 또는 후살이를 가든지 마음대로 하라고하야 자근변가의 과부는 하는수 업시 그 어머니를 따러 신배ㅅ골로 가게 되엇다

풍경이 잇스면 말근 소리 울려 나고 국노루가 잇스면 향냄새가 풍기는 법이라 얼골 고운 절문 과부가 잇고 소문이 안날리업다 변가의집 자근과부가 그 어머니를 따러서 친정에온 뒤에 신배ㅅ골에 얌전한 과부 잇다는 소문이 가근방에 노피 낫다 그 동네 머슴 사는 로총각들이 제각기 침을 생키는중에 약바른 사람은 그 홀어머니 마누라 듯기조토록 말까지 드려보내 보앗스나 그 어머니부터 신신한 대답이 업섯다 평산읍내 엇던 늘근양반이 손이 업서서 첩을 구하든중에 소문을 듯고 일부러 사람을 보내서 넌짓이 선까지 보아가고 뒤미처 또 사람을 노하서 그 어머니에게 딸을 달라고 말을 부치는데 딸만주면 온집안 먹고살것이 념려 업다고 하는까닭게 그 어머니가 마음이 솔깃하야 비로소 딸의 의향을 물어보앗다 어머니가 이리저리 물어야 딸은 한마듸 대답이 업시 고개만 숙이고 잇섯다 나종에 머어니가 슐그머니 즁이 나서

『실타든지 조타든지 말은 해라 어미가 하치 안흐냐 왜 뭇는 말에 대답이 업늬』

하고 나물하야 말하니 딸은

『무어라고 말하란 말이에요』

하고 고개를 드는데 두눈에 눈물이 덧거니 맷거니 하엿다 어머니가 이것을 보고 갑작이 불상한 마음이 가슴에 가득하야저서 더 말을 뭇지 못하고 마침내 평산 양반에게서 온말을 거절해 보내게 되엿다 이 뒤에 불과 멧칠 안지나서 또 한군데서 통혼이 들어 왓는데 이것은 금교역말 큰 송방 절믄 주인이 후취로 달라는 것이엇다 그 어머니는 아주 마음에 합당하나 전날과가티 딸의 눈물이나 자어내고 말게 될까 겁이나서 조용히 딸을 다리고 안저서 여러가지말로 달래 보앗다 말말 하다가 통혼 들어 온것까지 말하고

『너 가터 나이 절믄 것이 게다가 자식 색기 하나 업는 것이 왜 청승스럽게 과부로 몸을 마치려느냐 내 생각 가터서는 조흔 자리 노치지 말고 몸을 구치는것이 올흘것 갓다 요전에 말잇든 평산 혼처로 말하면 문벌이 양반이고 형세가 굼지 안는것은 조흐나 큰 마누라가 잇고 명감이 나이 늘근것이 조치 안헛지만 이번 금교역말 혼처로 말하면 내 맘에는 흠이 업시 조흔 것가튼데 네 맘에는 어떠냐 네가 그리 가기만 하면 나도 늘께 고생 아니하고 네 동생도 정취를 잘 시길수 잇슬것이다 이것이 네게 달린일이니 잘 생각해 보아라』

하고 입이 달로록 말하니 딸은 잠자코 듯다가

『삼년이나 나도록 가만 두어 주서요』

하고 빌듯이 말하엿다

『삼년후에 그런 조흔 자리가 또 잇슬지 누가 아늬』

『삼년난 뒤에는 내가 어머니 하라는대로 할것이니 그 동안에는 당초에 말을 내지 마서요』

딸의 고집은 어머니가 이기지 못하야 종방 절믄 주인의 통혼도 거절하게 되엇다 혼인 거절한 말이 박게 나간 뒤에 칭찬하는 사람도 만코 비웃는 사람도 적지 안허서 신배ㅅ골 절믄 과부의 소문이 점점 더 널리 퍼젓다

곽오주의 절믄 주인 개래동 정첨지의 외아들은 신수는 멀끔하게 생겻스나 기집 술 노름에 아비의 모아 노흔 천량을 보람 업시 업새는 위인이라 신배ㅅ골 절믄 과부 얼골 이쁘다는 소문을 듯고 욕심이 불가티 일어낫다 그러나 드름드름이 자긔 가튼 사람의 자근 마누라로는 잘 올것 갈지 안허서 동여올 생각을 먹엇다 정월도 보름이 가까웟슬때다 정첨지의 아들이 자긔의 집에 윷관을 벌리고 동네 절믄 사람을 모아서 윷을 노는중에 실업슨 절믄 사람하나가 곽오주를 놀리느라고

『여게 오주 자네는 총각으루 늘글라나 신배ㅅ골 이쁜 과부에게 장가 가지 안홀라나 자네가 간다면 내가 중신해 줌세』

하고 우슴의 소리한 것이 고동이 되어서 저녁때 윳군이 허터질 즈음에 정첨지의 아들이 작란ㅅ군 너덧을 붓들어 가지고 신배ㅅ골 과부를 동이러 가자고 꼬이엇다 작란ㅅ군에게는 노름미천윳주마 하고 오주에게는 술 한번 실토록 먹여주마 하야 허락들을 어덧다 숭교바탕을 가지고 가자는 사람도 잇섯스나 거추장스럽다고 고만 두고 싸서 업어올 작정으로 튼튼한 홋니불 한채만 준비하엿다 이른 저녁 먹은 뒤에 정첨지의 아들이 아비에게는 동네로 윳 놀러간다고 거짓말하고 오주까지 다섯 사람을 다리고 개래동을 나섯다 청석골을 지나고 금교역말을 지나서 사십리나 되는 길을 와서 보니 밤은 발서 이슥하엿섯다 과부의 집이 어듸 잇는 것은 정첨지의 아들이 미리 다알고 잇는까닭게 그집 근처에 가서 집안 동정을 살핀 뒤에 화적 떼와 가티 뛰어 들어갓다 달빗이 잇서서 대번에 소복한 절믄 과부를 붓들엇다 과부집 세식구가 변변이 소리도 질를사이 업시 오주가 과부를 홋니불에 싸서 둘처업고 다른 사람들과 한께 도망질을 첫다

과부의 어머니가 처음에는 혼이 나가서 소리도 별로 못 질르다가 딸을 업어가는 놈들이 삽작 박글 나간뒤 부터 쪼차 나오며 우는소리로 악을쓰고 아들아이도 어머니 뒤를 따러 나

오며 목을 노코 엉엉 울엇다 동네 머슴방에서 윳 놀든 절믄 군들이 아닌 밤중에 녀편네 악쓰는 소리를 듯고 놀나서 한 다름에 뛰어들 왓다 난데놈 대여섯이 동네 와서 과부 업어 간것을 알고 십여명이 너나 할것 업시 모두 쪼차 가서 도루 빼아서 온다고 장담들 하고 곳 떼를 지어 뒤쪼차 갓다 업혀 가는 과부가 홋니불에 싸여서 손발을 마음 대로 놀리지 못하는데다 업고 가는 오주가 횡소가치 센 사람이라 과부가 죽을 힘을 다 드려서 몸을 드노하도 조금도 끄떡이 업섯다 그러나 뒤에 쪼차 오는 패가 잇는 줄을 안 뒤에도 뒤쫏는 패와 가티 장다름은 치지 못하야서 금교역말 가는 큰길까지 채 다가지 못하고 붓들리게 되엇다 오주가 업엇든 과부를 나려서 정첨지 아들에게 맛기고 쪼차 오는 패를 가로 막고 나섯다 쪼차 오는 패가 와 하고 오주에게 달려 드니 오주가 손 닷는 대로 집어 쳣다 십여명 사람에 힘골 쓰는 장정도 업지 안헛지만 오주 하나를 당할 잡이가 업섯다 오주의 손에 걸리는 대로 넘어지고 잣바저서 빙판 우에 눌빈하게 쓸어젓다 오주가 땀을 씻으며 돌아설때 정첨지의 아들이 멧거름 아프로 나서며

「오주 하나만 가치 왓서도 녀녁할번 햇네」

하고 고마워하는 눈치로 말하니 오주는 픽 웃으며

「좀 치웁드니 땀이 나서 좃소」

하고 곳 다시 과부를 둘처 업엇다

먼데닭기 연해울고 산속 달이 다넘어갈때 과부 업어 오는 군들이 빙고산 여플 돌아나왓다 개래동은 산 아페 잇는 동네라 동네까지 일마장이 채못되엇다

『인제 다 왓네』

하고 한 사람이 입을 떼니

『치워 죽겟네 어서 가세』

하고 또 한사람이 운을 달엇다 정첨지의 아들이

『나는 한거름 압서 가야겟네 자네들 뒤에 차차 오게』

하고 먼저 가려고 거름을 재게 노흐니 어서 가자든 사람이

『왜 먼저 갈라나 가치 가세』

하고 역시 빨리 걸엇다

『나는 우리 아주머니 집에 가서 선통을 좀 해야겟네』

『왜 자네 고모님 집으루 들어 갈라나』

『그럼 바루 집으루 들어 가면 야단 나네』

『바가지 글그까봐 무서운 결세그려』

「쨍쨍거리는 녀편네는 방망이 찜질두 할수 잇지만 극성뜨는 늘근이는 어떠케 할수가 업서」

「자네집 고불이가 여간 사람이 아니니까」

「여간사람이 아닌덕에 사람이 못살겟네」

「자네 고모님집에 갓다숨겨둔다구 몃칠이나 숨기겟나 숫제 바루 들어가서 사정을 토파하게」

「아니야 늘근이 성정은 내가 잘아니까 바루끌고 못들어 가네 몃칠 뜸을드리는 동안 아주머니 집에 맛겨둘 작정일세」

「자네 집 고불이가 자네 말은 잘듯는다데그려」

「말을 듯두룩 쌈자면 집안 망할 자식이란 욕을 골백번 들어야 하네」

「나는 우리 아버지가 노름 미천만 잘대주면 그런 말은 약과루 알구 듯겟네」

「쓸데 업는 소리 짓거리느라고 거름이 줄엇네 자네두 뒤에 오는 사람들하구 가치 우리 아주머니집 아프루오게 나는 먼저가네」

하고 정첨지의 아들은 다리에 자개바람이 날만큼 빨리걸어 먼저가고 그 사람은 다른 일행과 가치 뒤떨어젓다

정첨지의 아들은 어미 업시 자란 자식이다 정첨지의 마누라가 노산으로 해산하고 산후 더

침으로 죽은 까닭게 흘로되어 오라비에게 와서 언처 잇든 정첨지의 누의가 퍽덩이 족하를 바더서 지성을 다하야 길러 노핫섯다 정첨지의 아들도 고모의 은공을 잇지 못하야 하지만 그 늘근 고모는 족하를 친아들 가티 사랑하야 족하의 말이라면 소금ㅅ섬을 물로라도 끄는터이엇다 늘근 고모가 족하의 불르는 소리에 잠이 깨어 일어나서 족하의 간청하는 사연을듯고 부지런이 자든자리를 치우는중에 뒤떨어진 일행이 들어 왓다 정첨지의 아들이 오주의 등에서 과부를 바더서 방에드려 놋는데 손을노흐며 곳 툭 쓸어지는 것이 괴상하야 급히 홋니불을 벗기고 보니 다 죽은 사람이다 얼골 빗이 새파라코 수족이 어름 갓고 실낫 가튼숨이 잇는듯 마듯하엿다

『홋니불루 너무 꼭 싸서 숨이 막힌겔세』

『잠시 긔절한 것이니까 곳 펴어나겟지』

『우리는 들어 안질데두 업는데 고만 가세』

하고 가치 갓다온 장난ㅅ군들이 그대로 허터저 가려고 할때 정첨지 아들이 박게 나와서

『치운데 술이나 한사발식 먹구 허여젓드면 조흘껄 안 되엇네』

하고 빈 인사하니

『아닌게 아니라 어한좀 햇스면 조켓네』

하고 이사람 한마듸

『나는 우선 배가 고파 못견듸겟네』

하고 저사람 한마듸 귀따겁게 짓거렷다 정첨지 아들이 곽오주를 돌아 보며

『여게 자네가 내 대신 저사람들 다리구 집에 가서 슬그머니 술을 퍼내다 먹게』

『내가 어떠케 슬그머니 퍼다 먹어』

『술독 잇는데 알지안나』

『그러지 말구 우리와 가치 가서 술을 내다 주구 다시 오지』

오주의 말에 여러 사람이 뒤 쪼차서

『여게 그래 보세』

『자네는 곳 일어서게그려』

『긔절한 사람 가만이두면 절루 퍼나네 념녀말게』

『자네 고모님이 어련이 잘 보아 주시겟나』

중구난방으로 졸르는 바람에 정첨지 아들은 긔절한 과부를 그 고모에게 부탁하고 곳 여러사람을 몰고 자긔 집으로 왓다

여러 사람을 머슴방에 드려앉치고 정첨지 아들이 안에 들어 가서 안해를 깨웟다

「인제 왓소 지금이 어느때요」

「샛때 다되엿서 고만 일어나게」

「아래ㅅ목 자리 내주리까」

「잔소리 말구 어서 일어나」

「일어나고 시프면 어련이 일어날가 별성화가 다만허」

안해의 말세가 곱지 안허지니

「윷 놀구 인제 왓서 춥기두 하구 시장두 하니 술한잔 따듯하게 데워 주게 여보게 좀 일어나게」

사내가 너스레를 노핫다

그 안해가 마지 못해 일어나서 불씨무든 화로에 뜬숫을 언저서 피워 노코 술을 뜨러 가려고 할때 사내가

「여게」

하고 불렷다

「왜 그러오」

「술을 얼마나 데우려구 뭇두 안쿠 뜨러 가나」

『아까 한잔 달라지 안혓소』
『이왕 여남은 주발 걸러 주게』
『그건 다 무어 할라오』
『박게 가치 온 사람이 잇서』
『노름ㅅ군들을 끌고 온게구려』
『당치 안흔 소리 말어』
『처음에는 혼자 먹을 듯기 한잔만 달라더니 꼭두재벽에 술타령들 할작정이요 잠도 안자고 무슨 지랄들이람』

안해의 버릇 업는 말에 사내는 곳 한바탕 야단 벼락을 나리고 시펏스나 꿀꺽 참고

『지금 내가 자네하구 아귀다툼할 경황이 업네 어서 빨리 술이나 갓다 걸려주게』

하고 재촉하엿다 안해가 술을 걸러 노키가 무섭게 머슴 방으로 들어 날르고 나종에 술 떠 먹을 그릇과 술안주를 들고 나가서 오주를 불러 주고 방에 들어 가지도 안코 곳 다시 고모의 집으로 가려다가 한순만 가치 먹고 가라는 여러 사람의 권에 못 이겨서 방으로 들어 갓다 한순이 두순이 되고 두순이 또 세순이 되엇다 정첨지의 아들은 술동이 둘이 밋이 들어 나기까지 여러 사람과 가치 먹고 그대로 골아 떨어저서 이튼날 해가 노피 뜨도록 정신모르고 잠

을 갓다

정첨지의 아들이 눈을 뜨고 기지개 켜매 오주가 박게서 들어 왓다

「느젓나」

「아침 먹구서 동네 한바탕 돌구 왓서」

「우리 아주머니 집에 가 보앗나」

「가 보앗지」

「어떠케 되엇든가」

「살엇서」

「일어 안젓든가」

「아니」

「가만이 누어 잇든가」

「몸부림을 해서 붓들구 날치든군」

「아이구 내가 얼른 가 보아야겟네」

하고 정첨지의 아들은 벌떡 일어나서 건정건정 소세하고 아침 밥은 먹지 못하겟다고 아니 먹고 고모 집으로 뛰어 갓다

면동이 틀때 과부는 정신이 돌앗섯다 정신이 돌은 뒤부터 울고 불고 몸부림을 처서 늘근 할머니가 붓들고 달래느라고 죽을 고생 다하엿다 정첨지의 아들이 방문을 열고 들어 가려고 하니 그 고모는 들어 오지 말라고 손짓하고 곳 박그로 쪼차 나왓다

『왜 들어 가지 못하게 하시우』

『인제 간신이 좀 진정되엇다 아직 덧드리지말고 가만두어라』

『누가 덧드려요』

『네가 가까이 가면 가만잇겟늬 아까 오주가 방문만열고 드려다 보는데도 더 죽으려고 날뛰더라』

『무어 좀 먹이셧소』

『무얼 먹어 새벽에 더운 물은 정신 모르고 바더 먹엇지만 그 뒤엔 물 한모금 안 먹엇다 아침에 미음을 좀 권햇더니 미음 그릇 든손을 떠다밀어서 이것 좀 보와라』

하고 그 고모는 저고리 압섭과 치마 압폭의 저진 흔적을 들어 보이엇다

『그래두 무얼 좀 먹여야지요』

『먹지 안는걸 어떠케 억지로 먹이늬 하루 이틀 지나 결이 삭으면 자연 먹는다』

『내가 좀 권해 보리까』

『당치 안흔 소리 하지도 마라 네가 권해 먹을께냐』

『어듸 좀 권해 보지요』

『아서라 몸부림만 밧는다』

『몸부림 바더두 좃치요 설마 약한 녀편네 하나 못 당하리까』

정첨지의 아들이 그예 그고모에게 미음은 달래서 미음그릇을 손에 들고 방으로 들어왓다 이불을 쓰고 누엇든 과부가 방문 여닷는 소리에 이불을 저치고 흘낏 바라보더니 대번에 입살을 악물고 도끼눈을 뜨는데 그눈에 독살이 가득하엿다 정첨지의 아들이 미음 그릇을손에 든채 한동안 서서 나려다 보다가

『미음 좀 자시요 나종에 대판 시비를 하더라두 우선 먹구 긔운을 차려야 하지안소 자 미음 좀자시요』

하고 미음 그릇을 과부 여페 가까이 노코 멀직이 떨어저 안저서 동정을 보앗다 몸부림은 하거나 적어도 미음 그릇을 뒤처버릴 듯한 과부가 두눈을 스르르 감고 가만이 누어잇는데 눈귀에 흘러 내리는 눈물만 업스면 곱게 잠든 사람과 흡사하엿다

『미음이 다 식겟소』

한동안 잇다가

『한모금 마시시요』
다시 한동안 잇다가
『일어 안처 주리까』
정첨지의 아들이 말을 마치자 벽을안고 누엇든 과부가 홀제 아프로 돌아 누으며 손을 내밀어 미음 그릇을 잡아 다리엇다 정첨지의 아들이 조하서
『올치 올치』
하고 입을 벌리고 잇는사이에 과부는 고개만 들고 미음 한그릇을 다 마시엇다 정첨지의 아들이 가까이 들어 안저서 이불 박게 내노흔 손을 잡으려고 하니 과부는 얼른 그 손을 끌어 드리며 곳 이불을 얼골까지 뒤어썻다 정첨지의 아들이 싱글싱글 우스며 더 가까이 들어안저서 이불 우로 과부의 몸을 어루만즈니 과부는 몸을 한줌만큼 오그리고 벌벌 떠는데 무거운 솜니불이 떨리도록 떨엇다 정첨지의 아들이 허허 웃고 일어나서 빈그릇을 들고 박게나가서 고모를 보이니 고모가
『그 미음을 다 먹엇늬 수단이 참말 용하다』
하고 족하의 등을 뚜덕뚜덕하엿다
이날은 과부가 종일 누어 잇섯스나 주는 미음을 검다쓰다 말업시 잘 바더 먹엇고 이튼날

은 과부가 아침에 일어 안저서 자긔 손으로 머리까지 씨다듬엇다 정첨지의 아들이 급한마음에 과부가 더 소성되기를 기다리지 못하고 그날 밤으로 신방을 차려 달라고 고모를 졸랏다 그 고모가 자긔 방을 신방으로 내 주려고 방안에 잇는 물건을 대강 웃간으로 치우는데 무거운 다듬이ㅅ돌을 들고 좁은 지게문으로 나가다가 허리에 담이 들어서 한동안 쩔쩔 매엇다 늘근 할머니가 쩔쩔 매는 것을 과부는 차마 가만이 보고 안젓슬수 업다는듯 슬몃이 일어나서 홍두깨도 들어주고 방망이도 집어 주엇다

이 날은 대보름날이라 저녁에 정첨지의 아들이 동넷 사람들과 가치 달마중 하려 산에 올라갓다가 나려오는길로 고모의 집에 와서 아주 삽작까지 다더 걸고 들어왓다 과부는 오두머니 안저 잇는데 고모는 누어서 알는소리 하다가 족하를 보고 일어나서 잠들 자라고 인사하고 곳 웃간으로 나려 갓다 정첨지의 아들이 깔어노흔 자리우에 안저서 과부를 바라보니 어여쁘기 짝이 업섯다 불가치 일어나는 욕심을 것잡지 못하야

『오늘은 옷을 벗겨 주어야지』

하고 과부에게 달려드니 과부는 죽어가는 소리로

『먼저 가 누어요』

하고 뒤로 떠다밀엇다

『그러지』

하고 정첨지의 아들이 자리우에 와서 번듯이 잣바지는 동안 과부는 살그머니 치마 뒤에서 방망이 한짝을 끄내쥐고 눈ㅅ결에 누은 사람 머리마트로 가며 곳 압니마를 나리첫다

『아이쿠머니』

벌떡 일어 안즌 정첨지 아들은 잠ㅅ간동안 정신이 아뜩하엿다 억개바듸 등줄기가 뜨끔뜨끔하고 뒤통수가 화끈하엿다 정첨지 아들이 부지중에

『이년 사람 죽인다』

큰 소리를 지르고 곳 누가 잡아 이르키는것 가티 일어섯다 과부가 방망이를 두손으로 잡고 소경 매질 하듯 함부루 치려 대드는것을 정첨지의 아들이 발ㅅ길로 냅다 차서 방문 아페 가서 궁둥방아를 찌코 주저안젓다 아래 웃방 사이에 잇는 지게문이 왈칵 열리며 늘근 고모가 족하 아페 와서 섯다

『이게 웬 일이냐 이마에 피 좀 봐라 아이구 이게 웬 일이냐』

가슴을 부둥켜 안고 주저안젓는 과부 여페 방망이가 떨어저 잇는 것을 보고

『조년이 방망이로 때렷구나 조련 박살할년 남의 귀한 족하를 죽일라고』

하고 과부를 구짓고 곳

『이애 얼마나 다첫나 어듸 보자 고개 좀 숙여라』

하고 족하의 손을 잡아 달리엇다

『아이구 이것 봐 아주 으스러젓구나 요년 어듸 보자 네 대가리는 마어노코 말테니 이애 피나 좀 씨서주마』

하고 고모가 족하의 손을 노흔뒤 솜 쪼각을 갓다가 족하 얼골의 흘른 피를 씻어 주는데 과부가 어느틈에 일어나서 방문을 열고 박그로 뛰어 나갓다

『고만 두시요 저년 붓잡게』

『제가 내빼면 어듸 가겟늬』

『당장 분풀이하기가 급해요』

『누가 보더라도 너무 흉칙하니 대강이라도 씨서 주마』

그 고모가 솜 쪼각으로 피 씻어 주는 것을 정첨지의 아들은

『고만 고만』

하고 재촉하다가 불이나케 방박게 나와서 이리저리 둘러 보다가 곳 삽작 박그로 쪼차 나왓다

달빗이 대낫 가터서 땅에 기어가는 개미도 눈에 보일만하엿다 과부가 천방지축하고 내빼는 것을 멀찍이 바라보고 다름질 처서 그 뒤를 쪼차 갓다 예사 말소리가 들릴만큼 동안이가까워

젓다

『이년 네가 가면 어듸루 갈 테냐 이년』

꾸짓는 말이 끗나자 마자 아페 잇는 동네 사이 길에서 절믄 사람들이 웃고 짓거리며 몰려나왓다 정첨지 아들이 그 아플 피해 가려고 논틀 밧틀로 경정경정 뛰어 가는데 짓구진 절믄사람 하나가 쪼차 와서 붓들엇다 그 사람은 신배ㅅ골 가치갓든 작난ㅅ군의 한 사람이다

『누군가 햇드니 자넬세그려 지금 자네가 이년 이년 하며 쪼처 가는 녀편네가 신배ㅅ골인가 어쩌다가 노치구 야단인가』

『저저 멀리 내빼네 어서 노케』

『신배ㅅ골까지 안가구 붓잡을껄 왜 이러케 야단인가』

『내손 좀 노케』

『자네 이마에 생채기가 낫스니 웬 일인가』

『할아버지 할께 제발 좀 노케』

『이 사람이 실성햇나』

그 사람이 웃는 동안에 정첨지의 아들은 붓든 손을 뿌리치고 두 주먹을 쥐고 다시 과부뒤를 쪼차갓다 동네 어구에까지 쪼차 나와서 과부를 거의 붓잡게 되엇슬때 과부는 길 여페 잇

는 우물 가에 가서 잠ㅅ간 굽어 보고 곳 우물로 뛰어 들어 갓다 그 우물은 동네 사람이 기픈 우물이라고 불르는 우물이다 정첨지 아들이 근두박질하야 우물에 와서 전을 집고 미틀 나려다보니 한 길이 넘는 우물 속이 침침은 하나 과부가 머리를 우물 벽에 기대고 주저안젓는데 물이 입에 찰랑찰랑 하는것이 분명히 보이엇다 정첨지 아들이 어찌할줄 몰르고 공연히 사방을 돌아 보는중에 이리 향하고 오는 사람들이 잇는것을 보고

『사람이 우물에 빠젓네』

하고 고성을 첫다 길에서 만난 절믄 사람들이 반이나 넘어 뒤따러 오든중에 정첨지 아들의 고성 치는 소리를 듯고 한다름에 뛰어들왓다 그러나 급기야 와서는 여러사람이 다 찬물에 들어 가기가 실혀서

『동아줄이 잇서야지』

『쾌두 잇섯스면 조켓네』

『오주 가티 힘센 사람을 불러 오는것이 제일조켓네』

하고 떠들기들만 할때 오주가 마침 멀리서 어슬렁거리고 오는 것을보고 얼른 오라고 여러사람이 소리를 첫다 오주가 뛰어와서 과부가 우물에 빠진것을 알고 우물ㅅ가에 가서 한번나려다 보더니 우 아래또티를 훌떡 벗고 과부 머리 업는 편에 가서 우물ㅅ전에 걸터안지서 팔을

뒤로 지프며 곳 우물 속으로 나려 갓다

여러 사람이 우물ㅅ가에 삑 둘러 서서 우물 속을 굽어볼때 웃도리만 물박게 나온 오주가 과부를 가슴에 끌어안고 우를 치어다보며

『동아줄을 하나 나려 보내 줘야겟소』

하고 소리를 질럿다 정첨지의 아들이 여러 사람중의 한사람을 와서 붓들고 말하야 그 사람이 가서 동아줄을 가저 와서 한 끄튼 정첨지의 아들이 손에 쥐고 달은 끄튼 우물 속으로나려 보냇다 잡아 달리라고 오주는 소리 치는데 정첨지의 아들이 혼자 끌어 올릴 수가 업서서 여러 사람에게 조력하야 달라고 청하엿다

『어차 어차』

하고 여러 사람이 동아줄을 잡아 달리는 중에 동아줄을 잡은 오주의 북두갈구리 가튼 손이 우물ㅅ전을 움겨 잡게 되자 오주의 몸이 불끈 우로 솟는데 한편 겨드랑이미테 과부를 끼어 들엇섯다 정첨지의 아들이 과부를 바더서 우물 압 편편한 곳에 갓다가 눕혀 노코 얼굴을 드려다 보고 코 미테 손을 대보고 하는 동안에 오주는 우물 박게 나와서 버서 노흔 옷을 주서 입은 뒤 정첨지 아들을 와서 보고

『어떠케 할 작정이요』

하고 물엇다

『어떠케 하다니 들어 가야지』

『그럼 어서 업구 들어 가지』

『자네가 또좀 업구가세』

『물독에 빠진 생쥐 가튼 것을 누구더러 업으래 자긔가 업지』

『옷 버릴까봐 그러니 새옷 한벌 해줌세』

『설빔 옷이 다 드러웟는데 새옷 해준다니 업어다 주까』

자지가 늘어진 과부를 오주가 업고 오는데 정첨지 아들과 절문 사람 하나가 양 여페 부터오며 부축하엿다 다른 절믄 사람들은 뒤 따러 오다가 만히 중간에서 허터저 가고 더러는 정첨지 누의 집에 와서 과부가 소생하는 것까지 보고 돌아갓다

정첨지 아들의 과부 동여온 소문이 나서 동네 사람들이 수군수군하든 차에 이런 일이 생겨서 이튼날 식전에 서로 만나는 사람들이 인사 제치고 이 일을 이야기하게 되엇스니 정첨지와 정첨지 며느리 귀에 소문이 안 들어 갈리 업섯다 이튼날 아침 때다 정첨지의 아들이 고모의 집에서 고모와 가치 아침밥을 먹는 중에 별안간 방문이 열리며 그 안해의 독 난얼굴이 방문 박게 나타낫다 정첨지아들도 그 고모나 못지 안케 놀랏스나 과부를 웃방에 누여 두어서 안해

눈 아페 뜨이지 안흔것을 다행하게 여기엇다

『왜 왓나』

『과부가 얼마나 이뿐가 보러 왓소』

『과부가 어듸 잇서』

『샛청으로 잡어 메면 제일인가』

내외 간에 말이 오고 가기 시작할때 늘근 정첨지가 지팽이를 드던지며 삽작 안으로 들어왓다

『아버지 오신다』

하고 고모가 놀나 일어서니

『야단 낫구려』

하고 조카도 따러 일어섯다 정첨지가 봉당에 올라 설때 방에 잇는 숙질이 박그로 마주 나왓다 정첨지는 얼굴에 피ㅅ대가 서고 입가에 살이 실룩거리엇다 늘근이가 가쁜 숨을 돌리는 동안 아들을 잡아 먹을것 가티 노려 보다가 입을 벌리며 곳 고래고래 소리를 질러서 야단을 첫다

『이 자식 집안을 망치더라두 조신하게 망처라 너죽구 나죽는 꼴을 봐야 속이 시원하겟느냐

이 자식 네가 기집이 업느냐 남의 집 과부를 빼다가 무엇 할데냐 벼락 마저 뒤어지구 시프냐 이눔 네가 남의 집 과부를 빼다가 자근 기집으루 데리구 살어 내눈에 흘기 들어가기 전엔 틀렷다 틀렷서 이눔』

정첨지가 지팽이로 봉당 바닥을 두들기다가 지팽이가 불어지니 손에 쥐인 지팽이 동강으로 아들을 두들겻다 그 고모가 가로 막고 나서서

『구중을 하시더라도 방에 들어 가 하시요 동네 사람들 부끄럽소』

하고 삽작 안과 울 박게 웅굿중굿 와서 섯는 이웃 사람들을 가르첫다

『부끄러운것 잘안다 너는 나이를 헛 처먹엇서 낫살 먹은 것이 저거하고 부동해서 집안망할 짓을 한단 말이냐 그건 부끄럽지 안으냐 네 방엔 들어 가기두 실타. 과부 어듸잇늬 이리 데려 내오너라』

정첨지가 호되게 야단 치는 바람에 그 누의는 두말 못하고 웃방에 들어 가서 과부를 붓들고 나왓다 정첨지가 며느리를 돌아 보며

『네가 여기 잇서 무어 하늬 저 녀편네 데리구 집으루 가자』

말하고 곳 며느리와 과부를 압세우고 나서는데 과부가 거름을 것지 못하는 것을 보고 구경하든 동네 녀편네 두엇을 불러서 부축 시켜 다리고 갓다

과부가 정첨지 집에 와서 몸지워 눕는 길로 곳 정신을 차리지 못하고 알엇다 정첨지는 며느리 시켜 구호를 극진히 하게 하고 과부 누은 아래ㅅ방에 녀편네 한둘은 밤낫 떠나지 안토록 하고 사내는 누구든지 범접 못하게 하엿다 정첨지의 며느리가 정첨지 보고

「아프로 과부를 어떠케 하실랍니까」

하고 의향을 물으니 정첨지는 자긔 마음에 작정한 대로

「병만 낫거든 곳 저의 집으로 보내 줄 테다」

하고 말하엿다 정첨치 아들이 이 말을 전청(轉聽)으로 듯고 몸이 달어서 구변 잇는 동네 늘근이 하나를 중간에 노코 아비 의향을 돌리려고 애를 썻다 정첨지 아들의 청을 바든 늘근이가 정첨지 집에 와서 거트로는 그저 놀러 온체하고 정첨지와 가치 담화하는 끄테 과부 말을 끄집어 냇다

「그 과부가 병이 낫다드니 대단치나 안은가」

「웬걸 대단해 아직까지두 인사 정신을 모른다네」

「병이 나은 뒤에 또 풍파가 업슬까」

「저의 집으루 보내 버리면 그만이지 무슨 풍파가 잇서」

「업어 온 과부를 돌려 보내는 법이 어듸잇나 자네 며누리 안 삼을라거든 내나 주게 내며

느리 삼아보세」

「이 사람이 뉘 지긔를 떠 보는 셈인가」

「실업슨 소릴세 골 내지 말게 그러치만 과부를 업어 왓다 도루보내면 그 집에 재앙이 잇다네 빈 말이라두 조흘것 업지안흔가」

「그런 말이 어듸잇나 나는 듯자 못햇네」

「그런 말이 잇서 자네가 못 들엇지 다른 사람을 내 주더라두 도루 보내진 말게」

「내 딸인가 내맘 대루 내주게」

「그러구 과부를 업어 오거나 동여 오는것이 흔한일 아닌가 큰 변고처럼 여길것 무어잇나」

「누가 큰 변고라든가」

「자네가 큰 변고처럼 집안에서 야단을 친다며」

「자식이 집안망할 짓을하면 누가 야단 안치겟나」

「집안 망할 짓까지는 과한 말일세 절믄 사람들의 일시 작난이지」

「작난이 다 무언가 제기집이 재파라케 절믄데 왜 남의 집 과부를 업어오나」

「여보게 우리들 절멋슬 때는 그만 작난 아니햇나 우리 늘근 사람들이 절믄 축에게 너무 까다럽게 굴것 아니니」

「이 사람 남의 집 외아들이 제 명에 죽지 못하는 것을 보구 시픈가 에이사람」

하고 정첨지가 증을 벌컥 내서 그 늘근이는 다시 말 못하고 얼마 동안 무료하게 안젓다가 일어섯다

그 늘근이가 정첨지 집에서 나가는 길에 정첨지 아들이 곽오주와 가치 고샛길에 나와 섯다가 보고 쪼차들 왓다

「조흔 소식이 잇습니까」

「자네 귀에 조흔 소식 들려 주려다가 공연이 내 코만 떼구가네」

정첨지 아들이 대번에 오만상을 찡그렷다 오주가

「조흔 소식이 무슨 소식이요」

하고 늘근이보고 물으니

「자네가 찬물 속에 들어 가서 인명을 구한 상급으루 자네 주인이 이쁜 안해 하나 구해 준다는 소식이 잇네 이것이 조흔 소식이 아닌가」

하고 늘근이는 껄껄 우섯다

오주가 『옛기』하고 늘근이게 사때질하고서 어서 가자고 절믄 주인의 손을 끌엇다

정첨지 아들이 오주와 가치 오는 걸에 그 과부를 도루 보낼 바엔 차라리 오주를 내 주어보고 시픈 맘이 생겻다

과부를 가까이 두고 얼골이라도 보고 시픈 생각과 과부가 밉살스러워서 욕 보이고 시픈 생각과 귀ㅅ속에 남아 잇는 늘근이의 실업슨 말이 한데 얼기설기한중에 이 마음이 생기게 된것이엇다

『여보게 오주 과부를 자네 줄 테니 어떤가』

『날더러 데리구 살란 말이지』

『그래』

『안해가 잇스면 살림할 집이 잇서야지』

『그건 념려 말게』

『집이나 살림 제구는 내가 다 주선해 줌세』

『그러면 조치 실을것 무어잇서 그러치만 주인 영감이 나를 줄라구』

『영감쟁이가 내 생각엔 자네는 줄것 가테 하여간 지금 가서 말을 비처보세』

정첨지의 아들이 집에 와서 아비를 보고 과부를 오주 내 주자는 의취로 말을 비첫다 정첨지

는 과부 돌려 보내면 집에 재앙 잇단 말을 꼭 고지들은것은 아니나 마음에 께름칙하야하든 터이라 곳 오주를 불러 세워노코

「과부가 병 나은 뒤에는 너를 내줄테니 네가 도루 업어다 주거나 차지를 하거나 맘 대루 해라」

하고 말하야 오주는 선뜻

「네」

하고 대답하엿다

일시 위중하든 과부의 병이 멧칠 뒤에 대세는 돌렷스나 정신ㅅ긔가 나며부터 죽기를 긔쓰고 약이나 미음을 바더 먹지 아니하엿다 과부가 자몽하야 자는것가티 누어 잇슬때 정첨지 며느리가 미음을 가지고 와서 가만가만 몸을 흔드니 과부는 눈을 잠ㅅ간 떠 보고 곳 도루감엇다

「여보 미음 좀 마시요」

「그러케 안 먹으면 병이 낫지안소」

「우리 시아버지 말씀이 임자가 병이 나으면 곳 집으로 보내 주신다는데 얼른 병이 나어야 집에를 가지 안소 집에 가고 십지안소 왜 아니먹소」

과부가 눈을 다시 뜨고 정첨지 며느리의 얼골을 물끄럼이 바라보다가 미음을 달래서 마시엿나

과부의 병이 나날이 나어 갓다 대세를 돌린지 사오일만에 머리를 들고 일어나서 소세까지 하게 되엇다 그러고 정첨지 며느리를 붓들고 집에 가게 하야 달라고 졸랏다

『신배ㅅ골이 여기서 삼십리라도 사십리나 된다는데 지금 걸어 가려면 갈수 잇겟소 조금 소복된 뒤에 보내 주신다니 아무ㅅ소리 말고 보내 주실때까지 기다리오』

과부가 이 말을 밋고 잠자코 다시 수일 지나는 동안 날마다 방안에서 서성거리며 다리에 힘을 올리엇다

『인제는 사십리 아니라 팔십리라도 걸어 갈것 가트니 내일쯤 집에 가도록 해 주시요』

『내가 잇다 말씀해보리다』

정첨지 며느리가 과부의 청하는 뜻을 정첨지에게 말하야 허락을 바덧다

과부가 내일은 자긔 집에 가게 될줄 밋고 초저녁부터 밤 가기를 조이고 안젓슬때 밤에와서 가치 자는 동네 녀편네가 빙글빙글 우스며 들어 와서

『잠 동무도 고만이요그려』

하고 말하니 과부는 자긔가 내일 가게 된것을 말하는 것이거니 짐작하고

『글세 섭섭하오』

하고 인사 치례로 대답하엿다

그 녀편네가 다시 무슨 말을 하려고 할즈음에 정첨지의 며느리가 와서 정첨지의 말을 전하엿다

그 말은 다른 말이 아니라 가치 다리고 갈사람을 한사람 부탁해 노핫스니 그 사람의 집에가서 그 사람을 만나 보라는 말이엇다

『그 사람이 가튼 녀편넨가요』

『모르겟소 가 보면 아실테지』

정첨지가 부탁햇스면 고만이지 자긔더러 가서 만나 보랄것이 무엇인가 의심이 더럭나나 지낸 곡경보다 무슨 더 큰곡경이 아페 잇스랴 생각하고 과부는 여러 말 안코 곳

『하라시는 대로 하지요』

하고 대답하엿다

『그럼 지금 나하구 가치 갑시다』

안저 잇든 동네 녀편네가 일어서니 과부는 정첨지 며느리에게 곳 단녀 오리다 인사하고 동네 녀편네의 뒤를 따러 나섯다 정첨지 집에서 멀지 아니한 곳에 잇는 오두막 집이다 집안은괴

과하고 방안의 불빛은 희미하엿다 동네 녀편네가 과부를 다리고 와서 방문을 열고 들어 가라고 말하엿다 방안에 사람도 업고 물건도 업섯다 아래목 편에 노힌 흔니불 한채와 벽에걸린 등잔 거리 곳 업스면 알뜰한 빈방이엇다

『사람이 업스니 웬 일이요』

『오겟지요』

『다른 데서 온단 말이요』

『잇슬줄 알엇드니 어듸 잠ㅅ간 나간게요』

『박게서 기다립시다』

『치운데 어떠케 박게 서서 기다리나요 나두 들어 갈테니 들어 갑시다』

이 방에 드러 가는데 무슨 곡절이 부튼 줄은 과부가 확실히 짐작하엿스나 하회를 두고 볼작정으로 그 녀편네와 가치 방안에 들어 왓다 정첨지 아들놈이 무슨 흉게를 꾸며서 자긔를함정에 몰아 넛는 것이 아닌가 그러타고 하면 그 아비는 모르지만 그 기집까지 한통이 될리 잇슬가 그 기집은 속아서 모르는가 이런 생각이 과부의 머리 속에 떠 올라서 양미간을 잔뜩찌프리고 안젓슬때 방문이 벌컥 열리며 시커먼 쇠도둑놈 가튼 사내가 방안에 들어 섯다 동네 녀편내가 그 사내를 보고

『곽도령이 어느 틈에 곽서방이 되엇서』

하고 우스니 그 사내는

『오늘 아무러케나 끌어 올렷소』

하고 역시 우섯다 그 녀편네가 과부를 보고

『이 사람이 가치 가실 사람이요』

말하고 곳 나가려고 일어서는데 과부가 녀편네보다 압질러 나가려고 하는 것을 그 사내가 덤석 끌어 안어서 나가지 못하게 하엿다 과부는 소리개에 채인 병아리 가티 꼼작 못하고 발발 떨엇다

오주가 과부를 방 한중간에 안치고 자기는 등으로 방문을 가로 막고 안젓다 오주는 숫긔 조흔 사람이건만 평생 처음으로 젊은 녀편네와 단 둘이 한방에 들어 안즈니 어째 계면적은 생각이 나서 꿀 먹은 벙어리 가티 안저 잇고 과부는 숨만 쌔근쌔근 하고 돌로 삭인 사람 가티 안저 잇섯다 오주가 처음 상투 올리는 날 행세로 빌어 쓴 망건이 머리에 테를 메운것 가터서 훌떡 벗어 버리고 머리 뒤를 극죽극죽하엿다 오주가 우선 과부와 성명이나 통하려고 무거운 입을 열엇다 말은 하게를 안쓰고 곳 업는 반말을 썻다 오주는 총각 대접으로 하게 하는 사람들에게 일수 반말질하야 반말을 잘하는 터이엇다

『나는 성은 곽가구 이름은 오주구 나이는 스물 다섯이구 고향은 강령인데 정첨지 집에서 머슴을 살어 임자는 성은 무어구 이름은 무어구 나이는 얼마여』

말을 한마듸 한마듸 줍듯이 말하며 오주가 연해 과부의 얼굴을 바라보니 뭇는 말에 대답은 고사하고 하는 말을 듯지도 안는것 가텃다

『우리 주인이 날더러 임자하구 가치 살라는데 내 맘엔 조치만 임자 맘에 어떤지 임자가나하구 가치 살기 실타면 나두 구지 가치 살자지 안흘 테니 실커든 실타구 말해』

오주가 과부의 말을 들으려고 한동안 기다리엇다

『나는 아직두 총각이구 임자는 젊은 과부니까 가치 살기 실을것 업겟지 또 가치 살다가두 언제든지 실타기만 하면 내가 두말 안쿠 갈러 설테니 그때 임자가 신배ㅅ골 가서 도루과부 노릇 하면 고만 아니여』

오주가 또 다시 한동안 기다리엇스나 과부는 입을 겹겹이 봉한 사람 가티 말한마듸 아니하엿다

오주가 선하품을 하고 기지개를 켜더니 혼자 말하듯

『고만 자 보까』

하고 일어나 아래ㅅ목에 가서 홋니불ㅅ족을 펼치엇다 그림 가티 안젓든 과부가 번개 가티 일

어나서 방문을 박차고 뛰어 나가려다가 한발도 채 내드듸기 전에 오주 손에 붓잡혓다 오주가 한 손으로 열린 방문을 다친 뒤에

『누구를 또 찬물에 들어 가게 할라구』

하고 껄껄 우스면서 과부를 어린 아이 가티 번쩍 안어 들고 아래ㅅ목 자리로 왓다 과부는 손이 잇서도 손을 놀리지 못하고 발이 잇서도 발을 놀리지 못하고 등신이나 다름이 업시 되엿다

남자는 잠이 들며 곳 코를 고는데 녀자는 눈만 감고 잇섯지 잠이 들지 아니하엿다 무서움과 슯흠과 분함이 모두 작이 넘엇다 남자 잠자는 틈에 방문 열고 도망할 생각이 들지 못할뿐 아니라 손끗 하나 꼼짝하고 십지 안헛다

녀자가 달글 여러홰 울린뒤에 잠 갈지도 안케 잠이 잠ㅅ간 들엇다가 꿈 갈지도 안케 꿈을하나꾸엇다

어듸를 가는지도 모르고 험악한 산ㅅ길을 걸어 가는데 뜻박게 어린 아이 우는 소리가 귀에 들렷다 소리가 어듸서 나나 하고 둘레둘레 돌아 보니 커다란 굴속에 갓난 아이 하나가 누어 잇섯다 아무 생각도 업시 굴속으로 쪼차 들어 가서 그 아이를 안고 보니 이때까지 사람의 아이든 것이 곰의 새끼로 변하엿다 깜짝 놀라서 내 더지고 한번 살펴 보니 여전히 사람의

아이라 다시 안어 보려고 할 지음에 난데 업는 시컴은 곰 한마리가 와서 아이를 빼아서 안고 굴 박그로 뛰어 나갓다 곰이 무서워서 얼른 나가지 못하고 굴속에 서 잇는 중에 굴이 헐썩 문허저서 꼼짝 못하게 치엇다

녀자가 잠이 깨엿는데도 가슴이 답답하야 눈을 뜨고 보니 꿈에 보든 곰의 다리와 가튼 남자의 팔이 가슴 우에 와서 언처 잇섯다 그 팔에 손을 다이고 십지 안허서 들어 나려 노치 안코 몸을 비키어 이불 박그로 나가려고 하는데 팔이 움직이는 바람에 팔 임자가 잠이 깨어서 이불 박게 나간 몸을 그 팔로 끌어 드렷다 날이 새며 남자는 곳 일어나고 녀자는 머리를 싸고 누어서 일어나지 아니하엿다 이날부터 사흘 되는 날까지는 녀자가 먹도 안코 줄곳 누어잇섯고 나흘 되는 날부터는 오주가 주인의 집에서 가지고 온 음식을 우격다짐으로 먹여서 할수업시 조금조금 먹고 잠ㅅ간잠ㅅ간 일어 안기 시작하엿고 십여일 지난 뒤에는 부억에 나려 가서 둘이 먹을 밥을 짓게까지 되엇다 동네 사람들이 이것을 보고 녀자를 비우서 말하는 사람도 적지 안엇스나 연분은 할수 업는 것이라고 말하는 사람이 더 만핫섯다

오주가 유복이와 형제를 매진 뒤로 거의 한장도막 한번식 청석골 산속을 들어 다니는데 처음에 오주 오는 것을 찐덥지 안케 알든 오가의 식구들도 강가의 풍파를 가치 칠은 뒤부터 모두 한집안 식구 가티 정다워저서 오주가 올 때쯤 되면 유복이가 말하지 아니하야도 오가의

식구들이 음식까지 유렴하야 노코 기다리엇다 새해 된 뒤에도 오주가 정초에 와서 하루ㅅ밤 묵어 가며 술을 먹고 가고 또 보름 전에 와서 하루 종일 놀다 가고 유복이가 양주 꺽정이 집에 가서 칠팔일 잇다 오는 동안에 한번 와서 다녀 갓섯다 그때 와서 말이 기집 하나 생기게 되엇스니 생기거든 다리고 오마 하고 갓는데 그 뒤 발서 두 장도막이 지나도록 다시 오지 아니하엿다 유복이가 날마다 식전이면

『오늘은 이 자식이 오려나』

하고 종일 고대하고 저녁 때면

『이거 웬 일일까 오늘두 아니 오네』

고 성사 삼아 말엿하다 유복이가 멧멧번 개래동으로 차저 가려다가

『멧칠만 더 기다려 보게』

『오늘 내일간 올껠세』

오가의 말을 듯고 고만두고 고만두고 하야 사오일 지낸 끗이다 이날도 한나절까지 오주 오기를기다리다가 유복이가 오가를 보고

『이 자식이 무슨 병이 난거요 그러키에 이러케 오래 안오지 내가 아무래두 개래동을 가보구 와야 속이 시원하겟소』

하고 말하니 오가는

『가 보려거든 가 보게만 내 생각엔 병나서 못오는게 아니구 노총각 년석이 기집 맛에 반해서 헤나지 못하는 것 가테』

하고 우섯다

『그러키나 하면 조켓소』

『그럼 내말이 틀리나 두구 보게 차부소 가튼 사람이 무슨 병이 나겟나』

『정사는 병이 나지 말란법 어듸 잇소 하여튼 내가 가 보구 오리다』

유복이가 해질 물에나 온다고 가더니 보리밥 한솟 짓기가 못 되어서 오는데 뒤에 오주가따러왓다 마당에서 돌아 다니든 오가가 먼저 보고 나서서 유복이를 보고

『길에서 만낫네그려 큰 길까지두 채 못나갓지』

하고 말한 뒤에 곳 오주를 향하야

『어째 그러케 오래 아니왓나 어듸 알엇나』

하고 물엇다

『알키는 왜』

『그럼 왜 아니 왓나 자네 말투루 기집이 생겻나』

「생겻서」

「내말이 어떤가 맛지 안헛나」

하고 오가가 유복이를 돌아 보며 웃으니 유복이는 오주에게

「네가 녀편네게 반해서 안 온다구 말슴하더라 참말 반햇늬」

하고 말하며 우섯다

안ㅅ방에 들어 안젓든 식구들이 어느 틈에 마루 끄테 나섯다

「어서 올라들 와요」

하고 오가의 마누라가 재촉하야 유복이와 오가가 오주를 중간에 끼고 마루로 올라 왓다 오가의 마누라와 유복이의 안해가 분분히 오주를 향하야 치하 인사들을 마친 뒤에 여러 사람이 모두 안ㅅ방으로 들어 왓다 자리에 안즈며부터 여러 사람이 오주의 장가 든 이야기를 듯고자하야 구변 업는 오주가 과부 차지하게된 곡절을 뒤죽박죽 이야기하고 또 오가에게 졸려서 첫날밤광경까지 대강 이야기하엿다

「지금은 찬 샘물에 뛰어 들어갈 념녀가 업겟늬」

유복이 뭇는 말에

「인젠 그런 념녀 업소」

대답하고

『얼른 좀 만나 보앗스면 조켓서요』

유복이 안해 말에

『그러지 안허두 가치 오려구 햇드니 오기 실타구 합듸다』

대답하고

『소문 난 과부면 얼골이 이쁘겟소』

오가 마누라 말에

『이쁘구 말구 튼튼햇드면 더 조흘번 햇소』

대답하느라고 오주가 이사람 돌아보고 저사람 돌아보고 할때 이때까지 싱글싱글 웃고만잇던 오가가

『여게 오주』

하고 불러 노코

『자네는 지금 녀편네 맛이 단줄루 알테지만 그것이 본맛이 아닐세 녀편네는 오미 구존한 것일세 내 말할께 들어 보려나 혼인 갓해서 녀편네는 달기가 꿀이지 그러치만 차차 살림 자미가 나기 시작하면 녀편네가 장앗지 무쪽 가치 짭잘해지네 그 대신 단 맛은 가시지 이

짭잘한 맛이 조금만 쇠면 녀편네는 시금털털 개살구루 변하느니 맛이 시어질 고비부터 각금 매운 맛이 나는데 고추 당추 맵다 하나 녀편네 매운 맛을 당하겟나 그러나 이 매운 맛이 업서지게 되면 쓰기만 하니」

하고 오가가 너덜거리는데 오가의 마누라까지도 다른 사람들과 가치 우섯다

오주가 오래간만에 올뿐 아니라 장가 들고 처음 왓다고 오가는 그 마누라와 유복이 안해에게 말을 일러서 특별히 안주 작만하야 술 대접을 하엿다 술ㅅ상이 들어 와서 순배가 도는사이에 유복이가 오주를 보고

「내가 이번에 양주 가서 술을 만이 먹구 왓다」

하고 말하니 오주가

「형님술에 만이 먹으면 얼마나 먹엇겟소」

하고 우섯다

「사람 셋이 사흘 안에 술 한독을 다 들냇스니 무던이 먹지 안헛늬」

「형님이 혼자 다 먹엇다면 무던하까 게다가 형님은 제일 적게 먹엇겟지」

「적게 먹은게 다 무어냐 아마 제일 만이 먹엇슬 께다 껵정이 언니는 술이 고래지만 친환핑계하구 몸을 사리구 천왕동이는 술이 나만 못하니까 내가 자연 만이 먹게 될것 아니냐」

「나무 장 꺽정이란 이가 보구 시픈데 형님 왜 남 안데리구 가우 이담 갈때는 꼭 가치 갑시다」

유복이가 대답하기 전에 오가가 말 참예하고 나섯다

「양주 술을 먹어 보구 시픈가」

「양주 술은 별난 술이요」

「술 먹은 이야기 끄테 양주를 가구 십다니 말일세」

「왜 내가 전엔 가구 십단말 아니햇나 지난번 형님 갈때두 내가 알엇드면 따러 갓슬 텐데」

「아닌게 아니라 꺽정이 봉학이 말은 박서방에게 하두 귀따겁게 들어서 나두 보구 시페 이담 자네들 갈때에 나두 한목보세」

오가의 말 끄테 유복이가 오주를 보고

「꺽정이 언니가 너 잘잇느냐구 뭇드라」

하고 안부를 전하엿다

「내가 보구 시퍼한단 말두 햇소」

「햇든지 모르겟다 하여튼 네 말이 만이 낫섯스니까」

「형님 대체 꺽정이란 이가 내 맘에 들겟소 어떠켓소 나는 보구 시퍼두 보구 나서 맘에 안

들까봐 걱정이요」
「그진 만나 봐야 알지 그러치만 맘에 들구 안들구 그 아페선 고개가 절루 숙을께다」
「형님의 형뎜이니까 고개좀 숙여줘두 조치 뭐」
「그가 이번에 나하구 가치 오려구 하다가 그 아버지 병이 더처서 병이 조곰 낫는걸 보구 한번 놀러 온다구 햇다」
「언제쯤 온다구 햇소」
「오게 되면 그믐 초생 온다구햇다」
「두어 장도막만 더 잇스면 오겟구려 오거든 곳 내게 알려 주우」
「오기만 하면 알려 주다 뿐이냐」
「그가 여기 길을알까」
「랍고개서 들어 오는 길을 자세이 말하구 목표까지 다 가르처 주엇스니까 오려면 차저 올 수잇겟지」
유복이가 오주와 수작하든 것을 고치고 오가를 돌아 보며
「이번 술 해 너을때는 좀 나우 해넛는 것이 조치 안켓소」
하고 말하니

『자네의 약삭바른 장모가 자네 말을 기다리겟나 벌서 몟칠 전에 청주 술밋까지 해 넛다네』

하고 오가가 우스며 대답하엿다

『오지 아니하면 낭패로구려』

『무슨 낭패 우리가 두구 먹지』

두 사람식 서로 수작하는 중에도 까끔 세 사람이 한께 어울려 말할때가 업지 안헛지만 술긔운들이 든 뒤에는 세 사람이 서로 아풀 다루어 가며 짓거리어서 방안이 떠들석하엿다 저녁때가 다 되어서 술상이 끗이 낫다 전 가트면 오주가 저녁까지 눌러 먹을 것인데 저녁을먹지 안코 간다고 일어서니

『이왕 느젓는데 저녁 먹구 가렴으나』

하고 유복이는 붓들고

『집에 가서 두내외 재미 잇게 가치먹게』

하고 오가는 조롱하엿다 오가의 마누라가

『여보게 박서방 나 좀보게』

하고 유복이를 박그로 불러 내서 몟마듸 소근소근 말하더니 유복이가 방그레 우스며 방으로 들어 와서

『저녁은 안 먹드래두 잠ㅅ간 더 아젓거라』

하고 오주에게 말하엿다

『왜 그러우』

『우리 장모가 너를 주어 보낼께 잇다신다』

『무어요』

『네가 재 살림에 장건건이두 군조러울것 이라구 간장 된장을 좀 준다신다』

『그거 참 고맙소』

오가의 마누라는 자기의 인정도 인정이려니와 유복이의 뜻을 살펴서 간장 장군과 된장 동이 이외에도 조금조금한 살림제구까지 주어서 오주는 한짐 질머지고 돌아 갓다

정첨지가 부모산에 소나무를 가꾸기 겸 숫을 무드려고 소나무 사이에 선 참나무를 작벌 시키엇다 정첨지 아들은 밭매터에 나오는 것이 아비의 눈가림이라 공연히 빙빙 돌다가 꾀꾀로 빠저 들어 가고 정첨지는 아들과 달러서 소나무 다치지 안케 해라 우죽 허실 안되게 해라 잔소리가 심하지만 칠십 넘은 늘근이라 줄곳 서서 돌아 다니지 못함으로 오주가 저의 일을 해가며 틈틈이 남의 일까지 간검하노라고 분주하엿다 저녁 때가 되어서 다른 일ㅅ군들이 일을 마치고 각기 돌아 가뒤에도 오주는 떨어저서 한 바퀴 돌아 보고 오는 까달게 해진뒤

에야 돌아 오게 되엿다 발매 시작되든 이튼날 저녁때 오주가 발매터에서 돌아 와보니 유복이가 정첨지집 머슴방에 들어 안저 잇섯다

『형님 오섯구려 언제 오섯소』

『온제 한참 되엿다 얼른 저녁 먹구 나하구 가치가자』

『무슨 일이 생겻소』

『우리 언니가 오늘 왓다』

『가치 갑시다 그러치만 나는 내일새벽 도루 와야겟소』

『왜 내일 새벽에 무슨 일이 잇늬』

『주인 집에서 어끄제부터 발매를 시작햇는데 와서 봐 줘야지』

『주인더러 말하구 가잣구나 우리 언니두 바뿐일이 잇서서 모래는 간다니 내일 하루 가치 놀다 헤어지면 조치 안켓늬』

『그러케 속히 간다우 내가 주인더러 말하구 나오리다』

오주가 곳 안으로 들어 가서 저녁밥 먹는 정첨지의 부자를 보고

『내가 의형님한테 갈일이 생겨서 내일 하루 일못하겟소 내일 못하는 오력으루 모레 와서 동갑하리다』

하고 말하니 정첨지는 대뜸에

『자네가 업스면 일이 되나』

하고 상을 찡그렷다

『절믄 주인이 하루만 잘 돌아보면 되지안소』

정첨지가 말하기 전에 그 아들이 선뜻

『그러케 하게』

하고 허락하엿다

『내가 가 봐서 내일 밤에 오거나 모레 식전 오리다』

『어둔 밤에 올꺼 무어잇나 모레 오게그려』

『그러면 더욱 좃소』

정첨지는 아들을 흘겨 보며

『그 자식 징이 선선하다』

하고 나물하는데 오주는

『이런때는 우리 절믄 주인 가티 조은 사람이업서』

하고 껄껄 웃고 곳 부억에 가서 저의 밥을 차저 들고 박그로 나왓다

『인제 우리 집에 가서 밥 한술 떠먹고 갑시다』

『나는 시장하지 안치만 잠ㅅ간 가서 인사나 허구 갈까』

『암 인사두 해야지』

오주는 유복이를 끌고 저의 집으로 와서 큰 소리로

『여게 우리 형님 오셧네』

하고 방문을 왈칵 열엇다 오주의 안해가 누어 잇다가 깜짝 놀라서 일어나며 나직한 목소리로

『어듸 형님이 오셧소』

하고 물으니

『어듸 형님이 무어여 늘 말하든 우리 의형님이지』

하고 오주는 곳 뒤를 돌아 보며

『들어 갑시다』

하고 유복이와 가치 방으로 들어왓다 오주의 안해가 유복이에게 절인사를 마친 뒤에 곳 박그로 나가려고 하니 오주가

『어듸를 갈라나』

하고 물엇다

『밥을 지어야지요』

『찬밥 남은거 업나』

『찬밥은 잇소』

『그러면 지금 내가 가지구 온 더운밥은 형님 드리구 우리는 찬밥먹세』

『장찌개두 업는데 어떠케 하오』

『잇는 대루 먹지 얼른 먹구 가야겟네』

『어듸를 갈라오』

『형님하구 가치 갈테여 내일 모레나 오겟네』

오주의 안해는 방구석에 더퍼 노핫든 반찬 그릇과 찬밥 그릇을 내 노흔뒤에 부억으로 물뜨러 나갓다

『네겐 과하두룩 얌전하다』

『나는 얌전한 기집 데리구 살면 못쓰우』

『누가 못 쓴다나 그러치만 네게 대면 너무 약해 보인다』

『그대 약해서 탈이요』

물까지 떠다 노코 밥들을 먹게 되엿는데 오주의 안해는 오주가

『가치 먹세』

하고 수깔을 집어 줄뿐 아니라 유복이까지

『나는 조금 먹을 테니 더운 밥을 가치 먹읍시다』

하고 권하얏건만 나종에 먹는다고 가치 먹지 아니하엿다

캄캄한 어두운 밤이나 발ㅅ세 익은 길이라 오주와 유복이는 거침 업시 걸어서 초경이 지나기 전에 청석골을 들어 왓다 오가의 집에 마당에는 화토불이요 마루 끄테는 듯통이요 안ㅅ방에는 대심박이 초불이 밝아서 한다하는 부자집에서 밤 잔치하는 것 가텃다 오가의 마누라는 마루에서 유복이의 안해와 기집아이년을 다리고 주식을 준비하고 오가는 안ㅅ방에서 꺽정이와 천왕동이를 대하야 경력을 이야기하는 중이엇다 오가의 마누라가 유복이와 오주가 대문 안에 들어서는 것을 보고 곳 고개를 방편으로 돌리며

『인제들 오는구먼요』

하고 소리 처서 선통하니 오가가 아래ㅅ목 외쪽 바라지문을 열고 머리를 내어밀며

『어째 이러케들 느젓나』

하고 큰 소리로 물엇다 유복이가 오가의 말을 대답하는 동안 오주는 오가 마누라와 유복이

안해에게 인사말을 마치고 유복이와 가치 웃목 지게문으로 안방에를 들어왓다 지게문 편을 향하고 안즌 총각은 얼골이 해사하고 아래ㅅ목에 오가와 느런이 안즌 사람은 얼골이 영특하고 수염이 숫하엿다

『저 털보가 꺽정이란 이요』

하고 오주가 유복이를 돌아 보니

『버릇 못배운 사람이란 할수 업네 처음 뵈입는 터수에 면대해서 이름 불으구 게다가 별명까지 짓는단 말인가』

하고 오가가 우스면서 오주를 책망하엿다

『자 오주의 절을 바드시우』

하고 오주가 너푼 절한번 한뒤 바라지 아패 모꺽거 안즌 유복이 여페 자리에 와서 안젓다 유복이가 마즌편 안즌 총각을 가르치며

『저 사람이 황천왕동이다 인사해라』

하고 오주를 돌아 보니 오주가 천왕동이를 바라보며

『자네가 거름을 잘 것는다지』

하고 말을 부첫다

『내게두 절이나 한번 하게 나두 나이 자세버덤 만헤』

하고 천왕동이는 나이를 자세하고

『나는 인제 어른이야』

하고 오주는 어른을 내세우다가 나이와 어른을 비겨 버리고 두 사람은 곳 서로 너나드리를 하엿다

『요전에 드르니까 너두 총각이라드니 언제 상투를 끌어 올렷늬 그전 박서방처럼 외자나아니냐』

『오죽하니 외자 상투를 올릴까』

『어떤 팔자 험한 녀편네가 저런 쇠도독놈 손에 잡혓슬까』

오주가 천왕동이 말을 대ㅅ구하기 전에 오가가

『아닌게 아니라 오주 안해가 팔자 험한 사람이야』

하고 말ㅅ자루를 차지하고 나서서 오주의 안해 어든 곡절을 한바탕 늘어지게 이야기하엿다

오가의 이야기가 끗난 뒤에 유복이가

『참말루 얌전합듸다』

하고 오주 안해를 칭찬하니 오가는

「저 사람하구 가치 안젓는 것이 백로가 까마귀하구 짝 지은것 갓든가」

하고 웃고 오가의 말 끄테 천왕동이는

「힌 비둘기하구 시컴은 곰 색기하구 가치 안진것 가틀 테지」

하고 우섯다 오가와 천왕동이가 밧고 채기로 오주를 시달리는 판에 꺽정이가

「못처럼 서로 만나서 실업슨 소리루 밤을 보낼 테야」

하고 말하야 천왕동이는 고사하고 오가까지 움젤하야 입을 다무럿다 오주가 꺽정이를 바라보며

「우리 형님이 형님이라니까 나두 형님이라구 하우」

하고 싱글벙글 웃고 나서

「형님 작년에 전장에 갓섯다지요」

하고 물엇다.

「그래」

「전장 이야기 좀 들읍시다」

「나는 구변이 업서서 이야기를 잘 못하네 이담 이봉학이란 이를 만나게 되거든 이야기를 듯게」

「활잘 쏘는 이 말이요」

「그래 지금 어듸 잇소」

「전라도 전주 감영에 잇네」

「감영이라니 감사 잇는 데지요 거기서 무엇 하우」

「벼슬 산다네」

「감사 노릇 하우」

「감사 아래 잇는 비장이라네」

「날리친 공으루 그런 벼슬 햇소」

「그런 셈이지」

「형님은 왜 벼슬 안햇소」

이 때 오가가 꺽정이를 돌아 보며

「술들 자시며 이야기합시다」

하고 곳 바라지문을 열고 박글 내다 보며 술상을 재촉하엿다

술상이 굉장하엿다 집에서 잡은 도야지 고기와 산양해 온 노루고기와 버리해 온 어물로 만든 진안주 말은안주는 상 둘에 가뜩 노히고 새로 뜬 독한 청주는 큰 낭푼에 가득하엿다 갱

기미 하나가 술잔으로 노혓는데 기픈 술잔 두어 곱절이 넉넉이 들건마는 큰 그릇으로 마시기 조하하는 오주 눈에는 너무 적어 보이엇다 술이 첫순이 끗난 뒤에 꺽정이가 오가를 돌아보며

『대접 하나 가저 오라시우』

하고 말하야 기집아이가 놋대접 하나를 가저 오니 오주가 먼저 바더 들고

『이것으루 술을 먹엇스면 조켓소』

하고 그 대접을 꺽정이 아페 노흐려고 하엿다

『거기 노치 말구 술을 뜨게』

『자 바드시우』

『자네 먼저 먹게』

오주가 사양 안코 들어 마신 뒤에 다시 떠서 꺽정이를 주니 꺽정이가 한대접 술을 한숨에 쭉 드리키엇다 오주가 물그럼이 이것을 바라보더니

『형님 술먹는 것이 내 비위에 꼭 들어 맛소』

하고 조하하엿다 뒤바꾸인 순이 다시 차례로 도는데 다른 사람들 아페는 갱기미가 몰고 꺽정이와 오주 아페만 대접이 돌앗다 술 냥푼을 연해 갈어 드리는 동안에 한방에 가득한 술김은

무지개가 되고 여러 입에서 나오는 이야기는 꽃이 피엿다 밤이 이슥하야 안식구가 아래ㅅ방에 가서 잠들은 뒤에도 안ㅅ방의 웃고 떠드는 소리는 끈칠 줄을 몰랏다

강가의 풍파 이야기가 낫든 끄테 오가가 헌감을 떨며 청석골 자리를 자랑한 까닭에 이튿날 아침 뒤에 꺽정이가 오가를 보고 자랑하는 자리를 한번 돌아 다니며 구경하자고 청하니 오가가 두말 안코 허락하고 곳 유복이를 돌아 보며 산에 가서 먹게 술병이나 가지고 가자고 말하엿다

「산에 갈 바에는 아주 산양질을 나갑시다」

유복이의 말이 입에서 떨어지자

「조치 산양질 조치」

천왕동이는 손벽을 치며 조하하고 산양질을 질기지 안는 오가와 오주도 실탄 말은 아니하야 곳 산양질 준비를 차리는데 오가가 자긔 집에 본래 잇든 환도들과 강가 패에게 빼아슨 병장긔들을 모두 끄집어 내 왓다 꺽정이는 환도를 골라 잡고 오가와 천왕동이는 창들을 논하잡고 유복이와 오주는 아무 것도 잡지 아니하엿다 유복이는 표창이 잇지만 오주만은 맨주먹이다 오주를 시달리기 조하하는 천왕동이가 가만이 보고 잇지 아니하엿다

「너는 주먹으루 산양할테냐」

『나는 모리군 노릇 하마』

『너 가튼 것이 몰아 주기를 바라다가 짐생 다 노치게』

『실커든 고만 둬라』

『맨 주먹 가지구 흔들흔들 따라 오기 열적겟다』

『술하구 밥을 질머지구 갈테다 이자식』

『너무 사람 갑세 갈라거든 재주 한가지 배워라』

『나는 왜 재주가 업드냐』

『무슨 재주냐 밥먹는 재주냐 기집 끼구 자는 재주냐』

『이 자식이 되지 못하게 사람만 만만이 보네』

오주의 눈방울이 굴를 때 꺽정이가

『오주』

하고 불르며 천왕동이 아플 막고 나섯다

『자네가 남버덤 낫거니 생각하는 재주가 무엇인가』

오주가 머리ㅅ뒤를 끅적거리다가

『씨름 재주』

하고 무뚝뚝하게 대답하엿다

『또』

『나무에 올르는 재주』

『또』

『인제 업소』

『무슨 연장은 남버덤 잘 쓰는거 업나』

『도끼』

『또』

『도리깨 도리깨질은 나만큼 잘하는 사람 별루 업소』

격정이와 오주가 수작을 끈친 뒤에 유복이가 산양 가기를 재촉하야 여러 사람들이 각기 산양 제구를 들고 나서는데 오주는 점심 함통이와 술 두르미를 지개에 지고 나섯다 산양 나선 일행 다섯 사람이 한동안 압뒤 산으로 돌아 다니고 나서 짐생을 잡으며 두석산상봉 미트로 들어 왓다 이 근처에 짐성 붓는 골을 잘 아는 유복이가 아플 서서 삿삿이 뒤젓것만 짐생 그림자 하나 구경하지 못하엿다 오가가 헛쪼차 다니기에 실ㅅ증이 나서

『오늘이 짐생의 대공망일(大空亡日)일세 점심이나 먹구 들어 가세』

하고 잔듸 바테 주저안즈니 유복이도 발을 멈추고 서서

『오늘 가티 토끼색기 하나 구경 못하는 날두 드물께요』

하고 표창을 만작거리엇다 여러 사람이 다 안저 쉬는데 천왕동이만 꾸준이 짐생 발자취를차저 다니다가 여러 사람이 한곳에 안고 섯고 한것을 보고 늘적늘적 걸어 왓다

『백두산 일등 산양군이 나오신다구 짐성들에게 선통이 잇섯든거야 그러키 이러케 피신들을 단단이 햇지』

하고 오가가 우스니 다른 사람은 고사하고 껵정이까지도 빗그테 우섯다 신명이 풀리지 아니한 천왕동이는 입맛만 쩍쩍 다시다가 유복이를 보고

『산양 고만 둘라우 어떠케 할라우』

하고 의향을 물엇다

『공론 대루 하세』

『어듸 다른데 가 볼만한데 업소』

『가 볼만한 데야 잇지 우선 제석산 줄기를 발버 들어 가면 큰 짐성두 잡을는지 모르네』

『큰 짐성이라니 호랑이 말이지 그런데를 두구 왜 이리 왓소 그리들 갑시다』

하고 천왕동이가 여러 사람을 돌아 보니 오가는

『가드라두 여기서 쉬어 가지구 아주 점심을 먹구 가세』

하고 들어눕고 유복이는

『이왕 갈테면 얼른 갑시다 점심때 아직 멀엇소』

하고 해를 치어다보고 꺽정이는

『여럿이 나왓다가 빈손으루 들어 가기 챙피하니 가 봅시다』

하고 오가를 돌아 보고 오주는 말이 업섯다 천왕동이가 오주 여페 와서

『너부터 일어나거라』

하고 일어서기를 재촉하엿다

『저 누은 이부터 이르켜 세워라』

『네가 점심 짐을 질머지구 나서면 가기 실여두 따러온다』

『그래 보까』

오주가 우스며 일어나서 여러 사람을 돌아 보며

『이애가 몸달엇소 우리 가줍시다』

하고 곳 지개를 칫다

『독불장군이로군』

오가가 일어나서 창을 집어 들고 유복이와 둘이 갈라잡이로 아플 서서 일행을 끌고 북으로들어 갓다 제석산 노픈봉이 눈 아페 가까이 보이게 되엇슬때

『우리가 서루 허터지드라두 모일데를 미리 하나 정해 둡시다』

유복이가 오가를 돌아 보니

『이 아래 잇는 노송나무 미틀 점심 먹구 모이구 할 자리루 정하세 노송나무가 멀리서 목표두 되구 조치 안은가』

오가는 잔솔밧 여페 우뚝 섯는 큰 소나무 하나를 가르치고 곳 여러 사람을 끌고 소나무 미트로 나려 왓다 해도 한낫이 거의 다 되엇스니 아주 점심을 먹어 치우자는 공론이 나서 오주는 두르미와 함통이를 지개에서 나려노코 오가는 웃고름에 차고 온 종굴이를 끌러 노핫다 술은 돌아 감때 먹을 양으로 한 종굴이씩 먹고 남겨 두고 밥들을 먹엇다 천왕동이와 유복이가 밥을 먼저 먹고 샘을 차저 가서 물을 먹을때 샘물에서 멀지 아니한 양달에 노루 한 마리가 엎드렷다가 인긔척에 놀라 일어낫다 창을 노코 간 천왕동이가 한다름에 소나무 미트로뛰어 와서

『노루 노루』

하며 황망히 창을 집어 들엇다 망아지만한 놈이 공무니에 달린 목화송이를 너털거리며 겅

충경충 건너편 비탈 우로 뛰어 올라 가는데 천왕동이가 비호 가티 뒤쪼차 갓다 유복이는 처음에 노루 뒤를 쫏다가 나종에 천왕동이 쫏는 노루의 가는 목을 압질러 막아 보려고 비탈을 가로 질러 뛰어 가는 중에 쟈그만 멧돗 한마리가 아페 달아나는 것을 보고 노루 목을 버리고 멧돗 뒤를 쪼차 가고 오가는 물 먹고 양치까지 하고 나서 창을 들고 잔솔 바테 올라 가서 이리저리 돌아 다니다가 토끼 하나를 튀겨 노코 토끼 뒤를 쪼차 갓다 오주는 남은 안주ㅅ감과 종구리와 수까락들을 거두어서 빈 합통에 너어서 술 두르미와 함께 한 여페 치우고 안저 잇는 꺽정이 아페 와서

『형님은 왜 안 가우』

하고 물엇다

『밥이 자위두 돌기전에 쪼처 다닐맛 잇나』

『나두 혼자 잇기 심심한데 나하구 이야기나 합시다』

『날더러 자네 심심풀이 해주고 잇스란 말인가』

『아니 그런 말은 아니요』

『앗다 발명은 고만 두구 이리 와안께』

꺽정이와 오주 두사람은 소나무 미테 느런이 퍼더버리고 안젓다

꺽정이와 오주가 다 가치 말ㅅ수 적은 사람이라 별로 이야기도 업시 한동안 지낫다

「이 사람들이 멀리 갓나부다」

「갈때는 이리들 와서 가치 가겟지」

「그래 우리는 갈 때까지 이러케 짬짬하니 안젓잔 말인가」

「형님 심심하우 나하구 씨름이나 한번 해볼라우」

「실혜」

「형님이 아무리 천하 장사라두 씨름묘득을 모르면 내게 지우」

「내가 씨름을 할줄 모르기루 설마 자네게 지겟나」

「한번 해봅시다」

「실혜」

「형님이 질 듯하니까 실타지 뭐」

「그예 한번 해보구 시푼가」

「심심풀이루 조치 안소」

「그렴 한번 해보세」

「올타 형님을 메꼬저 보자」

오주가 꺽청 뛰어 일어나며 꺽정이도 일어섯다 오주와 꺽정이가 서로 바지 뒷괴춤을 잡고 마주 구브리고 섯다 오주가 발을 이리저리 메어 노며 꺽정이를 얼르는데 꺽정이는 가만이보고 잇다가 별안간 허리를 펴고 서며 괴춤 잡은 팔을 우로 치켜 들엇다 오주의 발이 땅에서 떨어지자 오주의 입에서 애개개 소리가 나왓다 오주의 육중한 몸을 꺽정이가 우로 치어 들엇다가 도루 땅에 나려 노흐며

『패 무거운걸』

하고 우스니 오주는 열적어하며

『씨름을 법 대루 해야지 그러케 해서 씨름이되우』

하고 머리를 내둘럿다

『고만 두세』

『싱겁기가 짝이 업소』

『나를 한번 메고저야 재미 나겟나』

오주가 픽 우스며 주저안지니 꺽정이도 다시 안젓다 두 사람이 한동안 잠자코 잇든 끄테 오주가

『형님』

하고 불르니 꺽정이가 말 업시 돌아 보앗다
『술 먹구 십지안소』
『왜』
『저 술을 우리 먹어 버립시다』
『잇다는 어떠커구』
『잇다는 잇다지 우리 먹읍시다』
오주가 일어나서 두르미와 종구리와 안주ㅅ감을 가저 왓다 둘이 권커니 자커니 먹어서 두르미가 거의 다 들나게 되엇슬때
『잇다 와서들 보면 괴막히겟네』
하고 꺽정이가 껄껄 우스니 오주도 싱글싱글 우스면서
『잇다들 뭇거든 형님이 먹자구 햇다구 합시다』
하고 한눈을 찌긋이 감엇다
『왜 나더러 여러 사람의 지천구를 바드란 말인가』
『형님을 지천구할 사람이 업스니까 말이지』
『자네가 대단 의뭉스러워』

술이 꿋난 뒤 오주는 거나하게 취하야 꾸벅꾸벅 졸기 시작하엿다 껵정이가 이것을 보고
「어제 밤에 잠을 못자서 졸린게군 들어누어 자게 나는 그 동안에 산으루 돌아 다니다 옴세」
하고 곳 환도를 가지고 건너편 비탈로 건너 갓다 오주가 한번 들어누으며 곳 잠이 들어서 한숨 곤히 자는 중에 얼골에 물이 떨어지는 것 가터서 눈을 뜨고 보니 얼룩얼룩한 짐생의 꽁지가 얼골을 도닥도닥 두드리는데 그 꽁지가 처끈처끈하엿다 호랑이가 술 취해 자는 사람을 깨울때 의사스럽게 꽁지에 물을 추겨다가 얼골을 도닥거리는 것은 드메 장ㅅ군들이 혹간 당하는 일이다 오주가 겻눈으로 보니 중송아지만한 호랑이가 뒤로 몰아서 잇다 오주는 잠과 술이 일시에 다 깨엿다 손을 홱 내밀어서 두 뒷다리를 붓잡으며 곳 펄떡 뛰어 일어낫다 호랑이도 뜻박게 놀란 모양이라 대가리를 도리키며 어흥 소리를 지르고 나서 뒷다리를 가지고 내흔들기도 하고 뿌려 차기도 하고 또 아프로 끌어 달리기도 하엿다 뒷다리를 제 맘 대로 놀리지 못할 줄 안 뒤에는 도닥거리든 꽁지로 연해 후려 쳣다 오주가 그 후려 치는 꽁지를 막을 수가 업서서 고개를 잔뜩 숙이고 호랑이의 뒷다리를 치켜 들고 날첫다 호랑이가 용 쓰는 대로 긔운을 쓰고 호랑이가 뺑뺑 도는 대로 따러 돌앗다 오주 생각에 호랑이를 이대로 붓잡고 날치기만 하다간 긔운만 점점 빠질 것 가터서 뒷다리를 비틀기 시작하엿다
오주가 호랑이 뒷다리를 바른편으로 비틀면 호랑이의 몸이 바른편으로 돌고 왼편으로 비틀

면 원편으로 돌앗다 호랑이가 느러지게 어흥 어흥 하지 못하고 입을 딱딱 벌리며 앙앙하는 데 앙 소리에도 산골이 울리엇다 호랑이가 압발로 땅을 후벼 파고 흘게 덕을 들부비엇다 오주가 여러 차례 한편씩 번갈러 비틀어 보앗스나 다리가 잘 퉁겨지지 아니하야 마침내 양편을 한꺼번에 비틀라고 두 팔에 다 가치 힘을 올렷다 오주가 응 소리를 한번 되게 질르며 두 팔을 박그로 바짝 내어 틀엇다 우지끈하고 두 다리가 일시에 퉁겨지며 호랑이는 물근 똥을 확 내 깔렷다 오주가 장정 십여명의 힘을 겸치어 가진 사람인데 이 사람이 죽을 힘을 다 드려서 비틀엇스니 호랑이 다리가 살과 뼈가 아니고 무쇠 덩이라고 하더라도 성할 수 업는 일이라 호랑이는 고만 병신이 되고 말엇다 그러나 오주도 힘을 과도하게 쓴 뒤에 전신의 맥이 갑작이 풀려서 퉁겨진 호랑이 뒷다리를 놋는 줄도 모르고 손에서 노핫다 호랑이가 몟번 데굴데굴 굴다가 곳 주홍 가튼 아가리를 벌리고 성한 압다리로 뛰어서 오주에게 대어들엇다 오주가 재 정신이 번쩍 나서 얼른 몸을 한여프로 피하엿다 엉겹결에 피한 것이 술 두르미 노힌 곳이라 오주는 두르미를 두손으로 집어 들엇다가 뒷다리를 끌며 쪼차 오는 호랑이 낫바닥에 내던젓다 질그릇이 요란스럽게 깨어지며 호랑이는 눈을 감고 대가리를 흔들엇다 이 틈에 오주는 소나무 뒤로 뛰어 가서 곳 나무 우로 올라 갓다 땅에서 서너 길이 넘는 가지 우에 오주가 올라 안께 되엇슬때 호랑이는 나무 미테 와 업드려서 사람을 치어다

보며 으르렁거리엿다

오가가 토끼를 뒤쪼차 가는데 토끼가 곳 잡힐듯 잡힐듯하야 정신 업시 쪼차 가다가 마침내 토끼를 잡지 못하고 노처 버리고 나서 분하기도 하려니와 남보기 부끄러울 생각이 나서 다른 토끼라도 한마리 잡어 가지고 가려고 사방으로 휘매엿다 휘매는 중에 토끼는 다시 구경 못하고 여우 한 마리를 튀겻스나 여우를 뒤쪼차 갈 가망이 업서서 얼마 쫏지 못하고 고만 두엇다 목이 컬컬하야지며 술한종구리 먹고 시픈 생각이 긴하야서 그대로 돌아 서서 차점 차점 오는 중에 장등에서 소나무 미를 나려다 보니 사람은 하나도 업고 호랑이 한마리가 업드려 잇섯다 가만이 생각하야 보니 꺽정이까지 산양하러 가고 오주가 혼자 잇다가 호랑이를 만난 모양인데 맨 주먹 박게 업는 오주가 어찌 되엇슬까 죽지 안핫슬까 감히 나려가 볼생각은 나지 안코 다른 사람들을 차저 갈 생각이 낫다 오가는 호랑이 눈에 보이지 안토록 장등 너머로 나려 서서 천왕동이가 노루 쪼차 가든 편을 향하고 가며 좌우쪽을 살펴 보앗다 산마루 소나무 사이로 사람하나가 나려 오는 것을 보고 마주 가며 소리를 쳣다 꺽정이가 짐생 발자국을살펴 보고 다니다가 호랑이 소리가 멀리서 나는 것을 듯고 호랑이를 차자 오는 중이엇다 오가가 꺽정이를 만나서 소나무 미테 호랑이가 잇고 오주는 업더라고 말하니 꺽정이는 깜작 놀라며

「그래 오주가 죽엇단 말이요」

하고 물엇다

『죽엇는지 살엇는지 모르겟소』

오가의 말을 꺽정이가 듯자 마자 곳 장다름을 노핫다 소나무 미톄 가까이 오며 자세히 살펴 보다가 호랑이가 가끔 나무 우를 치어다보며 으러렁거리는 것이 수상해서 나무 우를 바라보니 노픈 가지 사이에 힌옷이 보이엇다 꺽정이가 환도를 빼어 들고 호랑이에게 쫏차 들어오며

『오주 나 여기 왓네』

하고 소리를 질럿다 호랑이가 꺽정이 오는 것을 보고 뛰어 나오는데 압다리만 가지고 뛰는것이라 병신ㅅ성스럽기 짝이 업섯다

『이눔의 호랑이가 다리 병신이로구나』

『내가 뒤ㅅ다리를 퉁겨 노핫소』

오주가 나무 우에서 꺽정이 말을 대답하엿다

꺽정이가 한칼에 호랑이를 요정내지 안코 하는 꼴을 두고 보앗다 호랑이가 뛰면 따러 뛰고 호랑이가 가만히 잇스면 가치 가만 잇고 또 호랑이가 대어들면 피하다가 호랑이가 피하면 대

어들엇다 호랑이가 내빼는 것을 장사로 생각하엿든지 산으로 도망질 치려고 뒷다리를 끌며 뛰어 가니 꺽정이가 얼른 압질러 막아 서서 서리 가튼 칼날을 내둘럿다 호랑이가 오도가도 못하고 한곳에 주저안는데 뒷몸은 눕히고 압몸만 세우고 아주 죽이라는 듯이 눈을 딱감앗다 이 동안에 오주가 나무에서 나려 와서 빈 함통이를 들어다가 호랑이 대가리에 들씨워서 호랑이가 함통이를 쓰고 한바탕 곤두를 돌앗다 꺽정이가 이 꼴을 보더니

『아서라 불상하다 얼른 죽여 버리자 아무리 짐성이라두 산중에서 제로라 하는 것을 개색기가티 놀리는 것이 우리의 잘못이다』

하고 곳 칼을 노피 들고 잇다가 호랑이가 함통이를 벗어 버릴때 대가리를 겨누고 번개 가티 나려첫다 호랑이가 앙 소리도 한번 못질르고 땅에 쓸어저서 압다리만 멧번 버등거렷다 꺽정이가 오주를 바라보며

『자네는 상한 데나 업나』

하고 뭇다가 머리 동인 수건에 무슨 칠갑한 것을 보고

『머리 수건에 그게 다 무언가』

하고 물엇다 오주가 수건을 끌러 들고

『호랑이놈이 물찌똥을 내 깔겻소』

하고 손으로 떨려고 하니 꺽정이가

『물에 빨게 상투 끄테두 무덧네 씻어 주께 이리오게』

하고 오주를 불러서 수건의 정한 끄트로 상투와 머리에 무든 것을 씻어 주며 오주의 이야기를 들을 때

『오주가 죽지 안엇네그려』

하고 오가가 떠들며 와서 먼저 오주를 보고

『얼마나 혼이 낫나』

하고 인사하고 다음에 꺽정이더러

『씻어 주는게 무어요』

하고 물엇다 꺽정이가 고개를 도리키며

『오주버덤 호랑이가 혼이 낫다오 이것 좀 보우』

하고 수건을 오가의 코 미테 드러미니 오가가

『호랑이 똥 아니요』

하고 뒤로 물러서서

『여게 오주 자네가 호랑이 미트루 나왓네그려』

하고 한 번웃고 또

『두구두구 할 이야기거리가 하나 생겻네 무섭구두 드러운 어야기 희한하지 안흔가』

하고 다시 우섯다

오주가 호랑이와 싸우든 것을 대강 이야기한 뒤 두르미 깨어진 쪽을 집어 치우는데 오가가

『남의 아까운 두르미를 깻스니 두르미 갑 물어 노아야 하네』

말하고 곳 자긔 말에 대답하듯이

『호피 한장이 두르미 갑슨 되겟지』

하고 말하엿다 꺽정이가 수건을 오주 주고 나서서

『뱃심이 무던하구려』

하고 오가에게 말하니

『그러키에 도둑놈 아니요』

하고 점잔케 대답하는데 그 대답보다도 대답하는 모양이 우수어서 꺽정이와 오주가 다 가치 껄껄 우섯다

오주가 샘으로 수건 빨러 간 동안에 천왕동이가 죽은 노루를 끌고 돌아 왓다 천왕동이는 노루를 멧십리 쪼차 다니다가 간신이 노치지 안코 잡엇다고 노루 잡은 이야기를 늘어 노타

가 호랑이 잡아 노흔 것을 보고 뛰어 가서 드려다 보며

『이거 누가 잡앗소 형님이 잡엇구려』

하고 꺽정이를 돌아 보니

『오주가 가만이 안저서 큰 산양을 햇다네』

하고 오가가 대답하엿다

『거짓말 마우 대가리에 칼를 마젓는데 누가 속겟소』

『오주가 초벌 잡어 노흔 것을 자네 형님이 재벌 칼질하섯다네』

하고 오가가 곳 오주와 호랑이와 싸운 것을 이야기하야 들리엇다

『오주 지금 어듸 갓소』

『똥 수건 빨러 갓네』

오주가 수건을 빨어 널고 돌아 온때 천왕동이는 오주더러 호랑이 똥 먹엇다고 조롱하고 한바탕 웃고 떠들엇다

얼마 뒤에 유복이가 메돗은 노치고 여우 한마리를 잡아 가지고 와서 산양들을 마치고 해저서 땅금 될때 일행이 청석골로 돌아 왓다 이날밤도 술 타령으로 새우다 시피하고 이튼날 식전에 오주가 꺽정이 천왕동이와 함께 청석골을 떠나서 가치 오다가 양짓말 아페서 두 사람을 작별

하고 개래동으로 들어 왓다 동네 어구에서 오주가 절믄 사람 하나를 만낫는데

『이 사람 이뿐안해를 혼자 두구 어듸 가서 이틀씩 돌아 다니나 어서집에 가보게』

하고 그 사람의 웃는 것이 오주 눈에도 수상히 보이어서 오주는 정첨지 집에도 가보지 안코 바로 자긔 집으로 들어 왓다

정첨지 아들이 과부를 오주에게 내준 뒤에 죽네 사네 야단 치든 과부가 말성 업시 사는 것을 보고 오주 듯지 안는 데서는

『그년이 오주의 코큰것을 조와하는거야』

『멀쩡한 잡년이 수절이나 할것 가티 사람을 속엿지』

『화냥년이 별년인가』

하고 가진 욕설을 다 하엿다 그러나 밉살스럽고 패씸한 반면에 끌리는 마음이 끈이 잇서서 오주에게서 도로 뺏고 시픈 생각까지 날때가 업지 아니하엿다 오주가 청석골 가든날 정첨지 아들은 오주 가는 것을 보고 혼자 속으로 별 생각을 다하엿다

『이년을 한번 욕이라두 잔상이 보여야 속이 시원할텐데 나종에 오주가 알면 어떠케 할까 기집의 맘이 과부루 잇슬 때와는 딴판 달를 것이니까 잘하면 오주가 알게까지 되지 안흘터이지 설혹 알게 되드라두 주객간이구 더구나 내가 준 기집이니까 설마 무슨 말성이 잇슬

까 오주가 우악스럽기는 하지만 비위만 좀 마처 주면 뒤가 업시 풀리는 사람이니까 별 념녀업겟지』

생각을 제게 유리하도록 돌린 뒤에 정첨지 아들은

『이년 오늘 밤에 좀 견데 봐라』

하고 속으로 별르면서 밤 되기를 기다리엇다

이날 밤에 정첨지 아들이 오주의 안해 혼자 자는 방에 뛰어 들어 갓다 오주의 안해는 치마도 벗지 안코 동그만이 누어서 잠을 설자든 중이라 방문이 열릴때 발서 벌떡 일이 앉젓다 오주의 안해가 오주에게는 몸을 버린 길이라 죽지 못하고 그대로 가치 살지만 이사내 저사내 볼 난잡한 녀자가 아니라 다른 사내라도 맘을 들울리 업는데 더구나 속에 원수치부 하고 잇는 정첨지의 아들이랴 정첨지 아들이 방에 들어 설때

『도적이야 도적이야』

소리 질르고 정첨지 아들이 몸에 손을 다일때

『살인이야 살인이야』

소리 질러서 녀편네의 재ㅅ된 목소리가 고요한밤에 노피 울렷다 정첨지 아들이 눈이 뒤지펏다

「살인? 올치 이년 죽어 바라」

하고 식식하며 덤비엇다 녀편네가 죽을 힘을 다 드려서 막지마는 정첨지 아들이 전과 달러 조금도 사정업시 미친것 가티 날치는 판이라 녀편네의 막는 것이 새발의 피 가텃다 정첨지 아들이 녀편네 입은 치마폭을 갈갈이 찌저서 우선 녀편네가 소리 못질르도록 아갈잡이하야 노코 그 다음 녀편네가 손짓 발짓 못하도록 손발을 꽁꽁 동여 노핫다 녀편네가 치마 미테 입은 옷은 바지 한가지 뿐이라 정첨지 아들이 그 바지에 손을 대면 녀편네가 몸을 이리 뒤치고 저리 뒤치고 하엿다 정첨지 아들이 녀편네를 발가벗기려고 할때 다처 노흔 방문이 펄떡 열리며 저의 안해가 방문 아페 와 섯다 정첨지 아들은 놀라서 일어서고 부끄러워서 고개를 숙이다가 골이 나서 안해를 흘겨 보며 비위를 팔앗다

「왜 왓서」

「왜 왓서? 고래도 뻔뻔하게 말이 입에서 나와」

「어서 집으로 가」

「누구더러 가래 누구더러 가래」

「가라면 가지 무슨 잣말이야」

「개색기 행실하는 꼴을 보지 안코 어딜 가」

『이년이 미쳣나』
『누가 미처? 미친 눈깔에는 성한 사람도 미처 보이남』
『죽지 못해 성화냐』
『그래 어서 죽여 봐』
『이년아 악 쓰지 마라 남 듯는다』
『박글 좀 내다 보고 말해 남 듯는다고 말할 나위가 잇나』

아닌 밤중에 『도적이야』 소리와 『살인이야』 소리에 이웃 사람들이 잠이 깨여서 정첨지의 아들이 오주 안해 방에 뛰어 들어간것을 정첨지 며느리까지 알게 된 것이라 정첨지 며느리가 분ㅅ김에 뛰어 올때 동넷사람 녀편네 사내 오륙 명이 구경하러 따러 와서 마당 안에 들어섯섯다 정첨지의 아들이 다른 사람들이 섯는 것을 보고는 안해를 떠다박질르고 튀어 나와서 머리를 싸안고 여러 사람 사이로 뛰어 나갓다

정첨지 며느리가 오주의 안해를 보호하느니보다 자긔의 사내를 금지하려고 동네 녀편네 두어 사람을 어더다가 오주의 안해와 가치 잇게 하야 이튿날부터는 오주의 집에 밤낫으로 사람이 떠나지 아니하엿다 오주가 저의 집에 돌아 와서 방문을 열어 보니 저의 안해는 누어 잇고 그 여페 동네 녀편네가 하나 안저 잇섯다 그 녀편네가

『곽서방 지금 왓소 나는 인제 갈라오』
하고 곳 일어서 나오니 오주가 길을 비켜 주고 나서 방안에 들어섯다 안해가 그 동안 일어나 안젓는데 머리는 쑥빠바구니 갓고 면상에는 큰 생채기가 낫고 눈에는 눈물이 덧거니 매저니 하엿다
오주가 안해 아페 와서 펄썩 주저 물러안즈며
『나 업는 새 무슨 야단을 냇서 공연이 울지 말구 말을 해』
자매질하고 대드는 품이 곳 조련질할 사람 가트니 오주의 안해가 어이 업서서 눈물을 거두고 오주의 얼골만 빤히 보고 잇섯다
『왜 말을 못해』
『무슨 소리를 어떠케 듯고 왓소』
『무슨 소리를 들어』
『그럼 왜 내게 골을 내오』
『그럼 골이 안나 머리는 왜 저 모양이구 얼굴에 생채기는 왜 낫서』
『그러니 어쩨서 내게 골을 내오』
『구구루 가만이 못 잇구 동네가 와짜하게 할것이 무어야』

「아니 여보 날 화냥질 시켜 먹고 살 작정이요 난 죽어도 못하겟소 진작 죽어야 할껄 웬수의 목숨이 모질어서 죽지 못하고 살자니까 별 망칙스러운 소리를 다 듯겟소」

「누가 화냥년 노릇 하래 공연이 죽네 사네 할까닭기 무어냐 말이지」

「죽네 사네 안하고 순순이 말을 들을껄 잘못햇단 말이요 아닌 밤중에 사내놈이 녀편네 혼자자는 방에 뛰어 들어 온건 잘한 일이고 죽네 사네 해서 동넷사람 알게 한건 잘못한 일이란말이요 나는 말ㅅ귀를 못 알어 듯겟소 똑똑이 말좀하오」

「죽네 사네 하니까 사내가 자는 방에 들어 왓지」

「누가 그럽듸까 그 놈이 그럽듸까」

「그눔이 누구야」

「그럼 뉘게 말을 들엇소」

「무슨 말을 뉘게 들어 내 생각에 자네가 또 공연이 죽으려구 나업는 틈에 샘에나 들어갓나 해서 말인데」

「집에 잇슬 때는 내가 샘에 나갈 틈이 업서서 못 들어 간줄 아오 부끄러움을 샘물로 씻을수 잇다면 하루 백번이라도 들어 가겟소」

「그럼 방에서 목을 맷든가」

『누가 목을 매어 사람 긔ㅅ구녕이 막혀 죽겟네』

『그럼 왜 사내눔이 밤ㅅ중에 방에 들어온담』

『왜 들어 왓겟나 생각해보오 당치 안흔 생각은 잘하면서 그런 생각은 왜 못하오』

『아니 겁탈하러 들어 왓서 어떤눔이』

『그러니까 죽네 사네 야단을 칫지 미칫다구 공연이 죽네 사네 한단 말이요』

『그눔이 누구야 그눔이』

『날 이 끌 맨든 놈이 누구요』

『주인의 아들이야』

『그럼 그놈 아니고 누굴 듯십소』

『웅』

하고 오주가 눈방울을 굴리더니 다시 두말 업시 뻘떡 일어섯다

『어듸 갈라오 내 이야기나 듯고 가오』

하고 안해가 붓잡으니

『이야기는 두엇다 들어두 조와 당장 가서 그눔을 창알이를 터처 놔야지』

하고 오주는 안해의 붓잡는 손을 뿌리치고 나와서 한다름에 정첨지 집으로 뛰어 왓다 정첨지

가 마침 박갓 마당에 나섯다가 오주 오는 것을 보고
『인제 오나』
하고 인사하니 오주는 인사 대답도 업시
『아들 어듸 잇소』
하고 불쾌스럽게 물엇다 정첨지도 그 아들의 한짓을 들어 아는 터이라 오주의 눈치를 알아채
엇지만 짐짓 모르는 체하고
『왜 그러나』
하고 도루 물으니 오주가 서슴지 안코
『그 집안 망할 자식 업새 버립시다』
하고 말하엿다
『업새다니』
『내가 창알이를 터처 노흘테요』
『사람을 죽이면 죽인 사람은 성할까』
『자식·원수 가플 생각이 잇스면 나종에 내 목숨을 영감께 내 주리다』
『여게 안으루 들어 가세』

『그 자식이 집에 잇소』

『글세 들어 가서 이야기 좀 하세』

『이야기는 듯기 실소 그 자식만 내주우』

『내 줄께 들어 가세』

하고 정첨지가 오주의 손목을 잡고 들어 와서 자긔 거처하는 방으로 들어 가려고 하니

『방에 들어 갈거 업소』

하고 오주는 잡힌 손을 빼어 가지고 물러섯다

『내가 내 자식을 불너 주께 념려 말구 방으루 들어 가세』

『그럼 일ㅅ군방에 가서 기다릴테요』

『아니 내방에 들어 가서 내말 한마듸만 들어주게』

『할 말 잇거든 여기서 말하구려』

『조용이 할말이니 잠ㅅ간만 들어 가세』

하고 정첨지는 다시 오주의 손목을 잡고 방으로 들어 왓다

정첨지가 방에 들어 와서 오주를 자리에 안친 뒤에 오주 아페 마주 안저서

『내가 사정할 말이 잇스니 좀 들어주게』

하고 말을 부치니

『아들 두던하는 말이면 나는 듯지 안켓소』

하고 오주는 머리를 설레설레 흔들엇다

『그까지 자식의 두던이 아니라 이 늘근 사람의 사정일세』

『말하우』

『늘근 사람의 말이 혹 귀성스러워서 듯기실트래두 주객간 정리를 생각해서 끗까지 들어주게』

하고 정첨지는 오주의 눈치를 살피고

『그러우 어서 말하우』

하고 오주는 정첨지의 입을 바라보앗다

『집안 망할 자식 하나 까닭게 내가 맘이 편한 날이 업는 것은 자네두 잘알지』

『내가 자식더러 진작 죽어 버리라구 야단 칠때두 만치만 실상 속으루는 혹시 죽을까봐 겁을내네 자네 생각해 보게 그 자식 하나 휘뚝하면 다른 식구두 살수 업지만 우선 이늘근사람이 의지가 업서 살수 잇겟나』

『그 자식이 더구나 비명에 죽는다면 나는 곳 그날이 죽는 날일세 어미업는 핏덩이를 외톨두 길러내서 의지 삼아 살다가 그 끌을 보구 어떠케 살겟나』

정첨지가 숨을 돌리느라고 말을 한끈에 잇대지는 못하나마 오주 말할 틈 업시 혼자 말하다가 끄테 와서 목이 메엿다

『그러니 날더러 고만 두란 말이요』

『아닐세』

『그럼 어떠케 하란 말이요』

『그 자식이 죽으면 여러 초상이 날 테니까 나를 자식 대신 죽여 주게』

『당치 안은 말두 다하우』

『내가 자식을 잘못 두엇스니까 죽어두 원통할 것업네』

『고만 두우 듯기 실소』

『듯기 실트래두 끗까지 들어 주마구 하지 안엇나』

『왜 두던 안는다구 하구 두던하우』

『자식 두던인가 내 사정이지』

오주가 입맛을 쩍쩍 다시는 것을 보고 정첨지는 말을 고첫다

『당초에 어째 자네 가티 직실한 사람이 그 자식하구 부동해서 남의 과부를 업어 왓나 나는 지금두 자네를 원망하는 맘이 아주 업지 안해』

오주가 슬쩍 외면하는 것을 보고 정첨지는 말을 한번 더고쳣다

『그 자식이 겁탈하러 방에 들어 가긴 햇지만 겁탈하지는 못햇스니까 그것두 분간이 잇지안켓나 자네두 들어서 알겟지만 내 며느리가 진둥한둥 쪼처 가서 그 자식을 붓들어 낸 까닭게 자네 안해가 욕은 보지 안엇다네』

오주가 고개를 도리켜서 정첨지를 바라보면서

『이러구 저러구 내가 고만 둘테요』

하고 말하니

『자네가 말성 업시 더퍼 둔다면 작히 고맙겟나 여보게 고마웨』

하고 정첨지가 오주 아프로 들어 안즈며 오주의 손을 잡앗다

『나는 오늘 영감 집을 하직하구 다른 데루 갈테요』

하고 오주가 곳 일어서려고 하니 정첨지는 잡은 손을 노치 안코

『잠ㅅ간만 더 안저 이야기하세』

하고 붓들엇다

『말을 다 들엇는데 무슨 이야기가 또 잇소』

『우리 그대루 가치 지내지 다른 데 갈것 무어 잇나 내가 그 자식을 단속해서 이담에는 그

런 일이 업슬께니 념려 말구 가치 지내세』

하고 정첨지는 오주를 달래엿다 오주가 위인이 만만치 안하서 휘어부리기가 어려울 뿐이지 힘이 만흔데다가 일에 몸을 아끼지 아니하야 오주 하나면 장정 일ㅅ군 멧 사람 폭을 당하는 까달게 이런 머슴을 노치지 안흐려고 정첨지는 중언부언 만류하야 노코 나서

『내가 지금 그 자식을 불러다가 자네 아페서 사과 시키구 또 장래 그런일 못하두록 맹세시킴세』

하고 곳 안에 와 잇는 동넷 녀편네 하나를 불러다가 발매터에 나가서 아들을 다려고 오라고 일럿다 오주가 한동안 더 정첨지 방에 안저 잇다가

『난 고만 집에 좀 가보겟소』

하고 일어서니

『그 자식이 오거든 자네를 불르러 보낼께니 곳오게』

하고 정첨지는 더 붓잡지 아니하엿다

오주가 정첨지 아들의 사과를 밧고 일을 씻어 더펏다 오주의 안해가 태긔가 잇서서 그 뒤에 곳 입덧이 낫는데 오주는 처음에 놀난 끄테 병이 낫거니 여기다가 나종에 태긔인줄을 알고 남의 업는 일가티 조하하엿다

꼿 피고 꼿 떨어지고 입 피고 입 떨어지는 동안에 세월이 물 가치 흘러서 오주의 안해의 산삭이 다 되엇다 가날핀 몸에 배가 유착히 불러서 굽닐기가 가뿐 까달게 오주의 안해는 만삭되기 전부터 만히 누어 지내엇다 어느 날 저녁때 오주가 박게 잇다가 들어 와서 부억이 쓸쓸한 것을 보고

『오늘두 저녁 안해 먹구 누어 잇나』

하고 중얼거리며 다친 방문을 열고 드려다보니 안해는 누어 잇지 안코 아래ㅅ배를 부둥켜 쥐고 안저 잇섯다

『왜 그래』

하고 오주가 방으로 들어 와서 안해의 머리를 만저 보려고 하니 안해는 머리를 오주 가슴에 대고 알른 소리를 하엿다

『어듸가 아픈가』

몃번 물어야 대답이 업든 안해가 한동안만에 머리를 들고

『아이구 죽겟소』

하고 이마의 진땀을 씻엇다

『대채 어듸가 아퍼 그래』

「배가 아퍼요」

「아침 밥이 체햇나」

「아니요」

「그럼 왜 아퍼 올치올치 애 날때 배가 아프지 애를 곳 날것가튼가」

안해가 대답 대신 고개 끄덕이는 것을 보고 오주는 한번 허허 웃고 나서

「가만이 누어 잇서야 애가 잘 나오겟지」

하고 안해를 붓들어 눕히고 곳 웃묵 벽에 매인 실겅 우에서 쌀과 미역을 나리엇다 산미와 산곽은 달 초생에 유복이가 갓다 주고 간것이엇다 오주가 쌀 한바가지 미역 한오리를 들고 박그로 나가려고 할때 안해가 누어서

「그건 어듸로 가지고 가오」

하고 물으니 오주는 서서

「주인 집에 가서 밥 짓구 국 끄려 달날테야」

하고 대답하엿다

「애도 나키 전에 무슨 국밥이요」

「국 끄리구 밥 짓는 동안에 애 나켓지 뭐」

『언제 날지 누가 아오』

『곳 날 듯하다며 그래』

『그건 거기 노와 두구 얼른 가서 저녁이나 먹구 오』

『나두 첫국밥 가치 먹을나네』

『제발 말좀 들으우 첫국밥은 언제 먹게 될지 모르니 어서 가서 저녁 먹으우』

『그럼 밥을 갓다 가치 먹세』

『난 못 먹겟소』

『하라는 대루 하까』

하고 오주는 쌀과 미역을 방구석에 노하 두고 정첨지 집에 가서 저녁 밥을 먹고 왓다 오주는 저녁 먹을 동안에도 안해가 곳 아이를 나핫슬것 가터서 한그릇 밥을 네댓술에 다떠먹고 불이나케 쪼차 왓는데 안해는 배가 아프다고 자반뒤집기 할뿐이라 안해가 조금 진정되기를 기다려서 오주가

『왜 얼른 나치 안쿠 고생이어』

하고 나물하듯 말하니 안해는

『나와야 나치』

하고 툭 쏘아 말대답하엿다

『왜 얼른 나오지 안을까 그놈이 따듯한데 들어 안저서 나오기가 실은게로군』

하고 오주가 우스니

『놈인지 년인지 어찌알고 놈이래』

하고 안해도 웃다가 곳

『아이구 배야』

하고 상을 찡그렷다

그날 밤새도록 오주의 안해는 아이를 비릇기만 하고 나치 못하여 오주까지 밤을 해뚝 새웟다

동이 터서 박기 환할때 긔운이 빠저서 늘어진 안해가 목안 소리로

『여보 나 죽겟소 우리 어머니께 좀 갓다와주』

하고 청하니 오주는

『그래 내 가서 뫼시구 오지 그러나 나업는 동안에 혼자 어떠케 잇나』

하고 걱정하다가

『걱정 말고 지금 곳 좀갓다오』

하고 안해가 재촉하는 바람에

『그래 그래』

하고 대답하며 곳 일어섯다 오주의 안해가 본집과 연신 잇시 지난지 오래다 오주의 안해는 남의 이목이 부끄럽다고 신배ㅅ골 간일이 업지마는 오주의 장모는 불상한 딸이 못 이처서 개래동을 한두번 왓다 가기까지 하엿다 오주가 새벽 나서서 신배ㅅ골로 장모를 다릴러 가는데 갈때는 줄다름을 치다 시피하야 아침 전에 들어 가고 올때도 늙근 장모를 업고 다리 힘자라는 대로 빨리 온 까닭게 점심때 조금 지나 돌아왓다

오주가 집에 들어 오며

『장모 뫼서 왓네』

하고 소리 지르고 방문을 열어서 장모를 압서 드려 보내는데 그 장모가

『아이구머니』

하고 방문턱에 주저안즈니

『왜 그러우』

하고 오주는 눈을 휘둥그러케 뜨고 방안을 드려다 보앗다

오주의 안해가 눈을 흡뜨고 누어 잇는데 그 눈이 숨지는 사람의 눈과 가텃다 오주가 장모를 메밀다 시피하고 방으로 들어 와서 안해 어폐 가서 펄썩 주저안즈며 곳 억개를 쥐고 흔들

엇다

「여보게 정신 차리게」

「여보게 장모님 오섯네」

「장모님 오섯서」

오주가 연거퍼 큰 소리를 질러도 오주의 안해는 대답이 업섯다 장모가 이것을 보고 눈짜위를 불키면서

「저리 좀 비켜나게 나좀보세」

하고 오주의 비켜 주는 자리에 들어 안저서 입을 딸의 귀에 다이다시피하고

「이애 이애 정신 좀 차려라 이애 이애」

하고 목메인 소리로 불르니 대답은 여전히 업스나 바로섯든 눈ㅅ동자가 돌기 시작하며 거더들렷든 눈거플이 나려더퍼다 오주의 안해가 참업시 자치르는 아픔을 백이다 못하야 까물치듯이 정신을 일헛다가 귀에 익은 어머니 목소리에 정신이 돌아서 거북스럽게 눈을 뜨고

「어머니」

하고 손을 잡으려고 더듬엇다

「올치 인제 정신이 낫구나」

하고 어머니가 딸의 손을 쥐고

『살어낫군 살어낫서』

하고 오주가 안해의 얼골을 드려다 볼때 오주의 안해는

『아이구머니 아이구머니』

하고 알른 소리 하다가

『어머니 물좀주』

하고 말른 입속을 벌려 보이엇다

『더운 물이 잇겟나』

『찬 물은 먹여못쓰우』

『찬물 못먹네』

오주가 장모의 말을 듯고 부억으로 물 데우러 나가는데 장모는 방바닥에 손을 대어 보며

『방이 차니 불좀 나우 너케』

하고 부탁하엿다 오주가 물을 한솟을 붓고 때는중에 장모가 나와서

『물이 그저 안 더웟나』

하고 솟을 열어 보더니

「무슨 물을 이러케 만이 부엇나에 사람두」

하고 간신히 거냉된 물을 사발에 조그만치 떠 가지고 들어 가며

「어서 불이나 만이 때게」

하고 오주를 돌아 보앗다 오주가 불을 더 때는 중에 안해의 앓른 소리가 노파저서 오주가 가서 방문을 열고

「왜 더 아푸다우」

하고 방으로 들어 가려고 하니 장모가 손을 내 저으며

「얼른 문 다치게 그러구 자네는 들어 오라기 전엔 들어올것 업네」

하고 말을 일러서 오주는 다시 부억에 와서 입나무를 아궁에 글어 너코 안저 잇섯다 한동안 뒤에 안해의 낑낑 애 쓰는 소리와 장모의 엇차엇차 힘 주는 소리가 들리기 시작하야 오주는 궁둥이에 좀이 쑤시어서 가만이 안저 잇지 못하고 여러 차례 방문 박게 가서 기웃기웃하엿다 해가 거의 다 저 갈때 방안에서

「으아 으아」

갓난애의 소리가 낫다 부억에서 입나무를 깔고 퍼더버리고 안젓든 오주가 펄쩍 뛰어 일어낫다 방문 박게 가서는 고지식하게 방문을 열지 안코 방안에 잇는 장모에게 말을 물엇다

「낫지요」

「낫네」

「무어요」

「딸일세 섭섭한가」

「딸이라두 낫스니 조치만 딸이 아들만 하겟소」

「그러치」

장모의 웃는 소리를 듯고 오주가

「왜 웃소」

하고 물으니 장모는 그저

「아닐세」

하고 대답하면서도 역시 우섯다

「인제 좀 들어 갑시다」

「조금 더 기다리게」

오주가 장모의 들어 오란말을 기다리다 못하야 나종에

「고만 들어 갈라우」

하고 곳 방문을 버썩 여니

『얼른 들어 오구 문다치게』

하고 장모는 바람을 막느라고 갓난애 모자를 몸으로 가리엇다

오주가 황망히 문을 다치고 들어 서서 눈감고 누어잇는 안해를 나려다 보다가 장모 여페와 안져서 홋옷가지로 싸 동여노흔 갓난아이를 드려다 보앗다 아이가 얼골이 보기 실케 생겨서 이쁜 어머니의 모습을 달문 데가 업서 보이엇다

『못두 생겻소』

『자네 달멋는데』

『기집애가 날달머 쓰겟소』

『기집애로 못 쓰겟거든 사내로 쓰게나』

오주는 장모가 실업슨 말하거니 생각하엿다 말하는 장모와 듯는 오주가 다 가치 우술때 오주의 안해가 영채 업는 눈을 뜨고보앗다

『어머니』

『왜』

『참말 기집애요』

「기집애면 섭섭하겟늬」

「아니」

안해가 괴운업는 말을 끈치고 다시 눈을 감을때 오주가 아이 싸노흔 것을 미트로 거더치고 드려다 보고

「자지 달렷네 멀정한 사낼세」

하고 소리 처서 안해를 알려 주고 곳 장모를 돌아보며

「왜 속엿소」

하고 책망하듯 말하니

「그러면 명이 길다네」

하고 장모는 우섯다 오주의 안해는 얼골에 별로 기쁜빗이 업섯지만 오주는 입이 절로 벌어젓다 장모가 방구석에 잇는 미역과 쌀을 가지고 나가서 국 그리고 밥 짓는 동안에도 오주는 줄곳 그대로 안저서 모자를 번갈러 보며 싱글벙글 조하하엿다 장모가 국밥을 퍼 가지고 들어온뒤 오주가 안해를 이르켜 안치려고 하니 장모가 가만이 누여두라고 말리엇다

「왜 그러우」

「아직 안지 못하네」

『안질 긔운이 업스면 장모님이나 내나 안구 안집시다』

『아니야 아퍼서 못 안저 아이가 저러케 크니 어미가 성할수 잇나』

『어듸가 아퍼서 안지를 못하우 안처 봅시다』

『고만 두고 얼른 이게나 밧게』

장모가 집어 주는 국그릇 밥그릇을 오주가 누은 안해아페 바더노코 장모와 가치 권하엿다 정작 아이 어머니는 국 한모금 마시다 말고 오주가 첫국밥을 달게 먹엇다

후산하고 잠 나가고 아이 어머니가 국밥을 조금식 먹은 뒤에 오주의 장모는 신배ㅅ골로 돌아갓다 해산에 지위진 오주의 안해가 조금식 개생하야 가다가 한닐헤가 지난 뒤부터 새삼스럽게 부긔가 생기고 신열이 생기더니 불과 멧칠 안에 수족까지 똥똥 붓고 밤이면 열에 뜨이어서 헛소리까지 하게 되엇다

『여보 나하고 가치 가잔 말이요』

『저놈의 늘근이 왜 다리고 왓소』

『고모부가 다 무어요 원수지』

이런 똑똑한 말보담 똑똑지 안흔 소리가 더 만핫다 밤새도록 신열이 오르고 나리지 안다가 식전이면 조금식 나리는데 하루 식전에는 오주의 안해가 정신ㅅ긔가 훨신 나께 돌아서 오주

를 보고 평일과 가려 수작하엿다

『나 때문에 여러날 잠을 못자서 눈이 부숙부숙하오 낫잠이라도 좀 자오』

『내 걱정 말어』

『주인집 일이나 밀리지 안핫소』

『그까지 일은 밀려두 상관 업네 자네 병이나 얼른나께』

『나는 아무래두 죽을까보오 눈만 감으면 죽은 사람들이 보이오』

『나는 우리 어머니 아버지가 죽은 뒤에 가끔 꿈에 보여두 고뿔한번 아니알네』

『예사때 꿈과 달러요 내야 죽어도 아까울 것 업지만 피덩이가 불상하오』

하고 말할때 마침 어린 아이가 울기 시작하니 오주의 안해는 곳 우는 아이를 아프로 끌어다가 젓을 물리고 알어 듯는 것에게 말 하듯이 말하엿다

『어미 죽기 전에 어미 젓 남기지 말고 다 먹어라 아모쪼록 병 업시 잘 자라서 수명 장수 오래 살고 불상한 어미 생각해라 어미가 세상에 낫든 표적이 너 하나 뿐이다 어미 명이 남은 것 잇스면 너게 이어 주마 죄업는 어린 것이 어미 업시도 잘자라도록 도아 줍소사 어미가 죽어 혼만 남드라도 신명께 축수하마 어미 대신 오래오래 살어라 그러나 너가튼 업는 사람의 자식을 누가 젓을 먹여 주랴 네가 밥먹게 되기까지 살다 죽엇스면 한이 업겟다만 젓

한번 배불러못먹여 보니 어미 맘이 엇더하랴 어미가 죄만하서 너를 픠덩이루 두고 죽는
다」

오주의 안해가 나종에는 목이 메어 말을 못하고 눈물만 흘리엇다

의약 업는 드메 형세 업는 집에 약한몸에 중한 병이 들면 죽을 사람으로 칠수 박게 업다 오주의 안해가 약 한첩 못어더먹고 알른 중에 정신 조흔날 낫 후부터 신열이 훨신 더하야서 정신 일흔 채 몃칠 동안 고통하다가 나종에 고통이 가려 안는 듯 신열이 갑작이 나리고 신열이 나리며 숨이 따러 끈치엇다 아들 나흔 뒤 세일헤가 겨우 지나고 오주와 가치 산뒤 일년이 채 못되어서 오주의 안해는 박명한 미인으로 일생을 마치엇다

초상매 동네 인심도 잇거니와 정첨지가 도아 주고 유복이가 힘을써서 오주 안해의 초종 범절은 과히 마련 업지 아니하엿다 유복이 안해와 오가 마누라까지 초종중에 한번식 넌짓이 왓다갓는데 오주의 장모는 장삿날까지 한번 오지 아니하엿다 신배ㅅ골에 마마가 들어서 오주의 처남 아이가 걸린 까달게 오주의 장모는 아들 마마 시키느라고 딸의 초종을 와서 보지 못한 것이엇다 오주가 급히 장모 보고 할말이 잇서서 바로 장사 이튼날 신배ㅅ골로 장모를 보러 갓다 오주가 장모의집 삽작 안에 들어 서려고 할때 봉당 정화수 상아페 안젓든 장모가 등겁하야 들어 오지 말라고 손짓하엿다 오주가 연문을 몰라서 무춤하고 서자 장모가 쪼차 나려 와

서 삽작 박그로 가치 나왓다 부정하다고 집안에 못들어 서게 한것을 안뒤에 오주는 반게 서서 이야기하는데 일긔 조하 장사 잘지낸 것부터 대강 이야기하고 나서

『어린것 말좀 할라구 급히 왓소』

하고 장모를 바라보니

『어린 것이 어미의 한세상 낫든 표적인데』

하고 장모는 손등으로 눈을 이리 씻고 저리 씻고 하엿다

『죽기 전에 그런말 합듸다 그런말이 업드래도 잘 길러야 할테데 어떠케 햇스면 조켓소』

『자네가 형세가 잇스니 유모를 대나 어떠케 하나』

『아무리 생각해두 장모가 좀 길러 주어야 겟소』

『내가 젓두 업시 어떠케 길느나』

『젓을 어더 먹여서라두 길러 주시우 내가 버는 일년 사경은 모두 그놈의 젓갑으로 데밀테요』

『차차 의논해서 조토록 하세』

『차차가 다 무어요 지금 참젓으루 연명을 시키는데 하루가 급하우』

『이 동네 마마가 끗난 뒤에 내가 데려 옴세』

「언제 마마 꿋나기를 기다리구 잇소 곳 좀 데려 와야겟소」

「집의 마마 배송이나 내야지」

「언제 배송 내우」

「댓새 후에는 내게 되겟네」

「그럼 댓세 뒤에 내가 어린 것을 데리고 오겟소」

「지금 자네가 데리구 잇나」

「어듸 맛길데잇소 그럼 댓세 뒤에 오리다」

하고 오주는 총총히 장모를 작별하고 돌아 섯다

오주는 안해죽은 서름보담 어린애 잘릴 걱정이 더 만핫다 나제는 어린애를 폭 싸서 가로 안고 젓 잇는 녀편네를 차저 다니는데 한차례 가고 두차례 가면 발서 토심들이 업지 아니하야 오주는 성정을 참고 비위를 부리엇다 나즌 오이려도 낫지만 밤이 큰일이엇다 밤에 어린애가 배고파 울면 오주는 안절부절을 못하엿다 오주가 신배ㅅ골 갓다 온후 사흘 되든 날 밤중에 어린애가 자다 깨어서 울기 시작하야 오주는 어린애를 끼고 누어서 북두갈구리 가튼 손으로 뚜덕뚜덕하야 달래도 어린애가 우름을 꾸치지 아니하야 오주는 일어나서 가로 안고 동동이를 첫다 어린애가 우름을 끈칠 듯하다가 꾸치지 아니하야 오주는 가로 안은 채 방안으로 돌아 다니며 우애우애하고 얼러 보앗다 전에는 언간하면 꾸치든 어린애 우름이 도로혀 점점 더 세엇다 오주는 젓을 어더 먹이러 나가 볼까 하고 생각하다가 이 밤중에 누가 일어나서 젓을 주랴 돌처 생각하고 어린애를 다시 눕혀 노코 숭늉 떠다 둔것을 조금식 입에 흘려 너헛다 어린애가 자래가 들려서 캑캑하다가 다시 우름을 내 노흐니 오주는 장을 찡그리면서 숭늉 뜨든 수깔을 내던지고 손까락 하나를 입에 대어 주엇다 어린애가 손까락을 빨어 보느라고 잠ㅅ간동안 끈첫다가 또 다시 우름을 내 놋는데 불에 데인것 가치 울어서 오주는 다시 가로 안고 일어서서 정신 업시 들까불럿다 어린애는 악패듯이 울고 오주는 미친 사람 가티 중얼거리엇다 오주의 이마에 진땀이 솟앗다 오주의 상호가 험하야젓다 오주의 입에서 제에기 소리가 한마듸 나오자 마자 어린애가 방바닥에 떨어젓다 깩 소리 한번에 어린애 우름이 꾸첫엇다

이튿날 식전 해가 노피 뜬 뒤까지 오주가 집에서 나오지 아니하엿다 정첨지가 아침 밥을먹을 때 며느리를 보고

「오늘 식전에 오주를 볼수 업스니 웬 일이냐 밥을 가저 갓느냐」

하고 물어서 며느리가

「아니요」

하고 대답한뒤

『요즈막 가티 나구 한집 안해 오군 남의밥 먹기 염체 업겟지』

하고 혼자 말하니

『그 사람이 그런 염체나 차릴줄 아나』

하고 청첨지 아들이 안해의 말뒤를 이엇다

『요새는 어린애 젓 어더 먹이러 다니는게 일인 모양이야』

『어린 목숨이 불상해서 젓모금 먹여 주는 사람도 한두번 말이지 누가 번번이 먹여 준답듸까』

『그러니까 왼 동네를 다 돌아 다니게 되지』

『남에게 간구한 소리 하는 사람이 고븐고븐이나 해야지요 아까 돌쇠 어머니가 와서 말하는데 곽서방이 어린애를 안고 와서 젓을 먹여 달라는데 한두번은 잘먹여 주엇지만 어제 저녁때 세번ㅅ재라나 네번ㅅ재 왓드래 그래서 곽서방네 유모요 내 자식 먹일 젓도 업소하고 소리를 좀질럿드래오 그랫드니 버쩍 이프로 대여들며 안 먹여줄 테요 유모 아니래두 좀먹여주 하고 어린애를 막 갓다 안기드라오 안 바드면 곳 주먹다짐을 할것 가터서 밧기는 바더가지고 돌쇠 동생 자근쇠에게 막 다 빨리고 난 빈젓꼭지를 한동안 빨려서 돌려 보냇다 고하고 옷습듸다』

『빈 젓인지 부른 젓인지 젓통만 보면 대번 알 태지만 오주 가티 데명데명한 군이야 빈 젓꼭지라두 오래만 물려 두면 젓을 만이 먹이는 줄루 알구 조와햇슬껄』

하고 내외가 밧고 채어 가며 짓거릴 때 정첨지가

『어린애는 일간 외가에 갓다 맛긴다드라 어린애만 맛기구 오면 그동안 일못한 오력을 낸다구 말하드라』

하고 오주에게 드른 말을 옴긴 뒤에

『오늘 이 때까지 꿈쩍 아니하면 혹 병이 나서 누엇는지두 몰으니 밥먹구 좀가 봐라』

하고 아들에게 말을 일럿다

『황소 가튼 사람이 무슨 병이 나겟소』

『너무 상심되어서 병이 낫는지 누가 아늬 잠간 가봐라』

『네 가 보지요』

정첨지 아들이 밥 먹은 뒤에 오주의 집에 와서 방문을 열고 보니 어린애를 방 한중간에 눕혀 노코 오주가 그 아페 안저서 울지도 안는 것을 뚜덕거리고 잇는데 머리는 상투가 풀려서 밤벅이 되엇섯다 정첨지 아들이 방문 아페 서서

「일어나 안젓네그려」

하고 소리 치며 곳

「왜 밥안먹나」

하고 물으니 오주가 대답도 업시 홀끳 돌아 보는데 눈알이 허공에 달린 것 가텃다

「왜 밥 안먹어 배고푸지 안은가」

오주가 정첨지 아들의 뭇는 말은 대답 안코 별안간 어린애를 끌어 안고 일어서며

「울치울치 배 고푸지 젓 먹으러가자 울지마라 젓먹으러가자」

하고 방문 아페 와서 정첨지 아들이 문 막고 섯는 것을 보고 말도 업시 발ㅅ길로 동가슴을 내질럿다 정첨지 아들이 마당에 나가 잣바진 것을 오주는 본체 아니하고 휘황스럽게 거름을 걸어서 박그로 나갓다 정첨지 아들이 어이 업는 중에 오주의 행동을 수상히 생각하야 오주의 방을 한번 자세히 둘러 보니 어린애 덥개 오주의머리수건 숭늉그릇 수깔들이 어질더분하게 널려잇는데 오주 안젓든 자리 아페는 뜨더노흔 머리털이 수북히 싸여잇섯다 정첨지 아들이 집에 돌아 와서 그 아비에게 이야기할때 돌쇠누의 열댓살 먹은 기집애가 뛰어 와서 정첨지를 보고

「영감님 우리 집에 큰일 낫서요」

하고 우는 소리를 하엿다

『왜 그러느냐』

『곽서방이 죽은 어린애를 안고와서 젓먹여 달라고 야단치는데 우리 어머니 머리채 드는걸 보구 왓서요 그 동안 어떠케 되엇는지 모르겟서요 영감님 좀 가서 말려 주서요』

『너의 아버지는 어듸 갓느냐』

『새벽에 나무 갓서요』

『오냐 너 먼저 가거라』

『가치 좀 가서요』

하고 기집애가 쫄라서 정첨지가 기집애를 압세우고 돌쇠집으로 가는데 정첨지 아들도 아비뒤를 따러 갓다

머리를 풀어 허트린 돌쇠 어머니는 압서 도망하야 오고 어린애를 한팔로 끼어안은 오주는뒤를 쪼차오는 중이엇다 돌쇠 어머니가

『미친사람 미친사람』

하고 곳 정첨지 품으로 대어드는데 오주보다도 돌쇠 어머니가 더 미친사람 가티 보이엇다 정첨지가 돌쇠 어머니를 한여페 비켜 세우고 아프로 나서서

『오주 이거 웬 일인가』

하고 소리를 질르니 오주는 우뚝 서서 물그럼이 정첨지를 보면서

『어린것 젓좀 어더 먹일라구 나왓소』

하고 대답하는데 하는 말은 모르겟스되 보는 눈은 성한사람 갓지아니하엿다

『우리 집으루 가세』

하고 정첨지가 부드럽게 말하며 오주의 손을 끌려고 하니 오주가 손을 뿌리치고 곳 돌쇠 어머니게로 가까이 가면서

『안 먹여 줄테야』

하고 눈알을 부라렷다 돌쇠 어머니는 간신히 정신을 차리고 머리를 거더서 틀어엿는중에 오주 오는 것을 보고 질색하야 정첨지 아들의 뒤로 몸을 피하엿다 오주가 정첨지 아들의 아프로 대어들며 비켜 세우려고 하니 정첨지 아들이

『이 사람이 참말 미쳣나』

하고 두손으로 오주를 벌컥 떠다밀엇다 오주가 황소 영각 켜는 소리를 하고 정첨지 아들에게 덤비어서 한손으로 멱살을 쥐고 흔들엇다 정첨지 아들이 머리를 송충이 대가리가티 흔들다가 나중에는 숨이 막혀 캑캑하엿다 정첨지가 보다가 못하야

『여게 오주 고만 노케』

하고 말리니 오주가 정첨지를 보며 한번 싱끗웃고 두어번 고개를 끄덕끄덕하고 멱살 쥐엇든 손을 탁 노핫다 정첨지가 이것을 보고 곳

『올치 인제 우리 집으로 가세 젓을 먹이드라두 길에서야 먹이는수 잇나 돌쇠어머니하구가치 우리 집으루 가세』

하고 오주의 눈치를 살피고

『잠ㅅ간만 우리 집으루 가치 갑시다』

하고 돌쇠어머니를 돌아 보앗다 오주가 정첨지의 말은 거역하지 아니하고 정첨지 집으로 올매 돌쇠어머니는 치마꼬리에 달려 부터 섯는 딸을 자근쇠 보아 주라고 집으로 보내고 정첨지 뒤를 따러 왓다

오주가 공연히 혼자 중얼중얼하며 정첨지 집을 향하고 오다가 홀제 돌아 서서 뒤에 오는 정첨지를 보고

『이 애가 어듸 병이 낫나 좀 보아 주시우』

하고 어린애를 아프로 내밀엇다 정첨지가 어린애를 보고 눈쌀을 지프리다가 오주를 덜뜨리지 아니하려고

『우리 집에 가서 보세』
하고 달래어서 집에까지 다리고 왓다
오주가 어린애를 돌쇠어머니에게 안겨 주려고 하는데 정첨지가 가로 나서서
『저기 노케 무슨 병이 낫나 어듸 좀 보세』
하고 말하야 오주가 곱게 나려놋는 어린애를 구브리고 드려다 보는 체하다가
『어린애 병이 급한 병일세 지금 시각이 위태한걸』
하고 섯는 오주를 치어다 보앗다 오주가 말을 뇌듯이
『급한 병 급한 병』
하고 중얼거리며 어린애 여페 주저안젓다가 별안간 정첨지의 소매를 잡고 매어 달리며
『영감 내 아들 살려 주시우』
하고 전신을 불불불 떨엇다 정첨지가 한동안 미간에 주름을 잡고 생각하다가
『오주 나 하라는 대루 할텐가 그러면 내가 자네 아들을 살려 줌세』
하고 말하니 오주는 정첨지의 얼골을 뻔히 치어다보면서 고개를 끄덕어리엇다
『지금부터 자네 아들을 내게 맛기구 자네는 다시 알은곳 말게 내가 자네 아들을 살려서 이
돌쇠어머니더러 신배ㅅ골 외조모에게 데려다 두라구 할텔세 어떤가 그러케 할 텐가 여기

잇는 동안 자네가 보자든지 외조모에게 보낼때 자네가 가치 가자든지 하면 자네 아들을 살릴수 업네』

하고 정첨지가 소리를 꽥꽥 질러 말하니 오주는 멍하고 잇섯다 정첨지가

『내 말 대루 할테면 어린애는 여기 두구 자네는 저 방에 들어가 잇게』

하고 일변 오주에게 말하며 일변 여패 섯는 자긔 아들에게 눈짓하엿다 정첨지 아들이 오주를 압세우고 머슴ㅅ방에 들어 가서 슬슬 달래어 끌어눕히고 나온뒤에 정첨지는 급히 사람을 불러서 죽은 어린애를 갓다 뭇게 하고 또 늘근이의 다심으로 오주장모에게 사람을 보내서 어린애 죽고 오주 상성한 것을 자세히 긔별하고 이다음 혹시 오주가 가서 어린애를 보자고하더라도 말을 잘 꾸며서 속이라고 부탁하야 두엇다

오주가 병이 낫다 물한모금 입에 너치 안코 인사 정신을 못 차리고 알른중에

『우네』

『아이구 또 우네』

하고 가끔 아플 더듬을뿐 아니라

『자꾸 우네 젓 어더 먹이러 가야겟다』

하고 여러 차레 뛰어 일어나기까지 하엿다 십여일 동안 오주가 되게 알코 머리를 들고 일어

난 뒤에도 오주의 귀속에는 가끔 어린애 우름 소리가 징하게 울려서 남이 보기 괴상하도록 오만상을 찡그렷다 다른 사람은 이것을 보고 오주의 병이 아직 다 낫지 아니햇거니 생각하얏다 그러나 오주는 병후에 본정신이 완구히 돌아서 정첨지 보고 어린애 말을 뭇지 안흘뿐외라 신배ㅅ골 장모를 보러 가서도 어린애 이야기는 입박게도 내지 아니하엿다 오주의 언어와 동작은 성한 사람이 다되엇스나 전에 업든 성미가 한가지 새로 생겨서 어린애를 조하 아니하고 더욱이 우는 어린애를 실혀하엿다 어린애 우는 소리가 멀리 들릴때는 상을 찡그리고 귀를 막을뿐이지만 어린애 우는 것을 눈 아페 볼때는 곳 상열이 되어 가지고 눈이 뒤지펏다 어린애를 태기치려고 팔이 절로 움즉움즉하엿다 오주 자긔도 흉악한 일로 알고 억제하려고 맘을 먹건만 어린애 우는 소리가 귀에 들리기만 해도 맘이 수상스러워지는데 더구나 우는 상호가 눈 아페 보이기까지 하면 오주의 먹은 마음은 홍로점설(紅爐點雪) 가치 사라지고 미친 마음이 왈칵 나왓다 오주는 우는 어린애를 멀직이서 보면 휘황스럽게 다름박질을 처서 다른 데로 피하엿다

어느 날 다 저녁때 오주가 산떰이 가튼 나무짐을 지고 정첨지 집 못미처 잇는 우물 여플지나오는데 물 동이를 나려 노코 섯는 녀편네들과 쌀을 씻고 안젓는 녀편네들이 참새 가택지저굴거리든 중에 녀편네 하나가 내달아서

『곽서방 마침 잘 오는구려 여보 나무 짐 버틔어 노코 두루박 좀 건저 주오』

하고 오주를 붓잡앗다

『여보 귀찬소』

『이녁 주인네 집 두루박을 내가 어더 가지고 왓다가 우물에 빠트렷소 좀 건저내오』

『빠트린 사람이 건지구려』

『내가 건저 낼수 잇스면 이러케 청할라구 여보 그러지 말고 좀 건저 주구려』

『성가시어 못 살겟네 내가 나무짐 갓다 두구 바지랑때 가지구 오리다』

『바지랑때 저기 잇소』

오주가 그 녀편네에게 붓잡혀서 나무짐을 버티어 노코 바지랑때로 두레박 줄을 건지는 중에 우물 가까이 사는 동네 소임의 안해가 돌전 어린애를 업고 물을 길러 나왓다 여러 녀편네 중에 채신 업는 절믄 녀편네 하나가 어린애를 귀해한답시고 하다가 도리어 울려 노핫다 오주는 우물 속을 드려다 보며 두레박 줄을 끌어 올리느라고 애 업은 녀편네가 온 줄을 몰랏다가 뜻박게 애 우는 소리를 듯고 깜짝 놀라서 거의 손에 잡히게 되엇든 두레박줄을 도루 떨어트리엇다 오주가 바지랑때를 내던지고 돌처서서 소임의 안해를 흘겨 보다가 우루루 쪼차 가서 여페 섯는 다른 녀편네들을 잡아 제치고 우는 애를 어머니 등에서 빼아스러 들엇다 애 어머니는 질겁하야 새ㅅ된 소리를 질르고 여러 녀편네들은 혹은 덩달아서 소리를 질르고 혹은 오주를 붓잡고 날치엇다 오주가 제어미 소리를 질르며 곳 애 어머니를 우는애 업은채 번적 들고 우물에 가저 텀벙 지버 너코 속이 시원한듯이 껄껄 웃고 나무찜도 내던지고 정첨지 집으로 뛰어 갓다

동네 사람들이 모여 와서 우물 속의 녀편네를 건저 냇다 물이 깁지 안코 빠질때 별로 다친 데가 업서서 다행이 애 어른 다 목숨을 보전하엿스나 그 녀편네의 친정과 시집에서 오주를 때려 죽인다고 들고 나섯다 정첨지가 동네의 유력한 사람이라 소임을 불러다가 오주의 미친 병을 말하고

『병이 죄지 사람이 무슨 죄가 천행으루 이왕 모자가 다 무사햇스니 요란스럽게 굴지들 말게 오주를 서뿔리 건드리면 여러 인명을 상할테니 동네에 큰일일세 나두 오주를 집에 두엇다가 무슨 누를 바들른지 모르니까 차차 봐 가며 내 보낼작정일세』

하고 타일러서 오주의 저질른 일을 무사 타첩 시키엇다

오주가 알코 나서 신배ㅅ골 갈때 청석골을 들렷지만 유복이가 꺽정이와 가치 칠장사 선생에게 새해 세배하러 가고 집에 잇지 아니하야 서로 만나 보지 못하엿섯다 소임의 떨거지의 말성이 끗이 나서 오주가 소임과 화해하든 날 저녁때 정첨지 아들이 박게 잇다 안으로 들어

오는 길에 쇠죽 쑤는 오주를 보고

「여게 오주 자네가 형님이라구 하는 사람 박게 왓네」

하고 일러 주엇다 오주가 쇠죽을 쑤다 말고 뛰어 나와서 삽작 박글 둘러 보다가 아무도 업는 것을 보고

「형님 어듸 잇소」

하고 큰 소리를 질러서 차즈니

「나 여기 들어 안젓다」

하고 유복이가 머슴방문을 열고 머리를 내밀엇다 오주가 한다름에 방문 아페까지 뛰어 와서

「형님 오래 못봣소 벌써왓소」

하고 유복이를 드려다보니 유복이는 발서 왓다는 대답으로 고개를 끄덕이며

「어서 들어 오너라」

하고 문ㅅ길을 비키어 주엇다 오주가 방안에 들어 와서 유복이와 마주 안즈면서

「죽산 갓다 언제왓소」

하고 물으니 유복이가

「어제 왓다」

대답하고 곳

『너 그동안 몹시 알엇다지』

하고 물엇다

『그랫소』

『집에 와서 네가 알엇단 말은 들엇지만 무슨병으로 알엇는지 몰랏드니 지금 너의 절문 주인에게 말을 들어보니 병이 괴상하구나』

『지금 다 나엇스니까 괜찬소』

『아죽두 다 낫지 안엇다며』

『아니 다 나엇소』

『병이 다 나은 사람이 공연이 남의 집 녀편네나 어린애를 우물에다 집어 넛는단 말이냐』

『내가 알쿠 난 뒤부터는 당초에 어린애가 보기 실소 더구나 우는 애는 박살을 해노쿠 십소 남의 집 어린애를 우물에 집어 너은 것이 잘못한일인줄 알지만 이담에 다시 그런 일을 안 하게 될지 내일이라두 내가 장담 못하겟소』

『병 꼬투리가 남어 잇서 그런 것 아니냐』

『그런지 모르겟소』

『너 이집 머슴살이 고만두구 내게 가서 가치잇자』

『산중에 어린애가 업서 조키는 하지만 이집첨지영감이 잘 들어줄는지 모르겟소』

『아까 그 아들의 말눈치는 그럴것 갓지 안트라 또 설혹 붓잡드래두 네가 떼치구 가면고만 아니냐』

『그는 그러치요 그러나 내가 청석골 가서 무어 하우』

『무어 하다니 나하구 산양이나 다니잣구나 꺽정이 언니가 너 준다구 굴근 쇠도리깨를 일부러 만들엇드라 이번에 내가 갓다 집에 두엇다 그 도리깨 가지구 산양질 다니면 조치 안켓늬』

『그러케 하겟소』

『그럼 속히 머슴살이 고만 두두룩 해라』

『오늘 고만 두구 가치 갑시다』

『여러 해 또 잇든 집을 그러케 졸창간에 떠날수 잇겟늬』

『간다구 말하구 사경이나 차지면 고만 아니요 잠ㅅ간만 여기서 기다리시우』

오주가 곳 안에 들어 가서 정첨지 식구에게 머슴살이 고만두고 나갈뜻을 말하니 정첨지의 아들과 며느리는 말할 것도 업고 정첨지까지 힘지게 만류하지 아니하엿다 오주는 그날로 정첨지 집을 하직하고 유복이를 따러 가서 청석골 오가의 집의 한 식구가 되엇다 수삭 지난 뒤부터 답고개에 쇠도리깨 가진 도적이 나타나기 시작하야 흉악하기로 소문이 낫다 대ㅅ가지 도적이 나온 뒤에 오가가 여차가 되고 쇠도리깨 도적이 나온 뒤에 대ㅅ가지 도적이 여차가 되엇다 대ㅅ가지 도적은 물건이나 빼앗고 말지마는 쇠도리깨 도적은 사람의 팔뚝이나 정강이를 작란 삼아 분질럿다 그래도 어른은 대개 목숨은 보전하야 보내지만 어린애는 보기만 하면 곳 박살하야 죽이엇다 쇠도리깨 도적이 다른 사람이 아니고 개래동 정첨지집에서 머슴 살든 곽오주인 것은 다시 말할 것 업고 곽오주가 청석골 두령 한사람으로 화적질할때 각처에서 어린애들을 무지스럽게 죽여서

『곽오주 온다』

소리 한 마듸가 우는 어린애의 우름을 그치게 하도록 무서운 사람이 된것은 뒤ㅅ날 이야기다 오늘날까지도 지각 업는 부녀자들이 우는 어린애를 혼동할때

『곽쥐 온다 곽쥐 온다』

하는 것을 보면 곽오주 이름이 당시에 어떠케 무서웟든 것을 짐작할수 잇다

(망우당 곽재우(忘憂堂 郭再祐)의 아버지 곽월(郭越)이가 오형제인대 그 오형제 이름이 모다 달어날 주(走)변이라 곽쥐란 말이 곽월 오형제로부터 낫단 말이 잇스나 이것은 억설이다)

林巨正

義兄弟篇 一

臨時定價 七〇〇圓

一九四八年一一月十五日 發行

著者 洪命憙

發行所 乙酉文化社

서울市鍾路二街永保빌딩

振替 京城 三二五四三番

電話光化門 三四九二番 / 三九七〇番 / 〇一八七番

서울신문社 印刷局 印刷

(一九四七年九月三〇日 登錄 一四番)

(1947年 9月30日 登錄 • 第248番)

林巨正 全帙 目錄

第一回配本 **義兄弟編 一** (再版七〇〇圓)
朴遊福 郭五柱

第二回配本 **義兄弟編 二** (既刊七〇〇圓)
吉莫奉 黃天王童 裵乭石

第三回配本 **義兄弟編 三** (既刊七五〇圓)
李鳳學 徐霖 結義

第四回配本 **火賊編 一** (既刊七〇〇圓)
靑石洞

第五回配本 **火賊編 二** (既刊六五〇圓)
巢窟 松岳山

第六回配本 **火賊編 三** (既刊六五〇圓)
피리 平山쌈

第七回配本 **火賊編 四**
九月山城

第八回配本 **鳳丹編**
李校理 反正

第九回配本 **皮匠編**
交遊 分散

第十回配本 **兩班編**
國喪 士禍 倭變

임꺽정 의형제편 I

펴 낸 날/ 초판1쇄 2020년 3월 27일
지 은 이/ 편집부 편

펴 낸 곳/ 온누리
펴 낸 이/ 김용항
출판등록/ 1982년 12월 6일(제아-20호)
주 소/ 충북 청주시 상당구 수동 90-4
문 의/ (대표전화)02-324-4790, (전송)0505-115-62879

정가 20,000원

ISBN 978-89-8367-312-1 03810

잘못된 책은 구입하신 곳에서 교환해드립니다.

ISBN 978-89-8367-312-1
03810>
9 788983 673121